Fritz Peter Heßberger

Aus vergangenen Tagen

Erzählungen

Der Autor:

Fritz Peter Heßberger, Jahrgang 1952, geboren in Großwelzheim, heute Karlstein am Main, studierte Physik an der Technischen Hochschule Darmstadt; 1985 Promotion zum Dr. rer. nat.; von 1979 bis zum Eintritt in den Ruhestand 2018 als wissenschaftlicher Angestellter in einer Großforschungsanlage tätig.

Inhalt

Bibliographische Information der Deutschen Nationalbibliothek:

Die Deutsche Nationalbibliothek verzeichnet diese Publikation in der   Deutschen Nationalbibliographie; detaillierte bibliographische Daten sind im Internet über http://dnb.d-nb.de abrufbar

© 2023 Fritz Peter Heßberger
Herstellung und Verlag
BoD – Books on Demand, Norderstedt

ISBN 978-3-7526-2420-5

Alcarich und die Hergoranen

Das Dorf der Frauen

Gegen Mittag eines heißen Sommertages erreichte Alcarich einen größeren Fluß. Von der Anhöhe, welche sanft zum Ufer hin abfiel, erblickte er vier Frauen, welche im Wasser umherschwammen. Er lenkte sein Pferd die Böschung hinab, dem Ufer entgegen, als unversehens eine fünfte Frau ihm mit gespanntem Bogen entgegentrat und ihm etwas zurief, was er als Drohung auffassen mußte. Er erhob die Hand zum Zeichen des Friedens, sprach zu ihr, aber sie verstand seine Worte wohl nicht so recht. Der sanfte Klang seiner Stimme schien jedoch eine gewisse Wirkung auf sie auszuüben, denn ihre finstere Miene hellte sich auf und ihr Mißtrauen schwand endlich, denn sie senkte den Bogen.

Alcarich stieg vom Pferd, bedeutete ihr, er wolle auch ein Bad nehmen. Sie verstand nach einigem Bemühen wohl sein Anliegen, nickte mit dem Kopf, was er als Zustimmung deutete.

Er legte seine Kleider ab, stieg ins Wasser. Die Frau, welche offensichtlich die Kleidung ihrer im Fluß planschenden Kameradinnen bewachte, setzte sich nun wieder. Die vier Badenden zeigten keinerlei Scheu vor dem fremden Mann, kamen herangeschwommen, riefen ihm Scherzworte zu, bespritzten ihn mit Wasser. Nach einiger Zeit wandten sie sich dem Ufer zu, bedeuteten Alcarich mitzukommen. Sie legten sich dann in die Sonne um sich zu trocknen. Eine von ihnen, die im Gegensatz zu den anderen, welche blond und blauäugig waren, schwarze Haare und dunkle Augen besaß, ließ sich neben ihm nieder.

„Du kommst aus dem Westen ?" redete sie ihn auf Latein an, „sprichst du vielleicht die Sprache der Römer ?"

„Ja, ich entstamme dem Volk der Tenkterer; wir leben nahe der Grenze des Römischen Reiches. Es gibt enge Handelsverbindungen und seit vielen Jahrzehnten treten zahlreiche junge Männer aus unserem Stamm in römische Militärdienste. Auch ich diente fünfzehn Jahre im römischen Heer, brachte es sogar zum Offizier."

„Das ist gut", entgegnete die Frau, „mein Vater war auch römischer Soldat; es kamen einst Werber in unser Dorf und er zog mit ihnen in den Süden.

Nach zwölf Jahren kehrte er zurück. Er hatte unterdessen eine Frau gefunden, welche er mitbrachte. Daher sehe ich auch etwas anders aus als meine Kameradinnen. Meine Mutter hat mir auch einen römischen Namen gegeben. Ich heiße Lucilla."

„Und mein Name ist Alcarich."

Sie schwiegen ein Weile.

„Wir werden jetzt in unser Dorf zurückkehren. Und du wirst mit uns kommen – als unser Gast", sagte sie schließlich.

Alcarich blickte sie leicht mißtrauisch an.

„Als euer Gast oder euer Gefangener?"

„Die Gastfreundschaft ist uns heilig. Es gilt als schweres Vergehen sie zu verletzen. Es gilt aber auch als eine schwere Beleidigung, wenn ein Fremder die ihm angebotene Gastfreundschaft ausschlägt."

Alcarich dachte kurz nach.

„So kann man eine Gefangennahme auch umschreiben. Diese Spitzfindigkeit hat sie bestimmt von ihrer Mutter gelernt. Das ist typisch römisch."

Da er allerdings bei den Frauen keinerlei Anzeichen von Feindseligkeit bemerkte, hielt er es nicht für angebracht, zur Waffe zu greifen und Widerstand zu leisten. Er erklärte sich einverstanden mit ihnen zu ziehen. Lucilla lächelte freundlich als er ihr seine Entscheidung mitteilte. Sie legten ihre Kleider an, brachen auf, erreichten eine gute Stunde später ein Dorf, welches aus einigen Hütten, aber größtenteils aus Zelten bestand. Sie begaben sich vor die größte und prächtigste Hütte.

„Wir werden dich unserer Herzogin vorstellen. Ich muß ihr aber zuvor deine Ankunft melden und fragen, wann sie dich empfangen kann. Warte also hier."

Sie verschwand in dem Gebäude. Alcarich blickte sich um. Zahlreiches Volk war herangekommen um den Fremden zu bestaunen. Ihm fiel auf, daß es fast ausschließlich Frauen und Kinder waren, ansonsten konnte er nur ein paar alte Männer erblicken. Bald erschien Lucilla wieder.

„Folge mir, die Herzogin erwartet uns."

Sie betraten nun die Hütte, gelangten in einen größeren Raum. Ein Frau saß in einem gepolsteren Sessel. Als sie Alcarich erblickte, erhob sie sich, schritt auf ihn zu. Sie war groß gewachsen, schlank, hatte ein hübsches, feundlich wirkendes Gesicht. Sie mochte etwa vierzig Jahre alt sein.

„Sei mir gegrüßt, Alcarich", begann sie, Lucilla übersetzte, „sei willkommen in unserem Dorf. Du gehörst dem Volk der Tenkterer an? Ihr seid als kühne Reiter bekannt. Mein Name ist Maorala, ich bin die Herzogin. Ich

6

hörte, du argwöhnst, du seist unser Gefangener. Nun, sei unbesorgt, du bist unser Gast. Du kannst unser Dorf jederzeit verlassen, wenn du möchtest. Aber es ist mein Wunsch, daß du einige Zeit hier bleibst – als Gast, nicht als Gefangener. Du darfst deine Waffen behalten, du erhätst eine Hütte zur Wohnung, auch eine Frau, welche dir alle Wünsche erfüllt."

Sie lächelte. Alcarich verneigte sich.

„Ich danke dir für dein großzügiges Angebot, das ich von Herzen gerne annehme. Doch einen Wunsch habe ich auch. Du sagtest, mir wird eine Frau gegeben. Darf ich wählen ? Lucilla wäre eine gute Wahl. Wir beide beherrschen die Sprache der Römer, können uns daher verständigen. Das wird mir das Einleben im Dorf und das Verstehen eurer Bräuche erleichtern."

Die Herzogin wiegte den Kopf.

„Ich habe keine Einwände. Allerdings kann ich dir den Wunsch nicht erfüllen. Sie ist eine freie Frau, ich kann sie nicht zwingen. Frage sie also selbst."

Er mußte nicht fragen, denn Lucilla lächelte ihn an, sagte bloß:

„Gerne."

Moalara sprach einige Worte mit Lucilla, dann wandte sie sich wieder Alcarich zu.

„Bevor ich euch entlasse, möchte ich doch eines von dir wissen. Was führt dich zu uns ?"

„Nun, Herzogin, ich stand fünfzehn Jahre im Dienste Roms, bin viel herumgekommen. Ich lernte Gallien, Hispanien, Italien, Asien und sogar Ägypten kennen, doch das Land, welches östlich des Flusses liegt den wir Elbe nennen, ist mir völlig fremd. Ich habe mich daher entschlossen, die Völker dort, sowie ihre Lebensweise und Gebräuche kennenzulernen."

„Und warum möchtest du das ?"

Alcarich lächelte.

„Es ist eine Sitte der Römer Wissen zu erlangen. Und die sagte mir zu. Ich war fünfzehn Jahre Soldat, habe zahlreiche Schlachten geschlagen, für fremde Herren – soll ich damit fortfahren bis zu meinem Lebensende ? Oder soll ich etwa Bauer werden, Felder bestellen, Kühe hüten ? Nein, ich will in die Welt ziehen, Wissen sammeln, es aufschreiben. Ich habe die Schrift er Römer erlernt. Ich kenne viele Städte der Römer, ihre Zivilisation, ihre Kenntnisse in Naturwissenschaften und in der Philosophie. Das alles kennen wir Tenkterer nicht. Es genügt mir aber nicht, was ich im Reich der Römer gesehen habe. Deshalb ziehe ich nach Osten, in unbekanntes Land. Ich will wissen, ob es da nur Wildnis und Barbarei gibt oder auch Länder mit blühender Zivilisation. Weit im Osten soll so ein Land liegen. Aber ich kenne nicht den Weg dorthin und weiß auch nicht, wie viele Tage ich reiten muß um in dieses Land zu gelangen."

„Und du kennst auch sicherlich nicht die Gefahren, die unterwegs auf dich lauern ?"

„Nein, die kenne ich nicht. Aber ich scheue keine Gefahren."

„Wenn du keine Gefahren scheust, dann könntest du Männer um dich sammeln, ihr könntet auf Raub ausgehen, fette Beute machen. Die Städte der Römer sind reich und die Bürger sind bequem und feige geworden. Und du allein kannst doch ohnehin nicht das gesamte Volk das lehren, was du Zivilisation nennst. Dazu sind viele Frauen und Männer notwendig und es wird viele Jahre dauern – über deinen Tod hinaus."

„Nein, auf Raub auszuziehen, das ist nicht möglich, Herzogin. Die Tenkterer haben sich mit anderen Stämmen zum Bund der Franken zusammen-geschlossen. König Merowech gebietet nun. Er hat andere Pläne, will die Römer aus Gallien vertreiben. Beutezüge gegen einzelne Römerstädte, ausgeführt von Männern, die von ihm unabhängig sind, nein, das billigt er nicht. Und als einer seiner Heerführer doch nichts anderes zu sein als sein Knecht, das behagte mir nicht. Daher zog ich es vor in die Fremde zu gehen."

„Und du hattest keine Bedenken in unbekanntes, wildes Land zu ziehen, in dem du anstatt Wissen den Tod finden könntest ?"

Alcarich lachte.

„Wotan nimmt alle, die im Kampfe sterben, in Walhall auf. Warum sollte ich mich also fürchten."

Ein Lächeln überzog Maoralas Gesicht.

„Gut gesprochen."

Sie lächelte.

„Ein Krieger, der nach Wissen strebt."

Sie bedeutete ihm nun, daß die Unterredung beendet und er entlassen sei.

Er verabschiedete sich.

Lucilla führte ihn zu einer größeren Hütte,

„Hier werden wir wohnen."

Die Einrichtung war spärlich: ein Bett, ein Tisch, drei Hocker, eine Truhe zur Aufbewahrung von Kleidung, ein Herd, ein Regal, auf dem zahlreiche Küchengeräte standen. Alcarich verweilte kurz, ging dann draußen um nach seinem Pferd zu schauen und um seine Sachen zu holen. Das Pferd war mittlerweile zu einer Koppel am Rande des Dorfes gebracht worden, wo auch die anderen Pferde grasten. Ein alter Mann, welcher die Sprache der westlichen Germanen leidlich beherrschte, sagte ihm:

„Du brauchst keine Angst um dein Pferd zu haben, wir werden es nicht stehlen."

Alcarich kehrte zu seiner Hütte zurück, setzte sich auf die der Eingangstür vorgelagerte Veranda, genoß die Nachmittagssonne. Einige Zeit später erschien Lucilla, die offensichlich einige Besorgungen erledigt hatte. Sie trug mit der einen Hand einen Korb, mit der anderen eine Amphore.

„Unser Essen und Trinken", erklärte sie und brachte die Sachen in die Hütte.

Sie kam bald wieder mit zwei gefüllten Bechern in den Händen heraus, setzte sich neben ihn.

„Es ist Wein, vermutlich nicht so süß, wie du ihn kennst, aber etwas Besseres wächst hier nicht."

„Wo bin ich eigentlich gelandet?" fragte Alcarich nach kurzem Schweigen, „in eurem Dorf herrschen offensichtlich die Frauen. Es gibt keine Männer, außer ein paar Alten, Jünglingen und Knaben."

Er grinste, fuhr dann fort.

„Die Griechen berichten von einem Frauenvolk, den Amazonen. Seid ihr die Amazonen?"

Lucilla lachte.

„Nein, nein ! Amazonen ! Nein, das sind doch nur Gestalten aus alten Sagen. Unser Volk nennt sich Hergoranen. Wir sind nur ein kleiner Stamm, zählten nie mehr als zweitausend Seelen. Und es gab auch Männer bevor uns das große Unheil traf."

„Das große Unheil ?"

„Ja, weißt du, unser Volk ist zwar klein in der Anzahl der Menschen, doch die Kühnheit und Tapferkeit unserer Männer war bei allen Nachbarvölkern berühmt und auch gefürchtet. Wir lebten vornehmlich von der Jagd und der Viehzucht, Ackerbau betrieben wir nur in geringem Umfang. Und unsere Männer liebten es zu den benachbarten Völkern auf Beutejagd zu ziehen. Und dabei traf sie das große Unheil. Vor zwei Jahren fielen sie in das Land der Vandalen ein, plünderten einige Dörfer und traten, reich beladen, den Heimzug an. Sie wußten allerdings nicht, daß Athanerich, der Herzog der Vandalen, einen Kriegszug gegen die Burgunder plante und in der Nähe ein großes Heer versammelte. Mit diesem zog er nun den Unsrigen entgegen. Die Schlacht dauerte drei Tage, dann waren die Unsrigen vernichtet. Nur wenige konnten entkommen und berichten, was geschehen war. Die alten Männer, welche nicht an dem Zug teilgenommen hatten, und die Frauen trafen sich zu einer Beratung. Einige schlugen vor, nach Südosten zu ziehen und uns einem größeren Volk, den Goten anzuschließen, andere dagegen plädierten dafür unabhängig zu bleiben, in eine Gegend zu ziehen, welche von anderen Völkern nicht beansprucht wird, um dort in Freiheit zu leben. Es wurde ein Rat gegründet, dem Vertreter der alten Männer und der Frauen angehörten. Er wählte Maorala zur Herzogin, da sie als die Tüchtigste galt und man beschloß unabhängig zu bleiben und in dieses abgelegene Gebiet, das im Westen und Süden an das Land der Burgunder grenzt, zu ziehen. Und wir begannen hier ein neues Dorf aufzubauen, in dem wir den Rest unseres Stammes zusammenzogen. Vorher gab es vier Dörfer. Das geht langsam voran, aber einige Hütten stehen bereits und bis zum Beginn des Winters werden die anderen auch fertiggestellt sein. Außerdem beschützen uns hier die Burgunder."

„Die Burgunder?"

„Ja, Athanerich ist ein heimtückischer Geselle. Er bot den Burgundern ein Bündnis gegen die Hoinuren an. Das ist ein wildes Volk aus dem Osten, dessen Raubzüge viel schlimmer sind als es die der Unsrigen waren. Unsere Männer raubten zwar, brannten aber keine Dötfer nieder, mißbrauchten und töteten auch keine Frauen und Kinder. Die Hoinuren sind aber Bestien, sie lieben es zu Morden, zu Verstümmeln, zu Vergewaltigen. Sie sind die Ausgeburt der Hölle, die apokalyptischen Reiter."

„Ausgeburt der Hölle? Apokalyptische Reiter? Was ist das?"

„Meine Mutter bezeichnet sie so. Sie hängt einer Lehre an, die sich im Römischen Reich immer weiter ausbreitet. Ihre Anhänger nennen sich Christen."

„Ich habe davon gehört. Sie glauben an einen Gott, der sich ans Kreuz schlagen ließ, aber nach drei Tagen wieder von den Toten auferstand."

„Ja, das erzählte meine Mutter auch. Wir sollten aber nicht abschweifen. Das Bündnisangebot Athanerichs war nur eine Tücke um die Burgunder in Sicherheit zu wiegen. In Wirklichkeit wollte er sie überfallen und auslöschen."

Lucilla lachte.

„Aber unsere Männer waren große Krieger. Drei Tage tobte die Schlacht, obwohl die Vandalen an Zahl hundertfach überlegen waren. Und ihre Verluste waren so groß, daß sie von einem Kriegszug gegen die Burgunder absehen mußten, zumal auch die Kunde von der Schlacht sehr schnell nach

Burgund drang und die Vandalen sie nun nicht mehr überraschend überfallen konnten. Und die Burgunder zeigten sich dankbar. Einige Wochen nach der Katastrophe trafen Boten des Königs Hagen ein, welche uns mitteilten, daß die Burgunder uns Schutz gewähren, wenn wir uns nahe ihres Gebietes ansiedelten. Wir sollten das aber nicht als Unterwerfung unter ihre Herrschaft ansehen. Wir könnten weiterhin frei über unsere Angelegenheiten entscheiden. Das hat uns mit Freude und Zuversicht erfüllt. Denn Hilfe haben wir nötig, insbesondere gegen die Hoinuren, die uns vernichten möchten, weil sie es noch nicht wagen die Goten, die Burgunder oder ein anderes mächtiges Volk mit einem großen Krieg zu überziehen, sondern es bei Raubzügen belassen. Uns haben sie aber als Opfer auserwählt."

„So ist eure Zukunft ungewiß ?"

„Wir sind guter Dinge. Alle jungen Frauen üben sich in Waffen, auch die alten Männer geben ihr Bestes. Und die gerade dem Knabenalter entwachsenen Jünglinge sind voller Kampfeslust. Eine in unser Land eingefallene Hoinurenbande konnten wir mit Leichtigkeit ohne eigene Verluste vertreiben. Aber sie werden mit stärkerer Macht wiederkommen."

Lucilla lachte.

„Allerdings wird es viele Jahre dauern, bis eine neue Generation von Männern herangewachsen ist. Deswegen würden wir gerne Männer in unser Volk aufnehmen. Aber es müssen Tapfere sein, Feiglinge können wir nicht brauchen. Verstehst du jetzt den Wunsch der Herzogin ? Verstehst du, warum man dir eine Frau gegeben hat ? Man möchte dich bei uns behalten. Aber bevor du in den Stamm aufgenommen wirst, mußt du ein Zeugnis deiner Tapferkeit ablegen."

„Und das wäre ?"

„Nicht weit entfernt liegt ein Gebirge, in dem es wilde Bären gibt. Du mußt einen erlegen."

„Das wird nicht sehr schwierig sein."

Lucilla schüttelte den Kopf.

„Du erhältst keinen Bogen, keine Lanze, kein Schwert. Du erhältst als einzige Waffe ein Messer."

„Und wenn ich es nicht tue ?"

„Dann giltst du nicht als tapfer und mußt uns verlassen."

Die Sonne sank, die Dämmerung brach herein. Sie nahmen ihr Abendbrot ein, legten sich zu Bett als es dunkel war, doch sie schliefen nicht, folgten vielmehr einem inneren Drang, liebten sich ausgiebig, ließen erst gegen

Mitternacht voneinander ab. Lucilla schlief bald ein, während Alcarich noch lange wach blieb, nachdachte. Er war ausgezogen die Welt im Osten kennenzulernen, doch nun, nach vielleicht dreißig Tagen, er hatte sie nicht gezählt, war er in einem merkwürdigen Dorf angekommen. Man hatte ihm eine Frau beigesellt, die in ihm nicht nur eine bisher unbekannte heftige Leidenschaft entfacht hatte, sondern die gleiche Leidenschaft auch ihm gegenüber empfand. Zudem fühlte er sich mit ihr verbunden wie mit einem jahrelangen vertrauten Freund, obwohl er sie nicht einmal einen Tag kannte. Zweifelsohne ist sie ein Geschenk Freyjas, dachte er, und ein Zeichen der Götter hier zu bleiben, weil sie mir hier eine wichtige Bestimmung zugewiesen haben. Und er traf eine Entscheidung.

„Ich werde einen Bären jagen", sagte er zu Lucilla als sie am Morgen erwachten und er küßte sie.

Sie lächelte.

„Ich habe nichts anderes erwartet", lautete die Antwort.

„Und wann soll ich den Bären jagen ?"

„Das wird die Herzogin bestimmen."

Am Morgen des nächsten Tages erschien der alte Mann, der ihn nach seiner Ankunft bei den Pferden angesprochen hatte.

„Ich heiße Odoaker, die Herzogin schickt mich. Du willst einen Bären jagen ?"

„Ja, das ist meine Absicht."

„Gut, dann komm mit."

Odoaker führte Alcarich zur Koppel, wo bereits ein weiterer alter Mann und ein Jüngling warteten. Odoaker, Alcarich und der Jüngling suchten sich Pferde aus und sattelten sie. Der Alte spannte einen Gaul vor einen zweirädrigen Karren. Dann brachen sie auf. Ihr Weg führte nach Norden. Nach etwa zwei Stunden erreichten sie den Fuß eines Gebirges, die Berge schienen allerdings nicht allzu hoch zu sein. Sie wandten sich nach Westen. Nach etwa einer Stunde ließ Odoaker am Rande eines Waldes anhalten.

„Wir sind fast am Ziel. In dieser Gegend hausen die Bären."

Alcarich stieg vom Pferd, legte sein Schwert ab. Odoaker überreichte ihm einen Dolch.

„Hier nimm. Du kannst dir damit auch Waffen anfertigen, das ist dir freigestellt. Wir werden bis zwei Stunden vor Sonnenuntergang warten. Kehrst du bis dahin nicht zurück, so nehmen wir an, daß du von den Bären zerrissen wurdest."

„Und wenn ich keinen Bären finde ?"
„So kehre auf jeden Fall rechtzeitig zurück. Wir werden es dann morgen erneut versuchen."
Alcarich brach in den Wald auf, bahnte sich den Weg durch das Unterholz. Er überlegte. Eine Lanze sei vielleicht nützlich. Er fand bald eine junge Fichte, deren Stamm als Schaft geeignet erschien. Er hatte sie gerade gefällt, aber noch nicht entastet, als er hinter sich ein Brummen vernahm. Er drehte sich um, erblickte einen Bären, der sich aufgerichtet hatte und ihn an Größe weit überragte. Geschwind wie ein Blitz schnellte er auf das Raubtier zu, stieß ihm in der Herzgegend den Dolch in den Leib, zog ihn dann wieder heraus, sprang zurück. Er stolperte dabei, er konnte zwar vermeiden hinzufallen, jedoch entglitt ihm das Messer. Wütend stürmte der Bär auf ihn zu. Alcarich ergriff nun die gefällte Fichte, stieß sie mit aller Kraft dem Bären gegen den Kopf. Der taumelte einige Schritte zurück, was Alcarich die Möglichkeit gab, den Dolch aufzuheben und ihn dem Bären erneut in das Herz zu stoßen. Doch diesmal erwischte ihn ein Tatzenschlag an der Schulter und er fiel zu Boden. Das Raubtier stürzte sich auf ihn, doch Alcarich konnte sich rechtzeitig zur Seite rollen. Als sich der Bär wieder erhob stieß er ihm das Messer nochmals in die Herzgegend. Das Tier richtete sich nun vollständig auf, begann allerdings nach wenigen Augenblicken zu wanken, brach dann zusammen. Alcarich wartete kurze Zeit und als der Bär sich nicht rührte schritt er vorsichtig auf ihn zu, überzeugte sich, daß er tot war. Er befühlte seine Wunde, sie schien nicht schwerwiegend zu sein. Den Weg mit dem Messer markierend kehrte er zu den Dreien zurück, welche überrascht waren ihn so schnell wiederzusehen. Er berichtete was geschehen war, forderte sie auf ihm zu folgen um den Wahrheitsgehalt seiner Worte zu überprüfen. Odoaker und der Jüngling folgten ihm, der Alte blieb als Wache bei den Pferden zurück. Sie erreichten bald das tote Tier. Odoaker untersuchte es, befand schließlich, daß es tatsächlich an den Messerstichen gestorben war. Sie banden dem Bären nun mitgeführte Stricke um den Leib, zogen ihn an den Waldrand, wo der Alte wartete. Das Tier wurde auf den Karren geladen, dann kehrten sie ins Dorf zurück, begaben sich zur Herzogin.
„Du hast die Probe bestanden, du gehörst jetzt zu uns", meinte sie nur, „du bist aber ein freier Mann, kannst das Dorf auch jederzeit verlassen, wenn es dir hier nicht mehr behagt."
Alcarich dachte an Lucilla.
„Ich werde bleiben", antwortete er.

Am nächsten Tag suchte er die Herzogin auf.

„Ich möchte nicht untätig sein", begann er, „Lucilla berichtete mir von einem Überfall der Hoinuren, auch davon, daß sie wohl wiederkommen werden. Wir müssen das Dorf befestigen um uns vor Überfällen zu schützen. Außerdem müssen die Frauen lernen mit Waffen umzugehen."

Maorala blickte ihn unwirsch an.

„Wir können mit Waffen umgehen."

Alcarich schüttelte den Kopf.

„Verzeih, Herzogin, ich wollte die Frauen nicht beleidigen. Sie können sicher mit Schwert und Bogen umgehen, aber bei einem Angriff ist es notwendig, daß nicht jede allein für sich, sondern daß sie in Gruppen kämpfen. Die stärkste Gruppe muß dort fechten, wo die Gefahr am größten ist. Und das müssen sie üben. Ich war lange Zeit Offizier im römischen Heer. Ich kann sie die rechte Kampfesweise lehren und sie mit ihnen einüben, damit sie wissen wie man geschickt kämpft wenn Gefahr droht."

„Deine Rede sagt mir zu, tue, was du für richtig hältst", lautete ihre Antwort, „und was planst du um das Dorf zu befestigen ? Es ist bereits beschlossen, es mit einem Zaun zu umgeben, der so hoch ist, daß er nicht von einem Reiter übersprungen werden kann. Doch noch ist unser Dorf nicht völlig aufgebaut. Wir wissen also noch nicht, wo der Zaun gebaut werden soll."

„Das sollte aber doch kein Hindernis sein. Es ist doch sicher bekannt, wie-viele Hütten benötigt werden und damit auch, wie groß das Dorf sein muß. Und wenn man das weiß, dann lassen sich die Grenzen des Dorfes abstecken. Es müssen ja auch viele Bäume gefällt werden um Pfähle und Flechtwerk zu erhalten, das nimmt sehr viel Zeit in Anspruch. Diese Arbeit kann man bereits beginnen, auch wenn noch nicht genau bekannt ist, wo der Zaun gebaut werden muß."

„Das ist richtig. Wir planen auch, den Zaun mit einem Graben zu umgeben. Aber wir haben nicht beliebig viele kräftige Männer und Frauen. Wir können nicht alle Werke auf einmal vollbringen. Und vornehmlich müssen wir erst einmal Häuser bauen."

„Was nützen Häuser, wenn sie nicht geschützt sind und die Hoinuren sie leicht in Brand setzen können ?"

Maolara lächelte.

„Und was nützen Befestigungen, wenn manche in Häusern leben können und andere in Zelten wohnen müssen ? Das erzeugt Neid und schafft Unfrieden."

Alcarich sah das ein, suchte nach einem Ausweg. Und es gelang ihm in den folgenden Wochen Holz für Pfähle und Flechtwerk zu beschaffen, indem er die älteren Knaben einspannte, die bisher ohne rechte Beschäftigung waren. Es wurden hierfür ja nur dünne Stämme benötigt und die Arbeit war daher nicht sonderlich beschwerlich und gefährlich. So gelang es bis der erste Schnee fiel, einen einfachen Zaun zu errichten, der freilich noch nicht dem entsprach, was sich die Herzogin und Alcarich als Befestigung vorstellten, aber bereits ein Hindernis für mögliche Angreifer darstellte.

Auch verbrachte er täglich einige Zeit damit, die Frauen und bereits waffenfähigen Jünglinge im Kampf, entsprechend der ihm bekannten Kriegstechnik, einzuüben.

So gewöhnte er sich allmählich an das Leben im Dorf, wobei ihm auch die Liebe half, welche Lucilla ihm entgegenbrachte.

Der Missionar

An einem sonnigen und warmen Frühjahrstag tauchten drei seltsame Gestalten auf. Sie kamen zu Fuß, sie trugen braune Kutten aus grobem Stoff, ein Seil um den Leib diente ihnen als Gürtel. Auf dem Rücken trugen sie kleine Säcke, in denen ihre geringe Habe untergebracht war. Sie baten um Speise und um ein Nachtlager, was ihnen auch gewährt wurde.

Am nächsten Morgen erzählten sie dann, sie seien ausgezogen um den Glauben an den einzigen, den wahren Gott zu verkünden, der im Himmel lebe, seinen Sohn ausgesandt habe, der gekreuzigt wurde um mit seinem Tod die Menschen mit Gott zu versöhnen. Er starb, stand aber am dritten Tag wieder von den Toten auf. Der älteste von ihnen nannte sich Missionar, ausgesandt von der Heiligen Kirche in Rom um den wahren Glauben zu verkünden. Er trug ein dickes Buch bei sich, in dem, wie er sagte, die Worte Gottes aufgezeichnet seien.

Die Menschen im Dorf hörten diese Worte mit Verwunderung, sagten, sie hätten gute Götter, tapfere Götter, welche das Böse bekämpfen, die Meer-riesen, die Felsriesen, die Eisriesen. Sie sagten, sie brauchten keinen neuen Gott. Was sei das überhaupt für ein Gott, der sich kreuzigen läßt ? Das verstünden sie nicht. Der Missionar begann nun von einem Gott zu erzählen, der die Welt erschuf, sein Volk auserwählte. Er erzählte von Jesus, Gottes Sohn, der die bösen Geister und Dämonen austrieb, Stürme stillte, mit sechs Broten und sechs Fischen mehr als fünftausend Menschen speiste, Tote zum Leben erweckte, Aussätzige heilte.

Dies alles stieß bei den Menschen auf Verwunderung, auf Zweifel. Es gab aber auch Dorfbewohner, insbesondere ältere Frauen, welche den Worten des Predigers glaubten.

Andere, vornehmlich die Jünglinge, widersprachen und nannten den Missionar einen Verführer.

Alcarich hielt sich zurück.

Es gab nun am Rande des Dorfes einen heiligen Hain, in dessen Mitte eine mächtige Esche stand, welche Wotan geweiht war. Und es hieß, jeder der Hand an den Baum lege, werde durch einen von Wotan ausgesandten Blitz erschlagen. Der Missionar erklärte nun, er werde zeigen, daß Wotan ein falscher Gott sei, indem er die Esche fälle. Er nahm eine Axt in die Hand, schritt auf den Baum zu. Ein junger Mann mit Namen Asgor erzürnte sich darüber, forderte den Missionar auf, von seinem Vorhaben abzulassen. Doch der hieb mit der Axt auf den Baum ein, hielt nach einigen Schlägen inne, rief dem Volk zu.

„Seht ihr, es fährt kein Blitz aus dem Himmel und erschlägt mich. Mein Gott ist der wahre Gott, Wotan hat keine Macht."

Dann setzte er sein Werk fort. Voller Zorn über diese frevlerische Rede schleuderte Asgor seine Frame nach dem Missionar, sie durchbohrte den Mann. Tödlich getroffen sank er nieder.

„Du hast Unrecht getan", rief eine ältere Frau aus der Menge, „du hast ihn ermordet. Hat er nicht gezeigt, daß Wotan nichts vermag, er keinen Blitz vom Himmel sandte, wie wir das seit alter Zeit glaubten."

„Wotan hat die Hand Asgors geführt", entgegnete ihr eine junge Frau, „er hat zwar keinen Blitz vom Himmel geschleudert, aber durch Asgor den Frevel dieses Missionars bestraft."

„Nein, es war Asgors Zorn, geboren aus Verärgerung darüber, daß er erkennen mußte, daß Wotan keine Macht hat", erwiderte die ältere Frau.

Ein heftiges Wortgefecht entspann.

Alcarich mischte sich nun ein.

„Hört auf mich. Wotan hat nicht gestraft. Aber damit ist nicht bewiesen, daß er keine Macht besitzt. Ihr wißt, Wotan zieht durch die Welt um das Böse zu bekämpfen. Kann er überall sein? Nein, das kann er nicht. Er kann nicht stets über diese Esche wachen. Ihm sind viele Eschen geweiht. Aber wenn er zurückkehrt und den Frevel sieht, dann wird er strafen. Aber das ist nun nicht mehr erforderlich, da der Missetäter bereits tot ist. Aber ihr habt doch die Reden des Missionars gehört. Verkündete er nicht, sein Gott sei allgegenwärtig, allmächtig? Doch was tat dieser Gott? Hat er den Missionar, der seine Worte verkündete, beschützt ? Nein, das tat er nicht. Und warum wohl ? Ich sage euch, dieser Gott ist nicht allmächtig und es gibt keinen Grund an ihn zu glauben und ihm zu dienen. Ich sage euch folgendes: schickt die Gesellen des Missionars fort, die beiden jungen Männer sollen unser Dorf verlassen, bevor auch sie Zwist säen. Wir wollen nichts mehr von ihrem Gott hören. Sie mögen ihm dienen, wenn sie wollen, aber sie sollen uns in Frieden lassen."

Dieser Rat wurde für gut befunden. Die beiden Mönche durften ihren toten Glaubensbruder nach ihrer Sitte begraben. Am nächsten Morgen mußten sie allerdings weiterziehen.

Das Leben im Dorf schien nun wieder seinen normalen Gang zu nehmen, doch in Wirklichkeit hatte die Predigt des Mönches Zwietracht gesät, die aber zunächst noch nicht offen zutage trat. Es gab nun tatsächlich zahlreiche, vornehmlich ältere Frauen im Dorf, welche sich von den Erzählungen des Mönchs hatten beeindrucken lassen und nun, zunächst noch heimlich, den neuen Gott anbeteten. Insbesondere die jungen Männer nahmen Anstoß daran und brachten ihr Anliegen vor die Herzogin. Doch die war offenbar auch von den Worten des Missionars angetan, wies die Beschwerdeführer zurecht, befahl ihnen sich gegenüber den Frauen zurückzuhalten, wie es sich Jüngeren gegenüber Älteren geziemt. Diese erzürnten sich, wagten es aber nicht sich gegen die Herzogin aufzulehnen.

Auch Alcarich blieb von diesen Entwicklungen nicht verschont. Bereits Lucillas Mutter war ja Anhängerin dieser neuen Lehre, die Christentum genannt wurde, gewesen und die Predigten des Missionars hatten in Lucilla Erinnerungen an die Erzählungen der Mutter geweckt.

„Wir sind bisher herumgeirrt wie Schafe in der Dunkelheit, doch nun hat Jesus das Licht in die Welt gebracht, so daß wir sehend geworden sind. Hinweg mit den alten Göttern, mit Wotan, Donar, Freyja und all den anderen falschen Göttern, die uns nur verführt und in den Zustand der Barbarei versetzt haben."

Alcarich gefielen diese Worte nicht.

„Was redest du da, Weib ! Griechen und Römer haben blühende Zivilisationen geschaffen und hierfür nicht diesen Christengott gebraucht."

Lucilla ließ sich nicht beirren, setze ihre Versuche Alcarich zu dem neuen Glauben zu bekehren mit unverminderter Hartnäckigkeit fort, verweigerte ihm sogar den Beischlaf als er sich störrisch zeigte und an dem Glauben an die alten Götter festhielt. Alcarichs Liebe zu Lucilla erkaltete und er überlegte, ob es nicht besser sei sie und das Dorf zu verlassen.

In der Wildnis des Ostens

Zu jener Zeit berannten Markomannen, Alemannen und Franken die nördlichen Grenzen des Römischen Reich, die Parther drangen in die östlichen Provinzen, vornehmlich in Armenien und in Syrien ein und überzogen diese Länder mit Krieg, während in Afrika wilde Numiderhorden die Kolonien an der Küste des Mittelmeeres bedrohten. Die Römer schickten daher Boten zu den östlichen Germanenstämmen um Söldner anzuwerben. Der Burgunderfürst Gernot, ein Bruder König Hagens, der über zahlreiche Gefolgsleute verfügte und Ruhm und Ehre auf dem Schlachtfeld suchte, dem sich aber wenig Gelegenheit dazu bot, da er sich den Wünschen seines Bruders zu fügen hatte, fand Gefallen an der Aussicht in den Reihen der Römer siegreiche Schlachten zu schlagen und große Beute zu machen. Er hatte aber viel von der Tücke der Römer gehört, mißtraute daher den Reden der Boten und beschloß zwei Gefolgsleute, die als klug galten, auch des Schreibens und Lesens kundig waren, nach Carnuntum zu senden um Näheres über das Angebot der Römer in Erfahrung zu bringen, insbesondere auch die mit dem Eintritt in die römische Armee verbundenen Bedingungen, die Höhe des Soldes und den Anteil an der Kriegsbeute. Gernot war auch nur bereit mit seinen Gefolgsleuten geschlossen in römische Dienste zu treten, das heißt, wenn seine Mannen eine eigene Kohorte bildeten, deren Kommandant er war. Er wollte sie nicht in verschiedene Legionen verstreut wissen.

Da Gernots Besitzungen an das Siedlungsgebiet der Hergoranen grenzte, blieb es nicht aus, daß Kunde von dem Angebot der Römer in das Dorf drang und so erfuhr auch Alcarich von dem Plan Gernots Boten nach Carnuntum zu senden. Ohnehin mittlerweile unzufrieden mit dem Leben in dem Hergoranendorf und der Lieblosigkeit, die ihm Lucilla entgegenbrachte, fragte er bei Gernot an, ob er die Boten nach Carnuntum begleiten dürfe, da er nach so langem Aufenthalt in einem noch wilden Land der Zivilisation wieder einmal einen Besuch abstatten wollte. Dieser hatte keine Einwände. Trotz der Bitten Lucillas zu bleiben, bat er Maorala um Urlaub.

„Hab keine Angst", sagte er zu Lucilla, „ich werde nicht in die Dienste der Römer treten. Ich diente ihnen fünfzehn Jahre, das ist genug für ein Leben. Wir sind gut beritten; die Reise nach Carnuntum wird etwa dreißig Tage dauern, die Geschäfte der Boten werden nur wenige Tage in Anspruch nehmen. Bevor der Sommer zu Ende geht, werde ich wieder hier sein."

Am zehnten Tag ihrer Reise wurde die kleine Gruppe von etwa einem Dutzend Reiter überfallen. Trotz tapferer Gegenwehr unterlagen die drei, die beiden Burgunder wurden getötet, Alcarich gefangen genommen. Die zusammengeschmolzene Räubertruppe, bestehend aus sechs Mann, zog mit dem Gefangenen nach Osten. Sie führten eine Anzahl von Packpferden mit sich, welche die Beute ihres Raubzuges trugen. Am fünften Tag trafen sie an einem offenbar vereinbarten Treffpunkt auf eine größere Gruppe, zu der sich im Laufe der beiden nächsten Tage noch mehr Männer gesellten. Insgesamt bestand die nun weiter nach Osten ziehende Truppe aus etwa fünfzig Bewaffneten, etwa zwanzig Gefangenen und mehr als drei Dutzend vollbepackter Pferde.

Die Räuber waren hochgewachsene, kräftige Menschen mit gelblicher Hautfarbe. Sie hatten schwarze Augen, das schwarze Haupthaar war abrasiert, bis auf eine dicke, vom oberen Schädel ausgehende Strähne, die zu einem Pferdeschwanz zusammengebunden war. Sie trugen kräftige Schnurrbärte. Ihre Kleidung war fast ausschließlich aus Leder gefertigt, gut verarbeitet. Sie entstammten einem Alcarich bisher unbekanntem Volk, ihre Sprache verstand er nicht. Bei den Gefangenen handelte es sich überwiegend um kleinere, ebenfalls schwarzhaarige Menschen, Männer und Frauen, die in grob verarbeitete Felle gekleidet waren. Sie waren schmutzig und häßlich, hatten wirres Haar, die Männer wirre Bärte. Er entdeckte aber auch einige wenige große, blonde Menschen. Die Gefangenen wurden unsanft behandelt, waren stets gefesselt. Sie erhielten wenig zu essen und zu trinken, bei geringsten Unregelmäßigkeiten erhielten sie Peitschenhiebe und wurden dann für den Rest des Tagesrittes quer über das Pferd gelegt und festgebunden.

Gegen Abend, wenn die Dämmerung hereinbrach, errichteten die Fremden ein Lager aus Zelten, die Gefangenen allerdings mußten im Freien schlafen. Sie wurden voneinander soweit getrennt, daß Alcarich keine Unterhaltung mit einem Leidensgenossen führen konnte, selbst wenn er dessen Sprache verstanden hätte. Nach etwa einer Woche erwachte Alcarich des Nachts durch Kampflärm.

„Das Lager wird überfallen", schoß es ihm durch den Kopf, „ich muß Deckung finden."

Sie befanden sich weit im Osten und wer immer die Angreifer auch sein mochten, Alcarich glaubte nicht daran, daß ihm im Falle eines Sieges der Angreifer die Freiheit winken würde, denn es handelte sich zweifelsohne ebenfalls um Angehörige eines fremden, wilden Volkes. Und so würde er lediglich von einer Gefangenschaft in die andere geraten. In der Nähe befand sich dichtes Gestrüpp, in dessen Schutz er sich ohne große Mühe rollen konnte. Der Kampf entschied sich schon bald zugunsten der Angreifer. Sie zündeten nach ihrem Sieg die Zelte an, zogen dann ab. Alcarich blieb unentdeckt. Es wurde ruhig und er schlief nach einiger Zeit trotz der unbequemen Lage ein.

Er erwachte im Morgengrauen. Alles war ruhig. Die Brände waren mittlerweile weitgehend erloschen, nur einige Feuer glimmten noch. Er rollte sich aus dem Gebüsch heraus zu dem nächst gelegenen Feuer hin, in der Hoffnung, einen noch glühenden Ast zu finden um damit seine Fesseln zu durchbrennen. Dann erblickte er eine große, blonde Frau, die offenbar die Trümmer durchsuchte, wohl in der Absicht etwas Brauchbares zu finden. Alcarich überlegte kurz. Wer immer diese Frau sein mochte, sie mußte ihn unweigerlich entdecken, wenn er sich nicht schleunigst in das Gestrüpp zurückzog. Vielleicht war es dafür aber auch bereits zu spät, da seine Bewegungen der Frau unbedingt auffallen mußten. Sie konnte ihm freundlich, aber auch feindlich gesinnt sein. Das mußte gewagt werden.

„Komm her, hilf mir", rief er laut um auf sich aufmerksam zu machen, denn er konnte nicht davon ausgehen, daß sie ihn verstand.

Sie bemerkte ihn, schritt auf ihn zu, blickte ihn argwöhnisch an. Sie hielt ein Messer in der Hand.

„Ich tue dir nichts, schneide mir bitte die Fesseln durch."

Er bediente sich dabei des burgundischen Dialektes, den er mittlerweile einigermaßen erlernt hatte. Die Frau bückte sich, durchtrennte die Stricke an Händen und Füßen. Alcarich erhob sich.

„Vielen Dank, Fremde. Wir müssen hier so rasch wie möglich weg. Da drüben grasen etliche Pferde, welche die Räuber heute nacht nicht erwischen konnten. Ich werde versuchen einige einzufangen. Durchsuche du derweilen das Lager nach Brauchbarem, nach Decken oder Waffen."

„Du sprichst unsere Sprache. Bist du auch Burgunder?"

„Nein, ich bin Tenkterer. Ich habe einige Zeit im Dorf der Hergoranen gelebt und eure Sprache leidlich erlernt. Aber es ist jetzt keine Zeit für Unterhaltungen."

Er eilte davon. Nach einiger Zeit kehrte er mit drei Pferden zurück. Die Frau hatte mittlerweile einiges zusammengetragen, einige Bogen, eine größere Anzahl Pfeile, Schwerter und Säbel, ein paar Decken und sogar eine Trinkflasche. Sie verluden die Sachen rasch. Alcarich trieb zur Eile an.

„Es leben noch vier Gefangene", sagte die Frau schließlich, „die können wir doch nicht einfach liegen lassen. Sie sind gefesselt, werden verhungern."

„Du hast recht", antwortete Alcarich, „ich werde sie losschneiden. Aber mit uns ziehen können sie nicht. Sie gehören einem fremden Volk an und ich weiß nicht, ob man ihnen trauen kann. Vielleicht werden sie bei der erstbesten Gelegenheit versuchen uns zu ermorden. Das darf nicht riskiert werden. Sie sollen frei sein, aber sie müssen ihre Freiheit selbst nutzen, genau wie wir. Reite schon voraus und nimm das Packpferd mit. Ich komme nach."

Es handelte sich um drei Männer und eine Frau. Alcarich durchtrennte die Fesseln der Frau, warf dann das Messer ein Stück weit weg, bestieg rasch sein Pferd, folgte der Burgunderin. Sie ritten schweigend davon. Nach einiger Zeit entdeckte Alcarich ein Reh. Er tötete es mit einem Pfeilschuß, legte es dann auf das Packpferd. Dann ritten sie weiter. Als die Sonne die halbe Mittagshöhe erreicht hatte, gelangten sie an einen kleinen Fluß.

„Wir solltem hier eine Rast einlegen", schlug die Frau vor.

„Ja, ich denke, wir sind weit genug weg", antwortete Alcarich.

Sie stiegen ab. Die Frau begann nach trockenem Holz zu suchen, kehrte bald mit einem größeren Bündel zurück, entfachte geschickt ein Feuer.

„Da können wir das Reh braten."

Alcarich fertigte rasch aus einigen Zweigen einen Bratspieß. Sie zerlegten das Tier, steckten ein Teil des Fleisches auf den Bratspieß. Dann setzten sie sich vor das Feuer.

„Ich heiße Alcarich", begann er nun, „ich gehöre dem Stamm der Tenkterer an, wie ich dir bereits mitteilte, zog aus um die Welt kennenzulernen. Ich lebte einige Zeit im Dorf der Hergoranen. Dort erlernte ich die burgundische Sprache einigermaßen. Ich begleitete dann zwei Mannen des Herzogs Gernot nach Carnuntum. Unterwegs wurden wir überfallen. Ich wurde gefangengenommen und nach Osten verschleppt, meine Begleiter wurden getötet."

„Ich heiße Sigrid", sagte nun die Frau, „bin Burgunderin. Unser Hof wurde von fremden Reitern überfallen, sie plünderten, töteten die Männer, verschleppten mich und eine Magd. Gestern Abend wollte mich ihr Anführer mißbrauchen, löste daher meine Fesseln. Doch der Überfall rettete mich. Ich konnte aus seinem Zelt fliehen und mich verbergen."

Sie schwieg kurz.

„Warum hast du heute Morgen so zur Eile gedrängt ?"

„Wir wissen nicht genau, was heute Nacht geschehen ist. Wir wissen nicht, welchem Volk unsere Entführer angehören und welchem die Angreifer. Vielleicht wurden nicht alle unserer Entführer getötet oder verschleppt, vielleicht konnten einige fliehen, sammelten sich dann als es hell wurde, beschlossen zum Lager zurückzukehren um die Lage zu erkunden. Ich fürchtete daher, sie könnten bald auftauchen. Und selbst, wenn sie nur noch ein Dutzend waren, wären sie doch in der Überzahl gewesen und es hätte übel für uns ausgesehen. Sie hätten uns vermutlich erneut gefangengenommen. Das erschien mir zu bedenklich. Und von den anderen Gefangenen wollte ich niemand mitnehmen, da ich ihnen mißtraute. Ich konnte ja auch nur drei Pferde einfangen. Deswegen habe ich die Frau losgeschnitten, das Messer weggeworfen um Zeit zu gewinnen und bin dann schleunigst davon geritten."

„Das war klug gehandelt."

„In der Wildnis muß man klug handeln, sonst geht man unter."

Nach dem Essen zogen sie weiter – nach Westen, in der Erwartung irgendwann die Grenze des Burgunderlandes zu erreichen. Die Gegend wirkte weitgehend unbewohnt, nur selten stießen sie auf Pferdespuren, Herden oder Menschen entdeckten sie nicht. Sie durchquerten weite Graslandschaften ohne Straßen oder Wege und dichte Wälder. Dörfer erblickten sie nicht einmal in weiter Entfernung. Wild gab es reichlich, auch reife Früchte, so daß sie keine Not leiden mußten. Irgendwann folgten sie mehrere Tage dem Lauf eines großen Stroms, sahen auch zwei Fischerdörfer, die sie aber mieden und weiträumig umritten. Und sie bemerkten nicht, daß sie nach Süden abwichen und sich immer weiter vom Land der Burgunder entfernten.

Sigrid sah in Alcarich einen guten Kameraden, jener sah aber keine Zeichen, daß sie Liebe oder Leidenschaft für ihn empfand. Und er empfand dies auch nicht für sie, denn je mehr Zeit verstrich, desto bewußter wurde ihm, daß er noch immer Lucilla liebte und er fragte sich, wie das Zerwürfnis zwischen ihnen nur möglich werden konnte.

„Ein Streit um einen Gott, der unsichtbar ist, irgendwo in einem Himmel weit über uns lebt, sich nicht um die Menschen kümmert und sich erst an einem 'Jüngsten Tag' zeigt um Gericht zu halten, das ist doch lächerlich", dachte er, „gibt es denn diesen Gott überhaupt ? Ja, gibt es überhaupt Wotan ? Wir reiten jetzt bereits seit vielen Wochen durch die unendlichen Weiten des Ostens, aber die Spur eines Gottes haben wir bisher noch nicht entdeckt ? Wie kann man nur wegen eines Gottes Streit entfachen, gegeneinander kämpfen, einander töten ?"

Er hatte sich solche Fragen schon in der Zeit gestellt, als er noch römischer Offizier war und von den oft grausamen Verfolgungen der Christen gehört hatte.

„Es liegt wohl an den Menschen selbst", sagte er sich damals, „es fehlt ihnen an Weisheit, selbst denen, die in der Zivilistion leben."

Er sprach eines Abends als sie nach dem Essen noch am Feuer zusammensaßen, Sigrid darauf an.

„Den meisten Menschen fehlt es eben an Verstand", erwiderte diese nur, „sie wissen nichts über die Natur und halten daher alles, was sie nicht verstehen als Götterwerk."

Sie lachte.

„Dabei ist es doch einerlei, ob ein Gott alleine die Welt erschaffen hat oder ob dies das Werk vieler Götter ist. Oder glaubst du, es würde dann kein Wind wehen und kein Regen fallen ? Und wenn dieser Christengott oder unsere Götter die Menschen erschaffen haben, warum haben sie diese dann schlecht erschaffen, so daß die Menschen rauben, töten, morden und Männer Frauen Gewalt antun ?"

„Die Christen sagen, dies sei das Werk des Teufels, er verführt die Menschen."

Sigrid schüttelte den Kopf.

„Nun, das mag so sein. Aber ich sage dir, der Teufel weckt nur das Böse in den Menschen, das bereits in ihnen steckt. Denn wie kann sich der Mensch für das Böse entscheiden, wenn er das Böse gar nicht kennt ? Und wie kann sich der Mensch über die Gebote Gottes hinwegsetzen, wenn er nicht im Grunde seines Herzens überzeugt ist, daß die Gebote schlecht und falsch sind ?"

„Einst kam ein Prediger in unser Dorf. Er sagte, der Mensch könne erkennen, was gut und was böse ist und daher auch frei entscheiden, das Gute oder das Böse zu tun."

Sigrid schüttelte den Kopf.

„Aber dann braucht ihn doch der Teufel gar nicht zu verführen. Und ich glaube auch gar nicht, daß die wilden Völker des Osten wissen, daß sie etwas Böses tun, wenn sie rauben und morden."

Sie lachte dann.

„Und wenn dieser Gott die Welt erschaffen hat, dann muß er auch den Teufel erschaffen haben. Warum tat er das ?"

„Schimpfe nicht so sehr auf den Christengott", wandte Alcarich jetzt ein, „auch unser Glaube an die alten Götter kennt das Böse, die Riesen, den Fenriswolf, die Midgardschlange."

Sigrid lachte erneut.

„Wotan, Donar und all die anderen Götter sind nicht allmächtig und sie sind auch nicht unsterblich. Balder wurde von einen harmlosen Mistelzweig getötet. Und wenn die Götterdämmerung hereinbricht, dann werden alle untergehen."

„Aber auch die Christen kennen den Jüngsten Tag."

„Dann hält ihr Gott Gericht. Aber er stirbt nicht."

Sigrid blickte ihn nun frech an.

„Du wunderst dich sicher darüber, was ich alles weiß. Du hast lange im Römischen Reich gelebt, dort vieles gelernt, während ich in einem Dorf im Burgunderland, weit ab von der römischen Zivilisation, aufwuchs. Aber ich sage dir, eines Tages, als ich noch fast ein Kind war, kam ein Fremder in unser Dorf. Er war ein Weiser, nannte sich einen Philosophen, sagte, er habe aus seiner Heimatstadt Athen fliehen müssen, weil er Dinge lehrte, die den Bürgern nicht gefielen. Unser Dorfälteste, der ein paar Jahre in römischem Dienst stand, sogar einmal in der Stadt Athen war, erlaubte dem Flüchtling in unserem Dorf zu bleiben. Er mußte dann allerdings die Schafe hüten. Doch war dies keine schwere Aufgabe und so saß er oft in Gedanken versunken am Rande der Schafweide. Die Knaben, die außer den Berichten der Alten über ihre Heldentaten keine Geschichten hören wollten, sich lieber im Reiten und um Gebrauch der Waffen übten, schätzten den Philosophen gering, doch die Mädchen versammelte sich oft um ihn, lauschten seinen Erzählungen."

Nach mehr als zwanzig Tagen gelangten sie in eine hügelige Landschaft. Getreidefelder, welche teilweise bereits abgeerntet waren und Menschen, die auf den Feldern arbeiteten, zeigten ihnen, daß hier Ackerbau betrieben wurde, in der Nähe also eine größere Siedlung liegen mußten. Bald erblickten sie in der Ferne ein Dorf. Nach kurzer Beratung beschlossen sie es aufzusuchen.

Sie wurden mißtrauisch, aber nicht feindselig empfangen. Da die Sprache der Bewohner dem burgundischen ähnelte, konnten sie sich leidlich verständigen.

„Wer seid ihr ? Woher kommt ihr ? Und was wollt ihr hier ?" fragte ein älterer Mann, der wohl der Angesehendste im Dorf zu sein schien.

„Wir kommen aus Burgund ...", begann Sigrid.

„Das Land der Burgunder liegt im Nordwesten. Ihr kommt allerdings aus dem Osten", unterbrach sie der Mann.

„Laß uns doch ausreden", warf Alcarich nun ein, „wir wurden von fremden Reitern überfallen und nach Osten verschleppt, konnten uns aber befreien und fliehen und sind nun auf dem Weg zurück nach Burgund."

Der Mann blickte sie skeptisch an.

„Da seid ihr aber auf dem falschen Weg. Burgund liegt im Nordwesten wie ich schon sagte."

Er bediente sich nun des burgundischen Dialekts.

„Wir sind fremd", wandte nun Sigrid ein, „wir wissen den genauen Weg nicht. Wir sind seit mehr als zwanzig Tagen unterwegs, haben nur Wildnis durchquert, keinen Menschen getroffen, den wir fragen konnten. Euer Dorf ist das erste, auf das wir treffen. Ihr müßt uns nicht mißtrauen. Wir sind keine Spione eines Räuberstammes, die Dörfer auskundschaften wollen. Und wieso sprichst du unsere Sprache ?"

Der Mann lächelte.

„Unser Dorf auskundschaften ! Das würde euch schlecht bekommen, es sei denn, ihr rückt mit einem großen Heer an. Wir sind Goten und wissen uns zu wehren."

Er schwieg einen Moment, sein Blick wurde milder.

„Nun gut, steigt ab", meinte er schließlich.

Er führte sie dann zu einem Tisch, welcher vor einem größeren Haus stand und von vier Bänken umsäumt war; er gebot ihnen Platz zu nehmen.

„Ich heiße Theoderich", begann er nun, „lebte lange als Gesandter am Hofe des Königs von Burgund, deshalb spreche ich auch eure Sprache. Später verbrachte ich einige Zeit in Konstantinopel. Vor einigen Jahren kehrte ich dann in mein Heimatdorf zurück. Und wer seid ihr ?"

Sie begannen zu erzählen. Theoderich hörte aufmerksam zu.

„Die fremden Reiter waren mit Sicherheit Tartunen. Eure Beschreibung paßt auf sie. Sie leben irgendwo im Osten, wo genau, das ist mir nicht bekannt. Aber sie unternehmen oft weite Raubzüge in den Westen, meist in Gruppen von einigen Dutzend Männern. Größere Heerzüge haben sie bisher nicht unternommen. Es heißt, ihre Clans sind großteils untereinander verfeindet und daher können sie kein größeres Heer aufstellen. Und vermutlich waren die Angreifer, die eure Entführer vernichtet haben, Angehörige einer feindlichen Sippe. Euch hätte in der Tat nichts Gutes erwartet, wenn ihr in deren Hände gefallen wärt. Und die anderen Gefangenen waren wahrscheinlich Sarmaten oder Angehörige kleinerer Stämme, die im Bereich der großen Sümpfe im Norden leben. Es wundert mich nur ein bißchen, daß sie bis nach Burgund vorgedrungen sind. Vermutlich gibt es weiter im Osten nicht mehr viel zu holen. Es hausen dort ja auch nur arme Völkerschaften soweit das bekannt ist. Für uns waren sie auch eine Plage bis König Witigis energische Maßnahmen ergriff. Er ließ Grenzwachen aufstellen, spürte drei dieser Banden auf, vernichtete sie. Seitdem wagen sie sich nicht mehr hierher."

„Wir bitten dich nur", sagte jetzt Alcarich, „uns für ein paar Tage in euer Dorf aufzunehmen. Wir haben eine lange Reise hinter uns, brauchen ein paar Tage Ruhe."

„Ihr könnt als Gäste bleiben solange ihr wollt. In meinem Haus ist genügend Platz. Ich werde euch eine Kammer zuweisen."

„Vielen Dank für deine Gastfreundschaft", entgegnete Sigrid, „wir wollen sie nicht über Gebühr in Anspruch nehmen. Schließlich möchten wir zurück nach Burgund. Ein paar Tage Ruhe und ein paar Sachen, die wir für die Weiterreise benötigen, eine Zeltplane vielleicht, genügen uns. Wir besitzen auch einiges Geld und können bezahlen."

„Solch geringe Wünsche erfüllen wir gerne."

Bereits am dritten Tag bemerkte Alcarich, daß ein junger Mann aus dem Dorf Sigrids Nähe suchte und sie seinem offensichtlichen Begehren entgegen kam. Sie suchten täglich den kleinen Weiher am Rande des Dorfes auf, saßen am Ufer, führten lange Gespräche, badeten zusammen an warmen Tagen. Alcarich drängte zum Aufbruch, doch Sigrid führte an, sie fühle sich noch ermattet von dem langen Ritt durch die Wildnis. Aber Alcarich glaubte ihr nicht, es schien ihm gewiß, daß Thorismund, so hieß der junge Gote, der Grund für ihren Willen war, noch länger zu bleiben.

„Es ist vergebliche Mühe sich Liebende zu trennen", sagte er sich, „ich werde alleine weiterreisen."

Die Verfolgung
In der Nacht vor seiner geplanten Abreise wurde Alcarich von lautem Lärm geweckt. 'Wir werden angegriffen' und 'Zu den Waffen' konnte er aus dem wirren Geschrei heraushören. Alcarich ergriff sein Schwert, eilte nach draußen. Zahlreiche Räuber waren bereits in das Dorf eingedrungen, stürmten in mehrere Häuser. Ein Teil der Goten stürzte sich auf sie, die

anderen liefen zur Dorfbefestigung, wo immer mehr Angreifer versuchten den Zaun zu überwinden. Sie wurden blutig zurückgeschlagen. Auch die ins Dorf eingedrungenen Räuber waren bald besiegt, die meisten fielen im Kampf, etliche konnten aber mit Beute beladen oder Frauen hinter sich her zerrend fliehen. Unterdessen hatten jene Feinde, welche draußen vor der Dorfbefestigung geblieben waren, versucht, mittels Feuerpfeilen Häuser in Brand zu setzen, aber ohne Erfolg, da es am Nachmittag geregnet hatte und die Dächer noch naß waren. So endeten die Kämpfe bald, die Feinde ließen mehr als drei Dutzend Tote zurück, während nur drei gotische Kämpfer gefallen waren. Es stellte sich heraus, daß die weggeschleppte Beute eher mager war, übler hingegen erschien, daß mehr als ein Dutzend Frauen fehlten, unter ihnen war auch Sigrid. Die Angreifer hatten sie wohl als Gefangene fortgeschleppt.

„Bei den Räubern handelte es sich zweifelsohne um Tartunen", teilte Theoderich den versammelten Männern mit, „der Teufel soll sie holen. Wir werden ihnen folgen und unsere Frauen befreien. Sobald der Morgen graut brechen wir auf, zwei Dutzend tapfere Männer unter der Führung Sibichs. Es wird ein anstrengender Ritt werden. Legt euch daher schlafen, damit ihr ausgeruht seid."

Er wandte sich an Alcarich.

„Du ziehst doch mit ?"

„Sicher", lautete dessen Antwort, „aber ich verstehe nicht, warum es Tartunen sein sollten. Sagtest du nicht, daß sie seit König Witigs' Maß-nahmen sie sich nicht mehr ins Gotenland wagen ?"

„Ich verstehe es auch nicht", antwortete der, „vermutlich sind neue Horden aus den fernen Osten eingebrochen und drängen nun die Tartunen nach Westen. Nun, darüber läßt sich lange disputieren. Viel wichtiger ist es aller-dings, daß wir unsere Frauen befreien bevor sie als Sklavinnen verkauft werden. Lege dich also auch zur Ruhe."

Die Tartunen hatten eine deutliche Fährte hinterlassen, so daß es nicht schwerfiel ihnen zu folgen.

„Offensichtlich sind viele von ihnen verletzt", meinte Thorismund, der es sich nicht hatte nehmen lassen mitzuziehen, obwohl ihn Sibich nicht für seine Schar auserwählt hatte, am frühen Nachmittag zu Alcarich, „sie kommen nur langsam voran. Vermutlich werden wir sie morgen einholen."

Am frühen Abend des nächsten Tages meldeten Späher, sie hätten das Tartunenlager entdeckt. Es sei eine knappe Reitstunde entfernt. Die Goten zögerten nicht, es zu umzingeln und in der Dämmerung anzugreifen. Nach kurzem hartem Kampf waren die Tartunen besiegt, die meisten waren getötet worden, eine Handvoll konnte aber entkommen. Die Gefangenen waren wohlauf, doch fehlten Sigrid und Alrun, eine Frau aus dem Dorf, der ein schlechter Ruf anhing.

„Wir werden die wenigen Überlebenden nicht weiter verfolgen, das lohnt nicht. Wir haben die Tartunenbande aufgerieben und unsere Angehörigen befreit. Das mag genügen", entschied Sibich.

„Sie haben Sigrid und Alrun fortgeschleppt", wandte Alcarich ein.

„Alrun ist eine ehrlose Hure um die es nicht schade ist. Und Sigrid ist eine Fremde, eine Burgunderin. Was geht sie uns an ?" gab Sibich zur Antwort.

Alcarich schwieg, er wußte, es machte keinen Sinn dem Anführer zu widersprechen. Es würde seinen Zorn entfachen, aber seinen Entschluß nicht ändern.

„Ich reite nicht mit euch, sondern werde meine Gefährtin befreien", sagte Alcarich am nächsten Morgen zu Sibich, als die Goten zum Aufbruch rüsteten.

„Du bist ein Fremder", antwortete der, „du warst Gast in unserem Dorf. Du bist mir keine Rechenschaft schuldig, du kannst tun, was dir beliebt."

Nun trat auch Thorismund heran.

„Ich werde auch nicht nach Hause zurückkehren, sondern mit Alcarich reiten."

Sibich, der von Thorismunds Zuneigung zu Sigrid nichts wußte und daher glaubte Thorismund wolle Alrun retten, entgegnete ihm spöttisch.

„Wenn du dein Leben für eine Hure einsetzen willst, dann wehre ich es dir nicht."

Die Goten brachen auf, zogen ihrem Dorf entgegen. Alcarich und Thorismund folgten der Spur der Tartunen, ritten nach Osten. Die Spur der Flüchtenden war zunächst recht gut zu erkennen. Nach zwei Tagen setzte allerdings ein längerer Regen ein, der sie verwischte.

„Das macht eine weitere Verfolgung sinnlos", meinte Thorismund, „das Land ist riesig, Straßen gibt es nicht. Wohin sollen wir uns wenden ?"

Alcarich überlegte.

„Das ist zwar wahr, aber sie müssen ein Ziel haben. Vielleicht liegt ihr Dorf in der Nähe und sie reiten geradewegs darauf zu. Die Gegend ist flach, nicht sumpfig, nur spärlich bewaldet. Warum sollten sie also einen Umweg wählen ?"

„Und wenn es sich um eine Bande handelte, die umherzog, keinen festen

Platz hatte ?" gab Thorismund zu bedenken.

„Die Bande ist zerschlagen, es sind nur noch etwa ein halbes Dutzend Männer übrig. Und die haben keine Zelte, keine Gerätschaft, nichts. Sie werden wohl nicht auf Dauer unter freiem Himmel auf nackten Steppenboden schlafen wollen. Sie müssen sich einer Horde anschließen. Ein Dorf zu überfallen und sich das Notwendige zu rauben werden sie wohl nicht wagen. Dazu sind sie zu wenige."

Thorismund blickte etwas unschlüssig.

„Nun, ich weiß selbst, unsere weitere Suche ist wenig aussichtsreich. Ich bin dir daher nicht böse, wenn du aufgibst und in dein Dorf zurückkehrst. Ich allerdings werde weiterreiten. Vielleicht finde ich ihre Spur wieder. Sie müssen unbedingt Spuren hinterlassen. Sie brauchen Nahrung, müssen jagen, Sie müssen abends lagern und werden auch ein Feuer entzünden um das Wild zu braten. Es wird allerdings mühsam werden ihre Spuren zu finden."

Thorismund überlegte eine Weile.

„Du hast recht", sagte er schließlich, „die weitere Suche ist zwar nicht sehr aussichtsreich, aber auch nicht völlig aussichtslos. Man darf nie zu früh aufgeben. Ich komme mit."

Sie brachen auf, suchten die Gegend, die sie durchritten, gründlich ab, kamen dadurch nur langsam voran. Und das Glück war ihnen hold. Am zweiten Abend, es dämmerte bereits, entdeckten sie die Überreste eines Lagerfeuers. Thorismund strahlte.

„Die Mühe hat sich gelohnt."

Alcarich lächelte.

„Vielleicht. Wir wissen, daß hier ein Lagerfeuer brannte. Ob sie es waren, die wir suchen oder andere, das wissen wir nicht."

„Aber welche Wahl bleibt uns denn ? Es hat unterdessen nicht mehr geregnet", wandte Thorismund ein, „und von hier aus führen Spuren weiter, genau in die Richtung, die wir eingeschlagen haben. Und es wäre schon ein großer Zufall, wenn sie von anderen stammten."

„Wir haben ohnehin keine andere Wahl. Entweder es ist die richtige Fährte oder es ist sie nicht. In diesem Fall haben wir ihre Spur endgültig verloren und können umkehren."

Sie brachen am nächsten Morgen in der Dämmerung auf, die Spuren waren in dem sandigen, nur mit spärlichem Graswuchs bedeckten Boden gut zu erkennen. Nach zwei Tagen ging die Steppe in eine dichter bewachsene Wiesenlandschaft über. Die Spuren waren nun immer schwieriger zu erkennen, verschwanden schließlich. Die beiden behielten allerdings ihre Richtung bei, erreichten nach wenigen Stunden einen breiten Strom.

„Diesen Fluß können sie nicht auf Pferden durchschwimmen", meinte Alcarich.

„Ja, sie benötigen ein großes Boot oder ein Floß, eine Fähre", erwiderte Thorismund.

„Was tun wir jetzt? Halten wir uns stromaufwärts oder stromabwärts?"

„Es ist erst kurz nach Mittag", schlug Thorismund vor, „halte du dich stromaufwärts, ich werde stromabwärts reiten. Bei Sonnenuntergang treffen wir uns wieder hier."

Thorismund wartete bereits als Alcarich zurückkehrte.

„Etwa eine Stunde flußabwärts liegt eine kleine Stadt. Dort gibt es einen Fährmann, der auch Tiere und Gespanne über den Fluß setzt. Für heute ist es zu spät. Wir werden sie morgen aufsuchen."

Die beiden erregten einiges Aufsehen als sie in die Stadt einritten. Viel Volk strömte herbei, begaffte die beiden Fremden. Die Menschen wirkten aber nicht feindselig. Thorismund erkundigte sich nach einem Gasthof, zunächst aber ohne Erfolg. Schließlich trat ein älterer, grauhaariger Mann heran.

„Du bist Ostrogote?" fragte er.

„Nein, Wisigote", antwortete Thorismund, „aber wir sprechen die gleiche Sprache."

„Du suchst einen Gasthof? Da wirst du kein Glück haben. So etwas gibt es nicht in unserer Stadt."

„Ja, kommen denn niemals Fremde hierher, die ein Nachtlager suchen?"

„Doch schon, aber die müssen im Fremdenhaus außerhalb der Umzäunung schlafen. Fremde dürfen nicht über Nacht in der Stadt bleiben, es sei denn, jemand nimmt sie als Gast auf und bürgt für sie."

„Nun, wir wollen auch nicht lange bleiben. Wir möchten etwas zu Essen haben, einen Becher Wein und eine Auskunft."

„Fische erhaltet ihr beim Fischhändler am Strand, Brot beim Bäcker, Wein in der Schenke. Auskunft kann ich euch geben. Was gebt ihr mir dafür?"

Thorismund zog ein Silberstück aus seinem Wams.

„Genügt das?"

„Das hängt davon ab, was ihr wissen wollt."

„Nicht viel; wir suchen eine Handvoll Männer, die von zwei Frauen begleitet werden."

Der Alte überlegte.

„Was wollt ihr von ihnen?"

„Was geht dich das an ?" dachte Thorismund.

Er besann sich aber, wollte den Alten nicht verärgern, da dieser sonst keine Auskunft geben würde. Er überlegte, was er antworten solle. Der Alte grinste.

„Hab keine Angst, du kannst ruhig die Wahrheit sagen. Es sind Tartunen, Räuber. Sie haben eure Frauen geraubt und ihr verfolgt sie nun. Aber ihr werdet kein Glück haben. Sie waren gestern hier, ließen sich über den Fluß setzen und ritten dann auf der Handelstraße nach Osten."

„Und wohin ?"

„Woher soll ich das wissen. Ich habe sie nicht gefragt. Vielleicht zu den Hunnen."

„Den Hunnen ? Wer sind die Hunnen ?"

„Ich weiß es nicht genau. Man sagt, es sei ein Reitervolk aus dem Osten, die Männer seien klein und häßlich, aber grausam. Es heißt auch, sie seien mit ihren Pferden verwachsen, würden selbst im Sattel schlafen. Ich weiß es nicht, ich habe noch keinen gesehen. Sie rauben, morden und plündern. Unsere Stadt haben sie bisher verschont. Aber wie lange noch ? Wenn sie erst einmal das Reich der Ostrogoten zerschlagen haben, ist nichts mehr vor ihnen sicher."

„Das Reich der Ostrogoten zerschlagen ?"

„Man spricht davon, daß ihr König Balamber dies plant. Ermanerich, der König der Ostrogoten ist in großer Sorge. Er läßt Befestigungen bauen, wirbt unter den Sarmaten Söldner an, es heißt sogar, er habe Boten nach Konstantinopel geschickt um die Römer um Hilfe zu bitten. Aber Sicheres weiß man nicht."

Er pausierte kurz.

„Und was ist mit den Tartunen ?" fragte Thorismund.

„Ich habe euch für das Silberstück genug erzählt."

Thorismund zog ein weiteres Silberstück hervor, warf es dem Alten ärgerlich hin.

„Hier, hast du !"

„Nun, vielleicht wollen sie die Frauen an die Hunnen verkaufen. Einer ihrer Clans hat einige Tagesreisen von hier sein Lager aufgeschlagen."

Er lachte.

„Die Frauen haben wundervolles goldenes Haar und eine helle Haut. Die Tartunen glauben sicher, die Hunnen werden einen hohen Preis für sie bezahlen. Ich glaube es nicht. Die Hunnen werden die Frauen nehmen und die Tartunen töten. Ich sage euch, wenn eure Frauen erst einmal bei den

31

Hunnen sind, dann seht ihr sie nie wieder."

Thorismund bedankte sich bei dem Alten, wandte sich dann Alcarich zu, berichtete ihm, was er erfahren hatte.

„Hoinuren, Tartunen, Hunnen", meinte dieser, „ein Sturm bricht über unsere Völker herein und wir können ihn nicht aufhalten. Aber ich gebe nicht auf. Ich befreie Sigrid und wenn ich sie aus dem Hunnenlager holen muß."

Sie besorgten sich ein Fäßchen Wein, einige Brote, begaben sich dann zum Anlegeplatz der Fähre. Es handelte sich um ein recht großes Floß von zwölf Schritten Länge und acht Schritten Breite, so daß auch Gespanne übergesetzt werden konnten. Sie war an allen Seiten von einem Geländer umgeben. Die an der Vorder- und Rückseite ließen sich öffnen um die Passagiere ein- und aussteigen zu lassen. Zur Bedienung waren vier Männer, der Fährmann, welcher steuerte, und drei Gehilfen, die ruderten, erforderlich. Die Fähre wurde an zwei starken, über den Strom gespannten Seilen geführt um dem Fährmann das Steuern zu erleichtern und ein Abtreiben des Floßes aufgrund der starken Strömung zu verhindern.

Sie ließen sich über den Fluß setzen, folgten dann der Handelsstraße, die aber nicht mehr war als eine gut erkennbare Spur. Zwei Tage später erblickten sie gegen Abend ein Pferd, das am Rande eines Waldes graste. Beim Näherkommen sahen sie, daß eine Gestalt im Gras lag.

„Ob sie tot ist?" meinte Thorismund, „ich werde nachsehen."

Plötzlich stieß er einen lauten Schrei aus.

„Sigrid !"

„Lebt sie noch ?" rief ihm Alcarich zu.

Thorismund stieg vom Pferd, beugte sich dann über Sigrid.

„Sie schläft."

Nun kam auch Alcarich heran. Sigrid erwachte, blickte die beiden groß an.

„Ist dies ein Traum ?" stieß sie hervor.

Thorismund lächelte sie an.

„Nein, wir sind es wirklich. Alcarich und ich sind euch gefolgt. Die anderen sind nach Erstürmung des Lagers ins Dorf zurückgekehrt."

„Und wie habt ihr mich gefunden ?"

„Wir folgten eurer Spur. Es war nicht immer leicht, aber schließlich erreichten wir einen großen Strom. In einer Stadt erfuhren wir, daß die Tartunenbande den Fluß überquerte und entlang der Handelsstraße nach Osten ritt, vermutlich um euch an die Hunnen zu verkaufen. Und wie kommst du hierher ?"

„Als die Goten das Lager stürmten und der Anführer der Tartunen die Sache verloren sah, rief er seine engsten Freunde zusammen. Sie rafften in aller Eile einen Teil der Beute zusammen und nutzten das Wirrwarr um zu ihren Pferden zu gelangen und zu fliehen. Alrun und mich schleppten sie mit. Wir ritten gen Osten, erreichten nach einigen Tagen eine kleine Stadt. Sie hielten sich aber dort nicht lange auf, sondern überquerten den Fluß und ritten dann nach Osten weiter. Was sie mit uns vorhatten, kann ich nicht sagen. Ich verstand ihre Sprache nicht und sie nicht unsere. Vermutlich wollten sie uns wirklich als Sklavinnen verkaufen, denn sie behandelten uns nicht schlecht, taten uns auch kein Leid an. Vorletzte Nacht wurden wir überfallen. Ich weiß nicht von wem. Ich konnte auch nicht viel erkennen, denn der Mond schien nicht. Ich konnte mich in ein Gebüsch verkriechen. Der Kampf dauerte nicht sehr lange und die Angreifer zogen bald weiter. Ich schlief schließlich ein. Am nächsten Morgen bot sich mir dann ein gräßliches Bild. Alle Tartunen waren getötet worden. Man hatte ihnen auch die Köpfe abgeschlagen. Alrun fand ich nicht unter den Toten. Ich suchte sie, aber vergeblich. Die Angreifer hatten die meisten Pferde zurückgelassen. Vermutlich hatten sie während der Dunkelheit sich auch gar nicht die Mühe gemacht nach ihnen zu suchen. Mir gelang es ein Pferd einzufangen. Es hatte sogar noch einen Beutel um den Hals, in dem sich einige Geldstücke befanden. Es lagen auch noch Waffen der toten Tartunen herum. Ich nahm mir einen Bogen und Pfeile, ein Schwert, ein Messer. Ich ritt dann nach Westen, legte einige kurze Pausen ein um dem Pferd etwas Ruhe zu gönnen und um Früchte einzusammeln. Und hier bin ich nun aus Erschöpfung eingeschlafen."

Mittlerweile war die Dämmerung hereingebrochen, so daß es nicht sinnvoll erschien weiterzureiten. Sie zogen sich allerdings ein Stück in das Wäldchen zurück, fanden eine Lichtung, die sie als Lager wählten. Sie nahmen das Abendessen ein, Brot und ein Teil des gebratenen Fleisches eines Rehs, das Alcarich am Tag zuvor erlegt hatte. Sie verzichteten darauf ein Feuer anzuzünden. Kurz nach dem Morgengrauen wurden sie durch lautes Hufgetrappel geweckt, Thorismund schlich sich vorsichtig an den Waldrand, blickte hinaus in die Steppe, winkte dann die beiden herbei.

„Das sind wohl an die zweihundert Krieger", flüsterte Alcarich, „und wie sehen denn die aus ? Sie scheinen nicht allzu groß zu sein, haben eine gelbliche Haut, sind furchtbar häßlich, in Fell gekleidet und tragen auch Fellmützen. Ich habe solche Wesen zuvor noch nie gesehen. Und sie ziehen nach Westen."

„Und bewaffnet sind sie mit Bögen, krummen Schwertern und Dolchen", fügte Thorismund hinzu, „vermutlich sind es Hunnen. Ob sie die Stadt überfallen wollen ?"

„Vermutlich wollen sie das", bemerkte Sigrid, „aber wenn sie nach Westen ziehen, dann ist uns der Weg versperrt. Wenn wir ihnen in die Hände fallen, dann sind wir verloren."

„Laßt uns zurückgehen und beraten, was wir tun können", schlug Alcarich vor.

Sie kehrten zu ihrem Lagerplatz zurück und frühstückten. Nach einiger Zeit vernahm Sigrid ein leises Knacken.

„Habt ihr es auch gehört ?" flüsterte sie den beiden zu.

„Nein", gaben die zur Antwort.

„Es war aber deutlich. Wir werden belauscht."

„Woher kam das Geräusch ?" fragte Alcarich leise.

Sigrid deutete die Richtung mit einer Kopfbewegung an.

„Ich werde nachsehen", flüstere Alcarich.

Er erhob sich, verließ das Lager in entgegengesetzter Richtung.

„Wenn es ein erfahrener Späher ist, dann durchschaut er meine Absicht und zieht sich zurück. Ich kann bestenfalls Spuren finden", sagte er sich.

Er lief zum Waldrand, ging ihn in jeder Richtung etwa zweihundert Schritte entlang, fand aber keine Spuren, die in den Wald hinein oder aus ihm herausführten. Er drang dann wieder in den Wald ein, zog einen großen Kreis um das Lager, entdeckte ein Pferd, aber bei weiterem Suchen keinen Menschen. Er kehrte zurück, nahm das Pferd am Zügel um es ins Lager zu führen. Als er sich näherte, hörte er von dort eher laute Stimmen. Zu seiner Verwunderung sah er wenig später Sigrid und Thorismund mit einer fremden Frau zusammensitzen. Sie unterhielten sich lebhaft, schienen guter Dinge zu sein. Alcarich trat hinzu.

„Wer ist denn das ?" fragte er.

„Das ist Alrun", entgegnete Sigrid freudig, „ach ja, du kennst sie ja noch nicht. Sie konnte auch entkommen."

Alrun lächelte.

„Ich wiederhole es kurz. Ich konnte mich bei dem Überfall auch verbergen, war aber so aufgeregt, daß ich nicht einschlafen konnte. Im Morgengrauen, als die Räuber weggeritten waren, verließ ich mein Versteck, suchte nach Sigrid, fand sie aber nicht. Ich fing dann ein Pferd ein, nahm einen Bogen, Pfeile, ein Schwert und ein Messer, ritt nach Westen, erreichte den Wald gestern Morgen. Ich drang ein Stück in ihn ein, fand bald eine kleine

Lichtung. Ich war todmüde, ließ mich nieder, habe fast einen ganzen Tag geschlafen. Als ich Morgengrauen erwachte, wollte ich den Wald verlassen, stieß auf euer Lager."

„Und hast du die fremden Reiter auch bemerkt ?" fragte Alcarich.

„Ich habe Hufgetrappel gehört, wagte es aber nicht an den Waldrand zu gehen. Was werdet ihr jetzt tun ?"

„Wir haben uns gerade beraten als du kamst", sagte Sigrid, „wir zögern nach Norden, Osten oder Süden in unbekannte Gegenden zu ziehen. Wer weiß, auf welche wilden Völkerscharen wir dort stoßen werden."

„Ich habe auch darüber nachgedacht", erwiderte Alrun, „ich denke aber, es ist das beste wir wenden uns nach Westen zu dem großen Fluß hin. Er mündet sicher in das große Meer im Süden. Wenn uns der Weg nach Westen versperrt ist, dann sollten wir seinem Lauf folgen. Dann gelangen wir bestimmt in das Land unserer Verwandten, der Ostrogoten."

Dieser Vorschlag gefiel, wurde angenommen. Sie waren vorsichtig. Abwechselnd ritten Alcarich und Thorismund als Späher voraus.

„Ich bezweifele, ob sie die Stadt überfallen wollen. Ihre Spur biegt etwa eine Stunde von hier nach Norden ab", meinte Thorismund, als er wieder einmal von einem Kundschaftsritt zurückkam.

„Zürne mir nicht", lachte Alcarich, „aber die bist noch jung und unerfahren, „wenn sie der Handelsstraße folgen, dann stoßen sie auf die Stadt. Sie müssen aber den Fluß überqueren um sie zu überfallen. Die Fähre können sie dazu nicht benutzen. Sicherlich kennen sie stromaufwärts eine Stelle, wo sie den Fluß leicht überqueren können. Laßt uns also schneller reiten. Wenn wir Glück haben, dann können wir die Stadt hinter uns lassen bevor sie überfallen wird."

Obwohl einerseits Eile geboten schien, ritten sie doch langsam um ihre Pferde zu schonen. Als sie die Stelle erreichten, wo die Reiter nach Norden abgebogen waren, zog Alcarich ein bedenkliches Gesicht.

„Nicht alle sind nach Norden geritten. Eine kleine Gruppe zog nach Westen weiter."

„Was hat das zu bedeuten ?" fragte Sigrid.

Alcarich überlegte kurz.

„Nun, wenn der Überfall beginnt, werden sicherlich etliche Bewohner mit der Fähre über den Fluß fliehen. Die hier verborgenen Männer haben wohl den Auftrag, die Fähre in Besitz zu nehmen wenn sie anlegt und zu verhindern, daß die Flüchtlinge sie zerstören", erwiderte er dann, „sie nutzt ihnen zwar nichts bei ihrem Angriff, brauchen sie aber um hinterher die

Beute wegzuschaffen, einerlei ob sie die Beute auf Gespannen oder auf Lastpferden abtransportieren. Es wird wohl keine Stelle geben, wo der Fluß so flach ist, daß Gespanne ihn überqueren können. Und bepackte Pferde über den Fluß schwimmen zu lassen ist gefährlich. Sie könnten abgetrieben werden und die Beute könnte verloren gehen."

„Unter diesen Umständen sollten wir nicht zum Fluß reiten", gab Thorismund zu bedenken.

„Es ist gefährlich", gestand Alcarich ein, „wir sollten es aber trotzdem riskieren. Die Reiter werden sich verstecken und den Anlegeplatz der Fähre erst dann besetzen, wenn der Angriff auf die Stadt beginnt um den Überfall nicht vorzeitig zu verraten."

„Ich bin mir nicht so sicher, daß sie uns unbehelligt lassen", wandte Sigrid ein, „immerhin könnten sie vermuten, daß wir die Reitertruppe gesehen haben und die Stadt warnen."

„Ich weiß", erwiderte Alcarich, „aber wir sollten es trotzdem versuchen. Allerdings müssen wir sehr vorsichtig sein. Vor allem sollten wir Orte weiträumig umgehen, an denen sie sich verbergen können. Die Steppe ist eben, aber Wälder, auch kleine, bilden eine Gefahr."

Sie ritten weiter. Die Spur bog schließlich nach Nordwesten in Richtung eines Waldes ab.

„Meine Vermutung war richtig", bemerkte Alcarich beiläufig, „sie werden sich dort in dem Wald verborgen halten."

Kurze Zeit später erreichten sie den Anlegeplatz.

„Ich glaube, wir haben Glück", meinte Sigrid, „dort drüben scheint alles ruhig. Der Überfall hat noch nicht begonnen."

Sie wollten bereits die große, rot angestrichene Tafel hochziehen um dem Fährmann anzuzeigen, daß sie übergesetzt werden wollten, als aus dem etwa achthundert Schritte flußaufwärts beginnenden Wald, eine Gruppe Reiter hervorpreschte. Die vier wendeten ihre Pferde ritten flußabwärts, nach Süden. Sie trieben ihre Reittiere aufs äußerste an, merkten bald, daß ihre Verfolger sie wohl nicht einholen konnten, sich der Abstand zu ihnen immer mehr vergrößerte. Schließlich gaben jene auf, wendeten ihre Pferde. Die vier ritten allerdings noch eine Weile in scharfem Tempo weiter, da Alcarich vermutete, die Umkehr der Feinde könne eine List sein um sie in Sicherheit zu wiegen. An einer bewaldeten Stelle zügelten sie schließlich ihre Pferde, stiegen aus dem Sattel um den Tieren Gelegenheit zum Fressen und zum Trinken zu geben und ihnen eine Ruhepause zu gönnen.

„Was tun wir jetzt?" fragte Alrun.

„Welche Wahl haben wir denn ?" erwiderte Thorismund, „zurück können wir nicht. Also müssen wir weiter stromabwärts ziehen bis wir eine Stelle finden, wo wir den Strom überqueren können."

Im Reich der Ostrogoten

Sie ritten fünf Tage nach Süden ohne Menschen zu begegnen. Es gelang ihnen Wild zu schießen, das sie dann brieten, denn es schien ihnen nicht gefährlich ein Lagerfeuer zu entzünden. Sie fanden auch genügend Früchte, mußten also nicht hungern.

Dann kamen ihnen fünf Reiter entgegen.

„Das sind keine Angehörigen von Völkerschaften aus dem Osten, auch keine Tartunen oder Sarmaten", meinte Thorismund.

„Du hast schlechte Augen", rief ihm Alrun zu, „es sind Goten."

„Goten ?" wunderte sich Sigrid, „so weit im Süden ?"

„Sicherlich sind es Ostrogoten", war die Antwort.

Die Reiter näherten sich. Thorismund gab ihnen durch ein Zeichen zu verstehen, daß sie keine feindlichen Absichten hätten.

„Wer seid ihr ?" rief ihnen einer der Reiter, offenbar ihr Anführer, zu.

Thorismund wies auf sich und Alrun.

„Wir sind Wisigoten und unsere beiden Begleiter sind Burgunder."

„Und wo kommt ihr her ?"

„Tartunen haben unser Dorf überfallen. Wir haben sie abgewehrt, konnten aber nicht verhindern, daß sie einige Frauen verschleppten. Wir folgten ihnen um sie zu befreien. Die beiden sind die letzten."

Der Ostrogote verzog das Gesicht.

„Ihr beide allein ? Wo sind die anderen Männer, die anderen Frauen ?"

„Ich werde euch ausführlich berichten", erwiderte Thorismund, „wenn du deinen Namen nennst und uns deinen Freundschaftsgruß entbietest."

„Du hast gar nichts zu verlangen. Du befindest dich auf König Ermanerichs Land."

„Ziehst du es vor zu kämpfen ?" schleuderte ihm Thorismund entgegen.

Der Ostrogote schüttelte den Kpf.

„Nein, steigt ab und laßt uns niedersetzen. Mein Name ist Hildebrand. Seid uns willkommen."

Nachdem sie sich niedergesetzt hatten, begann Thorismund seinen Bericht.

Alcarich bemerkte, daß sich während Thorismunds Rede Hildebrands Gesicht immer mehr verfinsterte, fragte sich, was dies zu bedeuten habe.

37

„Wo befinden wir uns hier und heißt dieser Fluß ?" schloß Thorismund schließlich.

Hildebrand lächelte.

„Ihr befindet euch etwa eine Tagesreise südlich der Grenze von König Ermanerichs Reich. Der Fluß ist der Danaper, die Stadt fünf Tagesreisen flußaufwärts ist zweifelsohne Kijerwerala. Und die Reiter waren sicherlich, wie du vermutest Hunnen. Das ist bedenklich, denn soweit nach Westen vorgedrungen sind sie bisher noch nicht. Wir hatten bereits einige Kämpfe mit ihnen, aber alle fanden östlich des Dons statt. Reiten wir zurück. Ich muß den Herzog warnen. Ihr begleitet uns doch ?"

Thorismund lächelte.

„Es bleibt uns nicht anderes übrig."

„Ihr seid keine Gefangenen", sagte Hildebrand, „ihr könnt reiten wohin ihr wollt."

„Und wo können wir den Danaper überqueren."

Hildebrand lachte.

„In unserem Dorf."

Nach zwei Tagen erreichten sie eine größere Ostrogotensiedlung. Hildebrand übergab sie der Obhut des Dorfältesten, ritt dann zum Sitz des Herzogs weiter. Der Dorfälteste wies ihnen ein Quartier zu. Thorismund berichtete ihm von ihrer abenteuerlichen Fahrt seit Verlassen des Wisigotendorfs. Der Dorfälteste zog ein bedenkliches Gesicht.

„Wir können nicht darauf vertrauen, daß die Hunnen wieder nach Osten reiten. Kijerwerala ist ein schmutzigen Sarmatennest. Große Beute werden sie da nicht gemacht haben."

Er ließ die Wachen verstärken. Die Vorsicht wurde belohnt. In der dritten Nacht wurde Alarm geschlagen. Fremde Reiter griffen an. Es entbrannte ein heftiges Gefecht. Alcarich und Thorismund fochten in vorderster Reihe. Auch Sigrid und Alrun kämpften tapfer. Dennoch wäre ihre Mühe vergeblich gewesen, wenn nicht in der Morgendämmerung Herzog Teja mit einer starken Truppe herangesprengt und ihnen zu Hilfe gekommen wäre. Der Kampf war nun bald entschieden. Die meisten Angreifer waren tot, der Rest war geflohen. Der Dorfälteste trat dem Herzog entgegen, verneigte sich tief.

„Vielen Dank, Herr, daß Ihr uns vor den fremden Teufeln gerettet habt."

Teja lächelte.

„Das habt ihr Hildebrand zu verdanken; er war es, der die Gefahr sah und mich überredete mit einer starken Truppe zu euch aufzubrechen. Und auch ihr habt tapfer gekämpft, euer Dorf solange gegen die Barbaren verteidigt, bis wir eingreifen konnten."

Teja wandte sich nun ab, beschaute die toten Feinde, rief den Dorfältesten dann wieder zu sich.

„Es waren in der Tat Hunnen. Aber wie kommen sie bis hierher, so weit nach Westen, bis an den Danaper?"

„Vielleicht fanden sie in Kijerwerala nicht genügend Beute und zogen daher zu uns."

„Ich weiß, Hildebrand berichtete mir vom Überfall auf Kijerwerala; er erfuhr es von vier Fremden. Sind sie noch hier?"

„Ja, Herr, sie haben tapfer in unseren Reihen gekämpft, auch die Frauen."

„Gut, dann laß sie herbringen. Ich will mit ihnen reden. Und weißt du, was aus Hildebrand geworden ist? Er kämpfte in der vordersten Reihe. Ich verlor ihn aber aus den Augen."

„Nein, Herr."

„Dann laß ihn suchen."

Der Dorfälteste rief einige Knechte herbei, gab ihnen Anweisungen. Kurze Zeit später kam einer der Knechte mit Sigrid, Alcarich und Thorismund zurück.

„Die zweite Frau habe ich nicht gefunden, Herr."

„Wer seid ihr?" fragte der Herzog freundlich.

„Ich bin Thorismund, ein Wisigote."

„Und ich heiße Alcarich, entstamme dem Volk der Tenkterer. Ich war Gast im Dorf der Wisigoten als es von den Tartunen überfallen wurde. Ich zog dann mit ihnen aus um die verschleppten Frauen zu befreien, denn auch Sigrid, meine Gefährtin war unter ihnen. Und wir hatten Erfolg wie ihr seht."

Thorismund übersetzte sein Worte. Der Herzog blickte Sigrid an.

„Und bist Sigrid?"

„Ja, Herr. Ich bin aber Burgunderin."

Teja lächelte.

„Nun, ihr habt ja alle Ruhm gewonnen. Wenn ich dem Dorfältesten Glauben schenken darf, dann habt ihr unter den Hunnen gewütet wie einst Simson unter den Philistern."

Alcarich lächelte.

„Danke, Herzog."

„Ich weiß zwar nicht, wer Simson und die Philister sind, aber es war zweifelsohne ein Lob", dachte Alcarich.

Ein kostbar gekleideter Krieger, wohl ein Feldhauptmann, trat heran, unterhielt sich leise mit dem Herzog, trat nach Beendigung seine Berichtes wieder ab.

Unterdessen waren auch Alrun und Hildebrand herangetreten. Sigrid, Alcarich und Thorismund wunderten sich darüber, daß sie zusammen kamen.

„Die Frau heißt Alrun, eine Wisigotin. Sie ist eine Heldin. Ohne sie hättet Ihr jetzt keinen Heerführer mehr. Sie hat mir das Leben gerettet, den Hunnen erschlagen, der mich hinterrücks töten wollte."

Der Herzog lächelte, wandte sich dem Dorfältesten zu.

„Laß uns Wein bringen um unseren Sieg zu feiern."

Er grinste.

„Falls es in deinem Dorf überhaupt Wein gibt."

Wenig später erschien ein Junge mit einem großen Krug, ein zweiter brachte Becher."

Teja trank eine großen Schluck, begann dann zu sprechen.

„Es waren Hunnen, wohl eine ganze Tausendschaft."

„Eine Tausendschaft?" wunderte sich Thorismund, „wir haben ihren Zug gesehen, aber so viele waren es nicht."

„Die Zahl der Angreifer auf das Dorf war auch wesentlich geringer", ergänzte Alcarich.

Der Herzog schüttelte den Kopf.

„Das hat wenig zu bedeuten. Vermutlich sind sie in mehreren Gruppen nach Kijerwerala gezogen und ihr habt nur eine von ihnen gesehen. Und für den Überfall auf das Dorf benötigten sie keine Tausendschaft. Sie wären sich nur gegenseitig hinderlich gewesen. Die meisten hielten sich zurück, griffen erst in den Kampf ein als wir herannahten."

Er trank neinen Schluck Wein.

„Nein, das war kein gewöhnlicher Raubzug. Dafür waren sie zu viele. Ich vermute, sie wollen einen großen Feldzug vorbereiten. Nachdem wir sie am Don zurückgeschlagen haben, sind sie nun hier im Norden eingedrungen um unsere Verteidigungsanlagen zu erkunden und um unsere Stärke zu prüfen. Die Lage ist ernst. Hier haben wir keine Befestigungen. Ich werde König Ermanerich aufsuchen."

Er wandte sich an die vier.

„Schließt Euch mir an. Ich bitte darum."

Am Nachmittag brach die Ostrogotentruppe auf. Zwei Tage später rief Teja die vier zu sich. Zu ihrer Verwunderung benutzte er die Burgundersprache. „Ich verbrachte einige Zeit am burgundischen Königshof. Dort habe ich die Sprache gelernt. Ich habe die Truppe Hildebrand übergeben, wir werden mit einer kleinen Eskorte zur Königsburg reiten."
Thorismund wollte bei Hildebrand zurückbleiben. Sigrid und Alrun dagegen waren neugierig, wollten die als prächtig geschilderte Königsburg sehen, drängten daher darauf mit zum Königshof reisen zu dürfen. Es wurde ihnen gewährt.

Sie erreichten den Königshof nach wenigen Tagen. Alcarich wurde freundlichst aufgenommen, nachdem Teja ihn als großen Helden aus dem Volk der Tenkterer vorgestellt hatte. Er erhielt ein bequem ausgestattetes Gemach.
„Bauleute aus Konstantinopel haben die Königsburg errichtet und ausgestattet wie auch die Paläste dort ausgestattet sind", erklärte ihm voller Stolz der kleine, schmächtige, ältere Mann, der ihm als Leibdiener zugeordnet wurde, „wir haben auch ein Badehaus, wie man es prächtiger in Konstantinopel sicherlich auch nicht finden kann. Ich werde es Euch zeigen. Und Ihr erhaltet auch eine Badedienerin. Sie wird Euch nicht nur das Bad zubereiten und euren Körper reinigen, sondern auch Eure Nächte versüßen."
Einige Tage nach Ankunft am Königshof bestellte ihn der Herzog zu sich.
„König Ermanerich hat uns am Nachmittag zu einem Empfang einbestellt. Ihr müßt keine Bedenken haben ihn zu erzürnen, wenn Ihr Euch nicht zu sehr ehrerbietig verhaltet. Zur Begrüßung müßt Ihr niederknien, allerdings darf nur das rechte Knie den Boden berühren. Den Körper müßt Ihr aufrecht halten, nur den Kopf leicht neigen. Und reden dürft Ihr erst, wenn es Euch der König gestattet. Richtet Euch nicht nach mir, denn Herzögen ist es erlaubt, den König aufrecht stehend zu begrüßen. Aber habt keine Bedenken, daß Ihr die gesamte Zeit über knien oder stehen müßt. Wenn die Begrüßungzeremonie vorüber ist, wird der König Euch bitten in einem der Sessel, die um den Thron stehen, Platz zu nehmen."
Zur angebenen Zeit betraten die beiden die Königshalle. Ermanerich begrüßte sie freundlich. Er war ein Greis, saß gebückt auf seinem Thron. Es hieß, er sei bereits an die hundert Jahre alt. Er sprach leise, fragte Alcarich nach seinen Erlebnissen in den Gebieten nördlich des Ostrogotenreiches. Er hörte sehr aufmerksam zu. Dabei wirkten seine Gesichtszüge sehr ernst. Er

fragte dann auch nach den Zuständen im Land der Burgunder und in den Gebieten am Rhenus. Diese Berichte berührten ihn aber weniger. Teja übersetzte die Reden. Er mußte allerdings sehr laut reden, ja fast schreien, da Ermanerich nicht mehr gut hören konnte. Nach etwa einer Stunde entließ der König die beiden.

„Täuscht Euch nicht in König Ermanerich", sagte Teja, nachdem sie die Königshalle verlassen hatten, „er mag zwar alt und sein Körper schwach sein, aber sein Geist ist noch hellwach."

Alcarich hielt sich bereits etwa drei Wochen in der Königsburg auf, begann sich zu langweilen. König Ermanerich hatte ihn bei der Audienz sehr freundlich behandelt, ihn auch einen lieben Gast genannt, ihm aber keine Pflichten auferlegt. Er unternahm tagsüber längere Ausritte, jagte aber nicht mehr, da er nicht wußte, was er mit dem erlegten Wildpret anfangen sollte, nachdem das erste Reh, das er geschossen hatte, aus Gründen, die er mangels Sprachkenntnisse nicht verstand, nur widerwillig in der Küche angenommen worden war. Und so hoffte er, bald zusammen mit Herzog Teja abreisen zu können. Doch schien die Lage im Reich und an den Grenzen ernst, denn es wurden lange Beratungen geführt und Teja verschob seine Abreise immer wieder. Sigrid und Alrun lebten im Frauenhaus, gingen wohl Vergnügungen nach, die ihnen gefielen. Genaues darüber erfuhr er aber nicht. Allerdings waren sie stets guter Dinge wenn er sie traf, was allerdings nicht allzu häufig vorkam.

Eines Abends suchte ihn ein vornehm gekleiderer Mann auf, der sich als Oberster Berater des Königs vorstellte. Sein Name war Valamir.

„Ihr seid ein tapferer Mann, habt dem Reich große Dienste erwiesen. König Ermanerich möchte Euch daher eine große Ehre erweisen und Euch seine Enkelin Amalaswintha zur Frau geben."

Alcarich blickte Valamir erstaunt an.

„Das ist aber eine sehr hohe Ehre. Bin ich der Prinzessin überhaupt würdig ? Ich bin nur ein einfacher Mann aus einem fremden Volk, nicht von hoher Geburt und ich besitze keine Güter außer ein paar Münzen, einem Pferd und einem Schwert."

„Es steht mir nicht zu dies zu beurteilen", erwiderte Valamir, „doch wenn der König Euch für würdig befindet, dann seid Ihr es."

„Dennoch, Euer Vorschlag kommt für mich sehr überraschend. Ich hoffe, der König wird mir nicht zürnen, wenn ich um Bedenkzeit bitte."

„Ganz und gar nicht. Es ist keine allzu große Eile geboten."

Alcarich verstand das nicht. Wie konnte der König ihn für würdig befinden seine Enkelin zu heiraten. Die Begegnung bei der Audienz war nur kurz gewesen, viel zu kurz um ihn soweit kennenzulernen, daß er ein solches Urteil fällen konnte. Es mußte also irgendetwas im Gange sein, das ihm allerdings unmöglich gefallen konnte. Er beschloß Herzog Teja ins Vertrauen zu ziehen.

„Ich will ganz offen zu Euch sprechen, zähle aber auf Eure Verschwiegenheit", begann er zunächst mir freundlicher Stimme. Sein Blick wurde aber dann finster, seine Stimme nahm einen harten Klang an, „wenn Ihr darüber redet, dann wird es Euch schlecht ergehen."

Er pausierte kurz.

„König Ermanerich ist alt, zu alt um den drohenden Krieg gegen die Hunnen zu führen. Sein Sohn Gesimund taugt auch nicht dazu. Er ist zwar von kräftiger Gestalt, aber von schwachem Geist. Und daher muß Gesimunds Tochter Amalaswintha Königin werden. Der Kronrat hat dies bereits bereits beschlossen. Aber eine Königin braucht einen Gemahl."

Alcarich horchte auf.

„Eine Königin braucht einen Gemahl, sagte er, und nicht, eine Königin braucht einen König", dachte er, fragte dann.

„Gibt es denn keine andere Wahl ?"

„Doch, es gibt noch Valaravans, Ermanerichs zweiten Sohn. Doch ihn lehnen wir Herzöge als König ab. Er ist habgierig, verschlagen und falsch. Er würde das Reich an die Römer oder auch an die Hunnen verkaufen, wenn es ihm zum Vorteil gereicht. Aber um Königin zu werden braucht Amalaswintha einen Gatten. Ohne einen Gemahl kann sie nicht den Thron besteigen."

Alcarich blickte den Herzog etwas scheel an. Dieser fuhr fort.

„Aber er wird nicht den Titel König führen, sondern Prinz genannt werden. Er wird auch nicht dem Kronrat vorstehen und auch keine königlichen Gesetze oder Dekrete unterzeichnen dürfen."

Alcarich lächelte.

„Was darf er dann außer die Königin zu beschlafen ?"

Teja blickte finster.

„Er hat eine sehr wichtige Aufgabe. Er wird das königliche Heer führen. Ihr wart doch Offizier im römischen Heer. Ihr seid der geeignete Mann."

„Ich verstehe. Deshalb habt Ihr mich mit zur Königsburg genommen. Aber warum heiratet nicht einer der Herzöge Amalaswintha ?"

Herzog Teja lachte.

„Ihr kennt die Gesetze und Gebräuche der Ostrogoten nicht. Ermanerich, Amalaswintha und auch Valaravans entstammen dem Geschlecht der Amaler, unserem Königsgeschlecht. Und niemals darf ein Mann aus einem anderen Geschlecht König werden solange noch ein Mann oder eine Frau aus dem Amalergeschlecht lebt."

„Aber Amalaswinthas Gatte wird doch gar nicht König wie Ihr sagtet."

„Nun, Ihr kennt eben unsere Gesetze und Gebräuche nicht. Heiratet eine Ostrogotin, so wird sie in das Geschlecht ihres Mannes aufgenommen. Heiratet Amalaswintha also einen ostrogotischen Herzog, so verliert sie den Status als Amalerin, kann daher nicht Königin werden. Es müßten also dann Gesimund oder Valaravans den Thron besteigen. Das ist aber nicht der Fall, wenn sie einen Fremden heiratet, dann bleibt sie Amalerin."

„Diese Regelung verstehe ich aber nicht."

„Das ist doch ganz einfach: ein Fremder hat keine eigene Macht in unserem Reich. Ein starker und ehrgeiziger Herzog jedoch könnte als Gatte Amalaswithas Ansprüche auf den Thron erheben. Und wenn er auch noch mächtige Freunde hat, könnte er Gesimund oder Valaravans absetzen, sich selbst krönen lassen und den Kronrat zwingen, die Krönung anzuerkennen."

Alcarich schwieg eine Weile nachdem Teja seine Rede beendet hatte.

„Nun, es gibt da aber eine Schwierigkeit", meinte er dann, „ich habe bereits eine Frau. Versündige ich mich nicht?"

„Habt Ihr den Segen der christlichen Kirche erhalten?"

„Nein, das Christentum ist bei uns noch unbekannt."

„Dann zählt die Eheschließung auch nicht. Seid also unbesorgt. Aber Ihr werdet Euch taufen lassen müssen."

„Ich danke euch für Eure offenen Worte. Ihr verlangt eine sehr schwere Entscheidung von mir. Ich muß das gründlich abwägen. Ich habe mir bereits von Valamir eine Bedenkzeit erbeten und er hat sie mir gewährt."

Er verabschiedete sich dann.

Je länger er nachdachte, desto weniger gefiel im der Vorschlag, Gatte der Königin zu werden, ohne wirkliche Macht, nur ein Schmuckstück, eine Puppe, die mittels Fäden bewegt wird. Und was bedeutete es, Führer des königlichen Heeres zu sein? Welche Macht besaß er, wenn es zu Streitigkeiten mit einem Herzog kam? Was würden die anderen Herzöge in solch einem Fall unternehmen? Würden sie auf seiner Seite stehen oder Partei gegen ihn ergreifen? Aber konnte er überhaupt ablehnen?

Doch dann geschah etwas, das ihn aller seiner Sorgen entledigte. Ein Bote meldete, daß ein große Hunnenhorde den Danaper flußabwärts ziehe und in wenigen Tagen die Grenze des Ostrogotenreiches überschreiten werde. In aller Eile zog König Ermanerich ein Heer zusammen, unterstellte es Herzog Teja, der ohne zu zögern nach Norden aufbrach.

Alcarich suchte den Herzog auf.

„Ich werde natürlich mit Euch ziehen und kämpfen, die Heirat mit Amalaswintha kann verschoben werden", sagte Alcarich, „siegen die Hunnen, dann ist sie ohnehin überflüssig."

Teja brachte zahlreiche Einwände, doch Alcarich ließ sie nicht gelten.

„Was sollen denn die tapferen Ostrogoten von einem Mann halten, der in seinem Bett liegt und sein Weib beschläft, während sie ihr Leben einsetzen um die Hunnenflut zu stoppen ? Nein, das wäre schändlich. Einen solchen Mann würden sie niemals achten."

Alrun und Sigrid wollten nicht alleine in der Königsburg zurückbleiben, zogen ebenfalls mit. Nach drei Tagen stieß Hildebrand mit der Truppe des Herzogs zu ihnen. Etwa ein Tagesritt stromaufwärts der Ostrogotensiedlung trafen sie auf die Hunnen. Nach drei Tagen Kampf, der keiner Partei den völligen Sieg brachte, zogen sich die Hunnen zurück, nachdem sie schwere Verluste erlitten hatten. Gefangene berichteten, daß es sich nicht um das königliche Heer Balambers handelte, sondern um die Horde des Fürsten Bleda, der eigenmächtig gegen die Ostrogoten gezogen war um die Niederlage der räuberischen Tausendschaft einige Wochen zuvor zu rächen.

„Das ist erst der Beginn", meinte Herzog Teja am Abend vor den versammelten Scharführern, „die Gefahr ist groß. Die Hunnen sind die zähesten und grausamsten Kämpfer, die ich bisher kennengelernt habe. Auch wir haben schwere Verluste erlitten und ich bin sicher, König Balamber wird bald mit einer gewaltigen Streimacht gegen uns ziehen."

„Haltet uns nicht für feige", begann Thorismund, nachdem die Scharführer gegangen und nur er, Alcarich und Hildenbrand zurückgeblieben waren. Sigrid und Alrun, die sich bisher abseits gehalten hatten, kamen hinzu, fragten, ob sie Platz nehmen dürften, was ihnen gewährt wurde, „aber zwei Männer können einen Krieg nicht entscheiden. Ich möchte zurück in mein Dorf, dort berichten, was hier am Danaper geschieht und welche Gefahren uns Wisigoten drohen. Sigrid und Alcarich werden mich begleiten."

„Ich kann euch nicht halten", erwiderte Teja, „ihr seid freie Männer, ihr habt auf unserer Seite aus freien Stücken gekämpft und wenn ihr nun eurer Wege ziehen wollt, dann sei es."

Er lächelte, wandte sich Alcarich zu.

„Ich verstehe deine Gründe. Es ist nicht die Sehnsucht nach deiner Heimat und deinem Weib, was dich forttreibt. Du willst den Streitigkeiten um den Thron entgehen."

Nun meldete sich Alrun zu Wort.

„Ich werde nicht mit euch reiten. Ich bleibe hier. In unserem Dorf gelte ich ohnehin nur als unehrenhafte Frau, werde verachtet."

„Und was willst du hier?" fragte Thorismund.

„Ich habe meine Gründe", erwiderte sie, „aber es schickt sich nicht für eine Frau, sie in einer Männerrunde zu nennen."

„Aber ich darf es sagen", sprach Hildebrand und lachte dabei, „Alrun und ich haben zusammengefunden. Wir werden die Ehe miteinander eingehen."

Am nächsten Tag ritten Sigrid, Thorismund und Alcarich zur Ostrogotensiedlung. Der Dorfälteste beglückwünschte sie zu dem großen Sieg, wie er sich ausdrückte, wollte ihnen zu Ehren ein großes Fest abhalten. Doch sie lehnten ab, baten lediglich darum über den Danaper gesetzt zu werden. Sie hielten sich dann nach Nordwesten, erreichten nach vierzehn Tagen das Wisigotendorf. Thorismund genoß als junger Bauernsohn nicht allzu viel Ansehen im Dorf. Sigrid und Alcarich waren Fremde. Man nahm Notiz von ihrer Rückkehr, zeigte aber keine allzu große Freude darüber. Thorismund und Sigrid hatten unterdessen auch zusammengefunden. Alcarich gönnte sich einige Tage Ruhe, dann brach er alleine nach Norden auf, erreichte vier Wochen später ohne größere Gefahren bestehen zu müssen das Hergoranendorf, wo ihn Lucilla, die ihn schon verloren geglaubt hatte, freudig empfing.

Kundschafter bei den Hoinuren

Alcarich verlebte nun viele unbeschwerte Wochen mit Lucilla, die offenbar von Herzen froh darüber war, daß er wohlbehalten zurückkehrte. Sie überschüttete ihn mit Liebesbezeugungen, unterließ auch jeden Versuch ihn von der Lehre des unseligen Missionars zu überzeugen. Der Winter brach herein, verging.

Ein Überfall der Hoinuren im späten Frühjahr beendete die Zeit des Glückes. Zwar konnte der Überfall zurückgeschlagen werden, nicht zuletzt auch Dank des Burgunderherzogs Giselher, der mit seinen Mannen zu Hilfe eilte, als die Hoinuren nach hartem Kampf die Oberhand zu gewinnen schienen. Giselhers Herzogtum grenzte ebenfalls an das Gebiet der Hergoranen und nachdem die Hoinuren zuvor ein burgundisches Dorf geplündert hatten, setzte sich Giselher mit seinen Mannen auf die Spur des Räuberhorde.

Es kehrte nun wieder Ruhe im Dorf ein. Sie währte für Alcarich aber nicht lange, denn bereits zwei Wochen später suchte ihn ein Bote des Herzogs auf, mit der Bitte, ihm zu folgen, da Giselher eine wichtige Unterredung mit ihm plane.

„Die hoinurische Plage ist unerträglich geworden", begann Giselher, „Überfälle, Brandschatzungen, Raub und Mord nehmen überhand. König Hagen befürchtet sogar, daß sich ihre Horden unter der Führung des Clanfürsten Attalinla, der wegen seiner Tapferkeit bei allen Sippen hohes Ansehen besitzt, zusammenschließen und einen großen Feldzug unternehmen. Er plant daher dem Übel ein Ende zu bereiten. Doch müssen zuvor einige Schwierigkeiten überwunden werden. Der Wisigotenherzog Walia, der angesehenste Mann in den östlichen Gauen, ist den Hoinuren aus Gründen, die niemand so recht kennt, freundlich gesinnt. Vermutlich erhofft er sich von ihnen Unterstützung gegen die Tartunen. Die Wisigoten sind hier allerdings gespalten, der Gotenfürst Hadubrand, der Vornehmste in den westlichen Gauen sieht in den Hoinuren eine schwere Gefahr, die bekämpft werden muß. König Witigis zögert noch, konnte sich bisher nicht zu einer Entscheidung durchringen. Er sieht eine große Gefahr von einer wilden Völkerschaft, den Hunnen, die aus dem Osten heranziehen, ausgehen. Es heißt, sie bedrohten bereits das Reich der Ostrogoten. Die Vandalen sind den Hoinuren zwar auch feindlich gesinnt, werden sich aber aus alter Feindschaft zu den Burgundern niemals mit uns verbünden, nicht einmal gegen den Fenriswolf oder die Midgardschlange. Die Langobarden und die Gepiden dagegen sind mögliche Verbündete. Es ist aber noch nichts entschieden. Es werden Boten hin und her geschickt, es wird verhandelt."

„Das ist von Witigis sehr kurzsichtig gedacht", meinte Alcarich, „ich habe auf Seiten der Ostrogoten zwei Schlachten gegen die Hunnen geschlagen. Sie sind zähe und grausame Kämpfer. Wenn sie sich mit den Hoinuren und Tartunen verbünden, dann bilden sie eine Gefahr für alle Völker bis hin zum Rhenus."

Giselher wiegte den Kopf.

„Aber werden sich Hoinuren und Tartunen wirklich mit den Hunnen verbünden ? Es sind stolze Völker, aber die Hunnen sind auf bedingungslose Unterwerfung aus wie es heißt. Und hinzu kommt, daß die Hoinuren gute Beziehungen zum Kaiser in Rom pflegen, da diese den Römern feindlich gesinnte Germanenstämme bekriegen, die das römische Reich bedrohen. Wir gehen zwar nicht davon aus, daß er ihnen Hilfe leisten wird, da er andere schwere Sorgen hat, doch gewiß ist das nicht."

„Das ist aber ein zweischneidiges Schwert", meinte Alcarich, „wenn die Hoinuren die Überhand gewinnen, werden die germanischen Stämme ihre Heimat verlassen, nach Westen ziehen und bald werden nicht nur Alemannen, Markomannen und Franken, sondern auch Burgunder, Vandalen, Gepiden und Langobarden die Grenzen des römischen Reiches bedrohen."

Der Herzog lachte.

„Die Tücke der römischen Politik liegt darin, bald den einen, bald den anderen zu unterstützen. Keiner soll siegen. Alle sollen sich zugunsten der Römer gegenseitig bekriegen und schwächen."

„Ich sehe, die Lage ist schwierig und verworren. Aber warum habt Ihr nach mir gesandt? Welchen Rat kann ich Euch geben?"

„Ihr könnt uns äußerst wertvolle Dienste erweisen. Ich sagte doch, die Hoinuren pflegen gute Beziehungen zum Kaiser in Rom. Ihr wart viele Jahre als Offizier in römischen Diensten. Ihr kennt die Sitten und Gepflogenheiten der Römer, sprecht ihre Sprache. Und Ihr seid Tenkterer, Angehöriger eines Volkes, das weit im Westen am Rhenus lebt."

Giselher schwieg kurz.

„Wir müssen erfahren, was die Hoinuren beabsichtigen. König Hagen hält es daher für erforderlich, einen Mann zu ihnen zu schicken, der ihre Pläne auskundschaftet. Er muß tapfer und klug sein. Und Ihr habt doch den Osten bereist. Und denkt auch an Euer Weib und das Hergoranendorf. Die Hoinuren werden wiederkommen und ich kann mit meinen Mannen nicht immer zur Stelle sein und Hilfe leisten."

„Ihr meint, ich soll zu den Hoinuren reisen. Das ist ein äußerst gefährlicher Auftrag. Werden sie mich nicht verdächtigen sie auskundschaften zu wollen."

„Das müßt Ihr in Erwägung ziehen. Aber Ihr seid doch klug. Es wird Euch schon etwas glaubhaftes einfallen. Und Ihr seid doch ein Held. Oder habe ich mich in Euch getäuscht?"

Alcarich gab sich geschlagen, sagte zu. Giselher bat ihn noch, nicht zu zögern und den Auftrag umgehend auszuführen. Alcarich kehrte in das Hergoranendorf zurück, gönnte sich zwei Tage Ruhe. Er verabschiedete sich von Lucilla, brach dann auf.

Alcarich ritt nach Osten, wußte aber nicht so recht wohin er sich wenden solle. Die Hoinuren waren bisher stets wie aus dem Nichts aufgetaucht und nach den Überfällen wieder spurlos verschwunden. Niemand wußte woher sie kamen und wohin sie sich nach ihren Raubzügen wieder zurückzogen. Späher der Burgunder waren bis zu einem Fluß, den die Einheimischen Wisla nannten, vorgedrungen, hatten aber keine Wohnsitze der Hoinuren aufspüren können.

Alcarich durchritt ein fast menschenleeres Land, stieß nur ab und zu auf kleine Dörfer mit friedlich wirkenden Bewohnern, deren Aussehen auch nicht der Beschreibung entsprach, welche Überlebende von Raubüberfällen von den Hoinuren gemacht hatten. In den Dörfern erhielt er keine Auskünfte über die Wohnsitze der Hoinuren, ob aus Angst oder aus Unwissen, das konnte er nicht entscheiden, zumal ihm auch ihre Sprache unbekannt war und er sich mit ihnen umständlich mittels Zeichen verständigen mußte.

Nach vierzehn Tagen erreichte einen größeren Fluß, der wohl die Wisla sein mußte. Er fand auch bald eine geeignete Stelle, an der er sie überqueren konnte. Die Gegend wurde nun waldreicher und auch sumpfiger. Zwei Tage später vernahm er, als er gerade einen lichten Wald durchquerte, Schreie. Die Worte verstand er zwar nicht, aber sie klangen wie Hilferufe. Alcarich zögerte keinen Augenblick, lenkte sein Pferd in die Richtung aus der die Rufe kamen. Kurze Zeit später erblickte er eine junge Frau, die auf einem Baum saß, mit dem einen Arm umklammerte sie den Stamm, mit dem anderen einen kleinen Knaben. Ein riesiger Eber berannte den Baum, der unter dessen Stößen erzitterte und es schien nur eine Frage der Zeit bis die Frau und das Kind den Halt verlieren, herunterstürzen und Opfer des wilden Schweines werden würden. Alcarich sprengte heran, stieß dem Tier sein Schwert in den Leib. Dann sprang er aus dem Sattel um den Eber zu Fuß zu bekämpfen. Das war zwar gefährlich, aber er fühlte sich zu Fuß wendiger als hoch zu Roß. Auch wollte er vermeiden, daß das Wildschwein das Pferd verwundete und er, selbst wenn er das Tier tötete, unberitten war. Der verletzte Eber, ein Blutstrom quoll aus seinem Leib, ließ nun vom Baum ab, wandte sich dem neuen Feind zu, stürmte auf Alcarich los. Der wich ihm geschickt aus, stieß ihm erneut das Schwert in den Leib. Das waidwunde Tier drehte sich noch einmal um, schickte sich an auf Alcarich loszustürmen, brach aber nach wenigen Augenblicken zusammen. Alcarich trat nun vorsichtig heran, trennte ihm den Kopf vom Rumpf. Dann wandte er sich der Frau und dem Knaben zu, deutete auf den Eber und versuchte ihnen durch Zeichen verstehen zu geben, daß er tot sei, keine Gefahr mehr bestehe und sie vom Baum steigen könnten. Die Frau zögerte etwas, wohl weil sie sich offensichtlich vor dem Fremden fürchtete, doch schien ihr der Knabe gut zuzureden, denn schließlich kam sie vom Baum herunter, verneigte sich, sagte etwas, was wohl eine Dankesbezeugung sein mochte. Sie lief dann ein Stück in den Wald hinein, stieß kurze Zeit später einen gellenden Schrei aus. Alcarich folgte ihr ohne zu zögern, erblickte nach wenigen Schritten ein auf der Erde liegendes totes Pferd, dessen Seite aufgerissen war. Daneben lag ein Mann. Die Frau hatte sich bereits zu ihm niedergekniet. Alcarich trat nun hinzu. Der Mann war am Oberarm verletzt, lebte aber noch, war lediglich ohnmächtig, vermutlich war er beim Sturz vom Pferd mit dem Kopf aufgeschlagen. Ein leichtes Wiehern verriet, daß noch ein weiteres Pferd in der Nähe sein mußte. Ein Reiter vielleicht ? Vorsichtig schlich sich Alcarich in die Richtung aus der die Geräusche ertönt waren und erblickte wenig später zwei Pferde, die friedlich auf einer kleinen Lichtung grasten. Die junge Frau und der Knabe kamen nun auch herbeigelaufen, gingen zu den Pferden hin, streichelten sie. Alcarich dachte nach. Offenbar waren die drei von dem Eber angegriffen worden. Während der Mann mit ihm kämpfte, hatten sich die Frau und der Knabe auf den Baum geflüchtet. Der Eber verletzte offenbar das Pferd des Mannes, der stürzte aus dem Sattel, verlor das Bewußtsein als er auf der Erde aufschlug. Zu seinem Glück fiel der Eber aber nicht den Ohnmächtigen an, sondern wandte sich, vermutlich durch die Schreie der Frau gereizt, den beiden auf dem Ast sitzenden zu, rannte voller Wut gegen den Baum, versuchte sie herabzuschütteln.

Der Mann war mittlerweile wieder zu Bewußtsein gekommen, richtete sich mühsam auf. Alcarich bedeutete ihm durch Zeichen, ob er etwas für ihn tun könne. Der schüttelte aber mit dem Kopf. Die junge Frau kam nun hinzu, versuchte sich verständlich zu machen, bedeutete ihm, so verstand er es jedenfalls, daß er mit ihnen kommen solle. Der Begleiter der beiden schien noch etwas benommen, aber er konnte mit Alcarichs Hilfe eines der beiden Pferde besteigen, während die junge Frau und der Knabe sich auf das andere setzten.

Gegen Abend erreichten sie eine mit einer starken Palisade umgebene größere Siedlung. Die junge Frau und der Knabe hielten ihre Pferde vor dem prächtigsten Haus des Dorfes an, stiegen ab und gingen hinein. Der Begleiter bedeutete Alcarich zu warten. Wenig später trat ein kräftiger, breitschultriger Mann aus dem Haus heraus, sprach einen Gruß aus. Alcarich grüßte zurück. Der Mann fragte nun etwas, was Alcarich so deutete, daß der Mann wissen wolle, woher er käme. Alcarich deutete nach Westen, winkte dabei einigemale mit der Hand um anzudeuten, daß seine Heimat weit im Westen liege und versuchte ihm dann noch mit Handbewegungen mitzuteilen, daß sie an einem großen Fluß liege. Der Mann schien zu verstehen, sprach ihn dann zu seiner Verwunderung auf Latein an.

„Der Fluß, den du meinst, ist wohl der Rhenus. Du kommst wohl aus dem Römischen Reich."

„Du kennst den Rhenus?"

„Ich kenne ihn, ich verlebte einige Jahre in Gallien und habe dort auch die Sprache der Römer gelernt. Und du stammst auch aus dem römischen Reich? Aber ein Römer bist du nicht."

„Nein, ich bin ein freier Germane vom Stamm der Tenkterer. Mein Name ist Alcarich."

„Tenkterer? Ich habe von euerem Volk gehört. Ihr seid tapfere Krieger und großartige Reiter. Aber was führt dich hierher?"

„Ich habe im Streit einen Mann erschlagen, bin daher der Blutrache verfallen und mußte fliehen. Kein Germanenstamm nahm mich auf und so zog ich immer weiter nach Osten."

„Und warum bist du nicht ins römische Reich gegangen?"

„Dort herrscht die Zivilisation. Dort benötigt man Geld um leben zu können. Ich beherrsche aber kein nützliches Handwerk und als Bauernknecht will ich nicht dienen."

„Du hättest Soldat werden können."

„Ich stand fünfzehn im Dienste Roms. Nein, ich wollte nicht mehr römischer Soldat werden, ich bin jetzt die Freiheit gewohnt."

„Und wohin willst du ziehen?"

„Die Welt ist groß. Ich hörte in Rom von prächtigen Reichen im Osten, dorthin will ich ziehen."

„Prächtige Reiche? Sie müssen weit im Osten liegen, da ich noch keinen Mann traf, der sie je gesehen hat. Der Weg dorthin ist zweifelsohne gefährlich. Und du bist allein."

„Das schreckt mich nicht. Ich bin geächtet, heimatlos."

Der Mann lächelte.

„Das müssen wir jetzt nicht bereden. Ich bin Attalinla, der Fürst des Obgalina-Clans der Hoinuren. Ich bin dir zu Dank verpflichtet. Du hast meinem Sohn und meiner Schwester das Leben gerettet. Sei daher Gast in meiner Stadt, solange es dir beliebt."

Alcarich lächelte.

„Hab Dank für deine Gastfreundschaft, Fürst. Ich werde sie aber nicht allzu lange in Anspruch nehmen, ich will weiterziehen."

Auch Attalinla lächelte.

„Wie es dir beliebt. Du bist mein Gast, nicht mein Gefangener."

Alcarich verbrachte ruhige, wenn auch unbeachtete Tage in der Hoinurensiedlung, welche Attalinla bereits stolz als 'Stadt' bezeichnete. Ihm war eine geräumige Hütte zugewiesen worden. Eine alte Frau brachte ihm täglich Essen und einen Krug mit einem Getränk, das an Met erinnerte. Der Fürst suchte nicht seine nähere Bekanntschaft, lud ihn lediglich nach einigen Tagen zu einem abendlichen Festmahl ein. Es schienen eine Reihe vornehmer Männer aus zahlreichen Clans versammelt. Es war ihm bereits in den Tagen zuvor aufgefallen, daß in der Stadt ein reges Treiben herrschte, zahlreiche kleine Kriegergruppen eingetroffen waren, die von kostbar gekleideten Männern angeführt wurden. Alcarich verstand nicht, was sie beredeten, aus dem Verhalten der Männer schloß er aber, daß sie Attalinla wie einen König behandelten.

„Der Zusammenschluß der Hoinurenclans scheint bereits erfolgt oder zumindest besiegelt sein und Attalinla wird schon als oberster Führer anerkannt", dachte Alcarich, „aber welche Pläne verfolgt er ?"

Eines Vormittags als er am Ufer des kleinen Sees, der an die Stadt grenzte, saß und den warmen Sonnenschein genoß, trat ein Mann zu ihm heran. Er war groß, kräftig, hatte eine etwas dunklere Hautfarbe als Alcarich, schwarze Augen, schwarze Haare. Er fragte, ob er sich zu ihm setzen dürfe. Der Mann sprach burgundisch. Alcarich kam das verdächtig vor und er bedeutete ihm, daß er ihn nicht verstehe.

„Du verstellst dich", erwiderte der Mann.

„Was willst du von mir ? Ich verstehe dich nicht", antwortete Alcarich in der Sprache der Tenkterer.

„Du bist doch Burgunder ?" fragte der Mann nun, benutzte nun aber die lateinische Sprache.

Alcarich lächelte.

„Du sprichst die Sprache der Römer ? Nun, dann können wir uns verständigen. Setz dich aber. Ich bin Tenkterer, kein Burgunder. Ich bin geächtet, ziehe nach Osten, will die prächtigen Städte kennenlernen, die es dort geben soll."

Der Mann lachte.

„Ich heiße Mogdalo, bin Tartune, ziehe als Händler durch die Länder, bin weit gereist. Wenn du nach Osten reitest, dann wirst du keine Städte finden, nur Wildnis, Wälder und Sümpfe."

„Gibt es die Städte denn nicht ?"

„Doch, die gibt es schon. Sie liegen aber im Süden."

„Woher soll ich das wissen ? Und wie komme ich dahin ?"

„Wenn du weiter nach Osten reitest, dann erreichst du den Oberlauf eines Stromes, den das Volk dort Don nennt. Folge dem Flußlauf und du wirst irgendwann auf eine Handelstraße stoßen, die über den Atlistrom nach Osten führt. Dort kannst du Näheres über die Städte im Osten, die du prächtig nennst, erfahren. In größeren Orten wirst du sicher Männer finden, welche die Sprache der Römer sprechen und dir weitere Auskunft geben können. Besser wäre es allerdings, wenn du die Sprache der Griechen beherrschen würdest. Sie wird dort häufiger gesprochen."

„Ich kenne sie aber nicht."

„Du wirst dich zurechtfinden. Aber wo hast du die Sprache der Römer gelernt ?"

„Ich stand lange Jahre in ihrem Dienst, war Offizier, zuletzt sogar Primus Pilus. Nach meiner Rückkehr in die Heimat erschlug ich im Streit einen Mann, bin jetzt geächtet. Aber warum glaubtest du ich sei ein Burgunder ?"

Der Tartune lächelte.

„Ich beobachte dich seit einigen Tagen. Du durchstreifst das Dorf. Ich habe den Eindruck, du willst gewisse Dinge erfahren."

„Was sollte ich erfahren wollen ?"

„Nun, die Hoinuren unternehmen seit langem weite Raubzüge bis hin zu den Gepiden und Burgundern, machmal auch bis hin zu den Wisigoten, überfallen und plündern deren Dörfer. Es waren aber bisher nur die Scharen einzelner Clans. Nun aber einigt Fürst Attalinla die Clans unter seine Herrschaft und man munkelt bereits, daß er vorhabe, einen großen Feldzug nach Westen zu unternehmen. Ist es da verwunderlich, daß solche Gerüchte bereits zu den Burgunder und Gepiden vorgedrungen sind und sie nun Späher aussenden um Sicheres über Attalinlas Pläne in Erfahrung zu bringen ?"

Alcarich schüttelte den Kopf.

„Ich bin als Gast des Fürsten Attalinla hier in seiner Stadt, als Dank dafür, daß ich seinen Sohn und seine Schwester vor einem wilden Eber rettete. Ich habe eine lange und anstrengende Reise hinter mir und vermutlich noch eine längere und anstrengendere Reise vor mir. Ich gönne mir einige

Wochen Ruhe. Dann werde ich weiterziehen."

Der Tartune lächelte. Sein Gesichtsausdruck sagte aber Alcarich, daß er ihm nicht glaubte. Mogdalo meinte dann nur noch.

„Verbleibe nicht zu lange hier im Dorf. Die Winter im Osten sind hart. Siehe zu, daß du rechtzeitig die prächtigen Städte im Süden erreichst." Alcarich beunruhigte dieses Gespräch. Zeigte es doch, daß er beobachtet wurde ? Er mußte also in Zukunft sehr, sehr vorsichtig sein. Zwei Tage später fielen ihm zwei Männer auf, die ihm sehr merkwürdig erschienen. Sie waren zwar gekleidet wie Hoinuren, ihre Gesichtszüge waren aber römisch. Es fehlte ihnen auch der Wildheit ausdrückende Blick. Sie suchten häufig den Fürsten auf, trafen sich auch regelmäßig mit ihm und den Vornehmen im Beratungshaus zu langen Gesprächen. Alcarich vermutete, daß wichtige Dinge verhandelt wurden. Schließlich gelang es ihm unter dem Dach dieses Hauses eine Nische zu finden, von der aus er unbeobachtet, die Unterredungen belauschen konnte. Wobei ihm natürlich zustatten kam, daß zum einen die Beratungen meist abends bis spät in die Nacht geführt wurden, zum anderen die Römer die Hoinurensprache nicht beherrschten und sie sich daher des Lateinischen bedienten. Und so konnte er Attalinlas Pläne in Erfahrung bringen:

Die Römer waren über das Vordringen der Hunnen äußerst besorgt. Sie gingen davon aus, daß sich das Reich der Ostrogoten nicht mehr lange gegen die Hunnen werde behaupten können, auch nicht das Reich der Wisigoten. Die kleineren germanischen Stämme, die Gepiden, Langobarden, Burgunder und Vandalen, untereinander meist uneins, würden den Hunnen ebenso wenig lange Widerstand leisten können wie die Tartunen. Aber dann wurden sie zu einer Bedrohung Konstantinopels und Roms. Ihr Plan zielte nun darauf ab, als Gegengewicht zu den Hunnen ein mächtiges Hoinurenreich zu schaffen und Attalinla erschien der geeignete Mann um dies zustande zu bringen. Sie gaben ihm daher große Mengen Gold, einerseits um die Führer der Hoinurenclans durch großzügige Geschenke zu Gefolgschaft zu bewegen, andererseits zum Anwerben von Söldnern um unbotmäßige Clanführer unter seine Herrschaft zu zwingen. Gelang es Attalinla die Hoinuren zu vereinen, sich mit den Tartunen zusammenzuschließen und die kleineren Germanenstämme zu unterwerfen, dann war er mächtig genug, gegen den Hunnenkönig Balamber zu bestehen. Aber das mußte sehr rasch geschehen, da das Reich der Ostrogoten bereits wankte und die Gefahr bestand, daß die Hunnen die Wisigoten, Gepiden, Langobarden, Burgunder und Vandalen rasch unter ihre Herrschaft brachten, wenn die

Ostrogoten erst einmal unterworfen waren. Verführt durch die reichen Geschenke der Römer und die Aussicht ein mächtiger Herrscher zu werden, willigte Attalinla in die Pläne der Römer ein und kündigte für das zeitge nächste Frühjahr einen großen Kriegszug an. Zunächst sollten die Gepiden, Wisigoten und Langobarden unterworfen werden um den Süden gegen die Hunnen zu sichern, dann wollte er Burgunder und Vandalen unter seine Herrschaft zwingen. War das erreicht, dann war er so mächtig, daß die Tartunen sich einer Vereinigung mit den Hoinuren nicht verschließen würden. Und Attalinlas Pläne gingen noch weiter.

„Wenn der Feldzug glücklich verläuft", sagte er einmal während einer Unterredung, „dann wird es mir auch noch gelingen das Reich der Thurunger zu zerschlagen und meine Herrschaft bis zum Rhenus auszudehnen. Dann werden wir Nachbarn des römischen Reiches sein."

Alcarich hatte nun genug über Attalinlas Pläne erfahren, wollte sich nicht der Gefahr aussetzen bei weiteren Erkundungen entdeckt zu werden, beschloß daher zurückzukehren. Eines Abends suchte er Attalinla auf.

„Hab Dank für deine Gastfreundschaft, die ich nun lange genug genossen habe", begann er, „doch nun muß ich aufbrechen. Der tartunische Händler sagte mir, wenn ich nach Osten weiterreite, werde ich in einigen Wochen auf einen Fluß stoßen, den sie Don nennen. Ich solle ihm folgen, werde dann auf eine Handelsstraße treffen, die über den Atlistrom nach Osten führt. Die Winter dort seien aber sehr streng, so daß ich nicht säumen darf."

„Wie dir beliebt", antwortete Attalinla bloß.

Am nächsten Morgen brach er auf. Da er fürchtete, man könne ihm mißtrauen und ihn beobachten, ritt er zunächst zwei Tage nach Osten. Erst als er sicher war, daß niemand ihm nachspürte, bog er nach Süden und dann ein paar Tage später nach Westen ab. Er blieb weiterhin vorsichtig, mied Ansiedlungen, erreichte wohlbehalten das Dorf der Hergoranen.

Der Hoinurenkrieg

Nach kurzem Aufenthalt im Hergoranendorf ritt er zu Herzog Giselher um ihm Bericht zu erstatten. Er traf ihn nicht an. Ihm wurde gesagt, der Herzog sei bereits vor Tagen zur Königsburg gereist und er habe die Anweisung hinterlassen, Alcarich solle sich dorthin begeben. Dort angekommen, wurde er dem Herzog gemeldet, der ihn in Empfang nahm und am nächsten Tag mit ihm zusammen den König aufsuchte, wo Alcarich Bericht erstattete. Der König hörte aufmerksam zu, entließ ihn schließlich mit den Worten.

„Ihr seid gerade zur rechten Zeit gekommen."

Der Herzog bat ihn am Abend zu einem Becher Wein in seine Gemächer.

„Ihr dürft dem König nicht zürnen", begann Giselher, „Ihr seid kein Fürst. Er hat also keinerlei Anlaß Euch als gleichrangig zu erachten."

„Um mein Leben für ihn einzusetzen bin ich gut genug", sagte sich Alcarich, „warum hat er nicht selbst die Absichten der Hoinuren ausgekundschaftet ?"

Der Herzog lächelte.

„Ich errate, was Ihr denkt. Die Zeiten der freien Männer gehen zu Ende. Die römische Zivilisation und die römischen Sitten halten auch bei uns Einzug. Nicht mehr Klugheit und Tapferkeit eines Mannes zählen, sondern sein Stand. Ihr könnt das nicht aufhalten. Euer Bericht war wertvoll. Wir kennen nun die Absichten der Hoinuren und können Maßnahmen ergreifen. Die Verhandlungen mit den Gepiden und Langobarden über ein Bündnis stehen kurz vor dem Abschluß. Die Wisigoten werden sich uns nicht anschließen. Und die Vandalen haben die Boten einfach weggeschickt, sich nicht an den Beratungen beteiligt. Ich denke, in wenigen Tagen wird das Bündnis besiegelt sein. Dann werde ich auf meinen Herzogsitz zurückkehren. Ihr bleibt doch noch so lange und begleitet mich dann ? Für Euch gibt es allerdings nichts zu tun. Ihr dürft auch nicht an den Beratungen teilnehmen. Verlebt also einige angenehme Tage. Ihr habt es verdient."

Alcarich willigte ein.

Als Alcarich am frühen Nachmittag des folgenden Tages über den Burghof in Richtung Stallungen schritt um sein Pferd für einen Ausritt zu satteln, begenete ihm ein junger, vornehm gekleideter Gote. Alcarich blickte ihm scharf ins Gesicht.

„Thorismund ?" rief er erstaunt aus, „bist du es wirklich ? Wie kommst du hierher ?"

„Alcarich !" erwiderte jener gar nicht so sehr verblüfft, „dich hier zu sehen, überrascht mich nicht wirklich."

Alcarich vergaß den Ausritt.

„Seitdem wir uns trennten hat jeder von uns sicherlich viel erlebt; gehen wir in die Schenke, unterhalten uns bei einem Krug Wein."

Sie begaben sich zur Schenke, besorgten sich einen Krug Wein und zwei Becher, ließen sich dann auf einer Bank am Rande des Burghofes nieder.

„Nun, wie du weißt, war ich in meinem Dorf nur wenig geachtet", begann Thorismund, „ich zählte nicht viel. Und Sigrid war eine Fremde, die, man

kann es so sagen, abgelehnt wurde. Wir waren unglücklich, verließen bald das Dorf. Wir gingen an den wisigotischen Königshof. Da ich lesen und schreiben gelernt hatte, fand ich eine Stelle als Schreiber."
Er lächelte.
„Meine Klugheit und Tüchtigkeit fiel den königlichen Räten auf und so wurde ich Ratsgehilfe. Deshalb durfte ich auch mit hierher reisen. Aber an den Beratungen darf ich nicht teilnehmen."
„Wieso seid ihr hier ? Es heißt doch, die Wisigoten werden sich dem Bündnis gegen die Hoinuren nicht anschließen."
„Die Höflichkeit gebot es König Witigis, seine Entscheidung nicht einfach durch Boten zu übermitteln, sondern zwei königliche Räte hierher zu schicken."
„Und warum lehnt Witigis ein Bündnis ab ?"
„Wir werden uns dem Bündnis nicht anschließen, da König Witigis und seine Räte einen anderen Entschluß gefaßt haben. Wir werden unser Land verlassen, Schutz beim römischen Kaiser Valens suchen und ihn bitten uns in seinem Reich anzusiedeln."
Alcarich verzog das Gesicht.
„Was sagst du da ? Ihr wollt eure Heimat verlassen ? Warum ?"
„Wir wollen nicht das Schicksal der Ostrogoten teilen."
„Das Schicksal der Ostrogoten ? Was meinst damit ?"
„Du weißt es nicht ?"
„Nein."
„Die Hunnen haben das Ostrogotenreich zerschlagen. Wenige Monate nachdem wir weggezogen waren, rückte König Balamber mit einem mächtigen Heer heran und eroberte das Reich im Sturm. Nun müssen die Ostrogoten den Hunnen als Vasallen dienen und mit ihnen ziehen. Es ist besser unter der Herrschaft des römischen Kaisers zu leben als unter der Knute der Hunnen."
„Und unsere Freunde und König Ermanerich ? Herzog Teja, Hildebrand und Alrun."
„König Ermanerich ist tot. Es heißt er habe sich aus Verzweiflung über den Untergang seines Reiches in sein eigenes Schwert gestürzt. Herzog Teja ist bei der Eroberung der Königburg gefallen, wie man berichtet. Hildebrand und Alrun konnten sich mit einer geringen Anzahl von Ostrogoten vor den Hunnen retten und in den Karpartenbergen ein kleines Herzogtum errichten. Sie fühlen sich dort sicher vor den Hunnen, da dieses Reitervolk die Steppen liebt, die Wälder aber meidet."

Alcarich berichtete dann von seinen Abenteuern. Schließlich unterbrach ihn Thorismund.

„Es tut mir leid, aber ich muß jetzt gehen. Mein Herr erwartet mich."

Alcarich blieb gedankenversunken zurück.

Das Ostrogotenreich zerschlagen ! Die Wisigoten verlassen ihr Land ! Die Hunnen sind die große Gefahr. Wer soll sie aufhalten ? Die kleinen Stämme haben nicht die Kraft dazu.

„Darf ich mich zu dir setzen ?"

Eine Stimme weckte ihn aus seinen Gedanken. Alcarich blickte auf. Ein gepidischer Krieger stand vor ihm, einen Krug Wein in der Hand.

„Setz dich", sagte er bloß.

„Du bist ein Wisigote ?" fragte der Gepide.

„Nein, Tenkterer, mein Name ist Alcarich. Und wer bist du ?"

„Ich heiße Fatista. Tenkterer bist du ? Wo lebt euer Volk ?"

„Weit im Westen, am Rhenus. Ich habe König Hagen einen Dienst erwiesen. Deshalb bin ich hier."

„Einen Dienst erwiesen ? Du bist also sein Dienstmann ?"

„Nein, ich bin ein freier Tenkterer, niemandens Dienstmann."

„Darüber müssen wir nicht streiten. Du saßest lange mit diesem wisigotischen Schreiber zusammen. Was hast du mit ihm zu schicken ? Oder darfst du es nicht sagen ?"

Alcarich lachte.

„Niemand kann mir den Mund verbieten. Weißt du, ich ziehe durch die Welt. Und Thorismund war eine zeitlang mein Begleiter. Wir haben manches Abenteuer zusammen bestanden, bevor er ein Schreiber wurde. Willst du es genau wissen ?"

„Der Tag ist noch lang und der Krug ist noch voll."

Alcarich berichtete.

„Du bist ein Held", schmunzelte Fatista, „aber dieser Thorismund ist auch ein tapferer Mann. Das sieht man ihm gar nicht an in seinen Schreiberkleidern. Wäre nur sein König auch tapfer. Doch Witigis ist ein Weib, hat den Mut eines Hasen; anstatt zu kämpfen wirft er sich dem Kaiser von Konstantinopel, diesem Mitkaiser", seine Stimme hatte nun einen verächtlichen Klang, „zu Füßen. Dieser Feigling. Dabei bilden die Hunnen, so denke ich, auf Jahre keine Gefahr mehr. Im Gegenteil, sie können vernichtet werden. Ihr König Balamber fiel in der Schlacht um die ostrogotische Königburg. Der ostrogotische Heerführer, Herzog Teja, hat ihn erschlagen, wie man erzählt. Nun kämpfen Fürst Bleda und Fürst Hunaris

um die Krone. Daher ist die Gelegenheit günstig die Hunnen zu vernichten. Ein Bündnis aus Gepiden, Langobarden und Wisigoten wäre stark genug. Und wenn sich Burgunder und Vandalen noch anschließen, dann sind wir unschlagbar. Und die Hunnen haben seit dem Tod Balambers keinen fähigen Heerführer mehr. Es müßte aber überraschend geschehen, denn niemand weiß wie lange der Streit der Hunnen untereinander noch anhält. Aber die Wisigoten fliehen, die Langobarden, diese Dummköpfe, fühlen sich nicht von den Hunnen bedroht. Und zusammen mit den wenigen Ostrogoten des Herzogs Hildebrand sind wir zu schwach."
Alcarich zuckte mit den Schultern.
„Ja, ein großes Bündnis wäre notwendig. Aber was sollen wir beide tun ? Wir sind nur Krieger, keine Herrscher."

Gepiden und Burgunder vereinbarten eine Überwachung der östlichen Grenzgebiete durch ein dichtes Netz von Späherstreifen um frühzeitig ein Anrücken der Hoinuren zu melden. Es wurden auch in aller Eile zahlreiche Hütten errichtet, die als Stützpunkte dienten, den Spähern aber auch als Unterkunft und ihnen Schutz vor bösem Wetter und der Kälte des Winters boten. Die Hütten wurden in kurzen Zeitabständen von Boten aufgesucht, denen die Späher berichteten oder falls sie für einige Tage abwesend waren Nachrichten über 'besondere Vorkommnisse' hinterließen. Diese Nachrichten wurden von den Boten zu dem nächstgelegen Herzogshof gebracht und von dort aus in Eilritten an die Königshöfe vermittelt. Es gelang daher das Herannahen des Hoinurenheeren im folgenden Frühjahr schon frühzeitig den Königen der Burgunder und Gepiden zu melden. Diese sammelten ihre Heere, benachtichtigten auch die verbündeten Langobarden und zogen dem Feind entgegen. In der Tisasteppe etwa einen Tagesmarsch nördlich der Einmündung des Flusses in den Danubius trafen die Heere aufeinander. In einer dreitägigen erbarmungslosen Schlacht wurden die Hoinuren vernichtend geschlagen. König Attalinla fiel im Kampf, die Überlebenden Krieger flohen nach Osten.
„Unser Sieg war vollkommen. Die Hoinuren werden uns nie mehr bedrohen", sagte Giselher zu Alcarich auf den Rückmarsch seiner Truppe zur Herzogsburg.

Der Zug zum Rhenus

Nach dem Sieg über die Hoinuren schien wieder Ruhe im Land einzukehren. Doch es war eine trügerische Ruhe wie Alcarich dachte. Die Menschen im Dorf waren aber guter Dinge, genossen das Leben und die wenigen warmen Tage des Sommers, denen ein strenger Winter folgte. Alcarich und Lucilla verlebten ein glückliche Zeit miteinander, die Lehren des Missionars schienen vergessen.

Trotz des scheinbaren Friedens überfiel Alcarich ein ungutes Gefühl als eines Nachmittags ein Bote Herzog Giselhers ins Dorf kam und Alcarich mitteilte, der Herzog wolle ihn in einer wichtigen Angelegenheit sprechen. Etwas beklommen betrat er drei Tage später das kleine Beratungszimmer in des Herzogs Burg. Giselher empfing ihn freundlich, bot ihm Wein an.

„Es fragt sich, wie lange wir hier noch Wein genießen können. Seit einigen Jahren werden die Winter kälter, werden die Sommer kürzer, die Trauben werden nicht mehr richtig reif, die Ernterträge an Korn sinken. Wenn das so weitergeht, wird das Land auf Dauer die Menschen nicht mehr ernähren können. Wir brauchen neues Siedlungsgebiet. Die Hoinuren sind zwar vernichtet, aber das Land im Osten ist unwirtlich; es eignet sich nicht für eine Besiedlung."

„Ich bin ein Fremder, ein Krieger, der stets unterwegs war, kenne das Land hier nur wenig, kenne auch nicht die Sorgen der Bauern. Aber Ihr habt doch sicher darüber nachgedacht?" erwiderte Alcarich.

„Der König und seine Räte haben darüber nachgedacht."

„Nun, haben sie eine Lösung gefunden?"

„Wie man es nehmen mag. Es ist Kunde zu uns gedrungen, daß die Alemannen die Schwäche der Römer ausnutzen und die fruchtbaren Gaue in Rätien und in Helvetien in Besitz nehmen wollen. Sie werden ihr bisheriges Land verlassen. Es wurde nun Rat abgehalten und beschlosssen, daß ich mit meinen Untertanen nach Westen ziehen soll um das von den Alemannen verlassene Gebiet in Besitz zu nehmen, ehe uns die Thurungen zuvorkommen."

„Und wer wird Euer Herzogtum übernehmen und besiedeln."

„Das ist noch nicht bestimmt. Es wird zum Königsland erklärt und der König wird es einem getreuen Gefolgsmann übergeben. Wer das sein wird, kann ich nicht einmal vermuten. Es ist aber nicht anzunehmen, daß das Land wiederbesiedelt wird. Ich möchte Euch nur eines sagen: ich habe den Hergoranen bisher Schutz gewährt. Das wird mir dann nicht mehr möglich sein. Was der neue Herr tun wird und wie er zu den Hergoranen stehen wird, das kann ich nicht sagen. Ich teile Euch nur im Vertrauen mit, sprecht aber nicht mit anderen darüber, daß der König schon lange die Hergoranen unter seine Herrschaft zwingen möchte. Ich konnte ihn bisher davon abbringen. Daran wird ihn dann aber keiner mehr hindern. Er wird die Weiber dann verdienten Männern zur Frau geben, das bedeutet, sie werden auf das gesamte Königreich verteilt. Das Dorf wird dann aufgelöst. Der Stamm der Hergoranen wird ausgelöscht sein."

„Weiß Herzogin Maorala davon ?"

„Nein, ich hielt es nicht für klug sie davon zu unterrichten. Sie ist ein Weib, niemand kann sagen, wie sie es aufnimmt. Deshalb habe ich ja auch Euch einbestellt."

„Und ich soll nun die Angelegenheit richten ?"

„Ihr habt Euch bisher in allen Aufgaben bewährt. Ich vertraue Euch."

„Und wann beginnt der Zug zum Rhenus ?"

„Es sind noch zahlreiche Vorbereitungen zu treffen. Und vor allen brauchen wir genügend Nahrung. Ich werde mit den meisten Kriegern und einer größeren Anzahl Bauern im späten Frühjahr nächsten Jahres aufbrechen. So frühzeitig, daß sie im Herbst noch einen Teil der Felder bestellen können. Die übrigen werden dann im Frühjahr darauf folgen."

Alcarich kehrte ins Hergoranendorf zurück. Herzogin Maorala war sehr ungehalten als sie seinen Bericht hörte, wobei er jene Punkte, die ihm der Herzog im Vertrauen gesagt hatte, natürlich verschwieg.

„Warum lud König Hagen nicht mich zu einer Unterredung und teilte mir seine Entscheidung selbst mit ?"

„Warum sollte er das tun ?" entgegnete Alcarich, „die Hergoranen sind keine Untertanen König Hagens. Die Burgunder gewähren den Hergoranen zwar Schutz, aber aus freien Stücken. Ein Vertrag, der ihnen Verpflichtungen uns gegenüber auferlegt, wurde nie geschlossen. Wieso sollte er sich da verpflichtet fühlen, uns seine Entscheidungen schon so frühzeitig mitzuteilen ? Herzog Giselher wird erst im nächsten Jahr zum Rhenus aufbrechen."

Das beruhigte sie nun aber nicht.

„Herzog Giselher hat es Euch mitgeteilt !" brauste sie auf, „warum nicht mir, ich bin die Herzogin, nicht du."

„Das kann ich nicht sagen."

Maorala blickte ihn böse an.

„Was heißt hier 'das kann ich nicht sagen' ? Du weißt es genau ! Du bist ein

Mann, ich nur ein Weib. Ja, ich nenne mich Herzogin. Aber was für eine Herzogin bin ich denn ? Herrscherin über eine Horde Weiber ! So nennt ihr mich doch hinter meinem Rücken ! In euren Augen zähle ich nicht ! Aber haben wir nicht auch tapfer gekämpft als die Hoinuren das Dorf überfielen."

In Alcarich stieg der Zorn hoch.

„Habe ich Euch nicht stets geachtet ? Warum beschimpft Ihr nun mich ? Das habe ich nicht verdient ! Wenn Ihr mich hier nicht leiden wollt, dann verlasse ich das Dorf morgen bei Sonnenaufgang - für immer. Wollt Ihr das ?"

Die Drohung Alcarichs brachte sie etwas zur Besinnung. Sie beruhigte sich ein bißchen.

„Ihr habt recht. Weder der König noch der Herzog sind verpflichtet, es mir mitzuteilen."

„Und Herzog Giselher hat mir vermutlich darüber berichtet, weil ich ihm einige Dienste geleistet habe und uns eine gewisse Freundschaft verbindet."

„Aber, was sollen wir jetzt tun ?"

„Ihr müßt vor allem an die Zukunft denken, Herzogin. Wenn es Herzog Giselher gelingt, das Land am Rhenus in Besitz zu nehmen, dann wird ihm der gesamte Stamm der Burgunder in einigen Jahren folgen. Die Hoinuren sind zwar vernichtet, aber an ihre Stelle sind die Tartunen getreten, ein nicht weniger räuberisches Volk und aus dem Osten zieht ein neues, grausames Volk, die Hunnen, heran. Und vergeßt nicht die Vandalen ! Sie sind uns noch immer feind."

„Ihr meint also, wenn die Burgunder abziehen, dann können wir als Stamm nicht mehr lange bestehen ?"

„Das befürchte ich, Herzogin."

„Und was ratet Ihr ?"

„Ich möchte jetzt nichts raten. Es ist eine schwere Entscheidung zu treffen. Ruft also alle Frauen und die wehrfähigen Männer zu einen Thing ein, berichtet, was den Stamm erwartet und fordert sie auf nachzudenken. Auf einem zweiten Thing, einige Wochen später, sollen sie dann ihre Ansichten darlegen können."

„Euer Vorschlag klingt vernünftig."

Im Dorf herrschte zunächst Ratlosigkeit als die Herzogin verkündete, daß die Burgunder ihr Land verlassen und am Rhenus ein neues Reich gründen wollten, doch allmählich setzte sich die Überzeugung durch, daß es das

Beste sei mit ihnen zu ziehen. Und sie begannen, Vorräte an Korn anzulegen so gut es ging, ernährten sich daher in höherem Maße von Früchten, gingen auch vermehrt auf Jagd.

„Ich halte es allerdings nicht für sinnvoll", sprach Alcarich zu der Herzogin, „daß wir es so halten wie die Burgunder, sondern schlage vor, daß der gesamte Stamm im nächsten Frühjahr mit Herzog Giselher nach Westen zieht. Wir sind insgesamt nur etwa zweitausend Seelen, eine Aufteilung des Stammes erscheint mir daher nicht ratsam, da niemand die Zurückgebliebenen schützen wird. Andererseits bilden wir im Zug eine starke Gruppe, deren Forderungen die Burgunder nicht übergehen können und wir daher die Gelegenheit haben werden uns ein Stück Land auszusuchen, das uns gefällt und uns ernährt und wir uns nicht mit dem zufrieden geben müssen, was uns die Burgunder übrig lassen."

Der Vorschlag sagte zu und einige Wochen später ritt Maorala, begleitet von einigen Kriegerinnen zu Herzog Giselher. Alcarich hielt es für sinnvoll nicht mitzuziehen. Der Vorschlag gefiel dem Herzog ganz und gar nicht, er mochte ihn allerdings auch nicht ablehnen, sprach daher.

„Der Zug ist voller Gefahren. Ihr werdet für euch selbst verantwortlich sein müssen. Die Gruppe der Burgunder wird nicht allzu groß sein, unsere Aufgaben sind aber gewaltig. Wir müssen das Land gewinnen, es sichern und für die Ernährung der Nachkommenden sorgen. Wir können euch weder schützen, noch mit Nahrung versorgen. Ihr seid auf euch selbst angewiesen."

Alcarich lächelte als ihm Maorala berichtete.

„Eine bessere Antwort war auch gar nicht zu erwarten. Wichtig ist, daß er unseren Wunsch akzeptiert und es nicht schon vor dem Aufbruch zu Streitigkeiten kommt."

Der Einfall einer Horde Tartunen, welcher abgewehrt werden mußte, verzögerte die Abreise um einige Wochen. Im frühen Sommer des folgenden Jahres brach der Zug der Burgunder schließlich nach Westen auf. Zunächst blieben sie unbehelligt, doch nach zwanzig Tagen stellte sich ihnen eine größere Streitmacht entgegen. Es handelte sich zweifelsohne um Thurunger. Ein Bote forderte sie auf, der Anführer des Zuges möge sich zu ihrem Herzog begeben.

„Ich bin Herzog Biterich", erklärte der Thurunger stolz, „und wer bist du ? Und was sucht ihr in meinem Land ?"

„Ich bin Herzog Giselher", antwortete der Burgunder, „wir wollen nichts von euch. Wir ziehen zum Rhenus."

„Ihr hättet mich um Erlaubnis bitten müssen, mein Land zu durchqueren."

„Wir kennen die Grenzen deines Reiches nicht."

„Das entschuldigt nichts. Und was wollt ihr dort ? Euch etwa als Söldner der Römer verdingen ?"

„Nein, das beabsichtigen wir nicht. Wir erhielten Kunde, daß die Alemannen ihr Land verlassen haben und wollen uns nun dort ansiedeln, da unser Land das Volk nicht mehr ernähren kann."

Biterichs Miene verfinsterte sich.

„Und das wagt ihr ? Höre mir gut zu ! Wir Thurunger beanspruchen das verlassene Alemannenland. Kehrt um und sagt das eurem König !"

„Das werden wir nicht tun. Wir ziehen weiter."

Herzog Biterich lächelte bitter.

„Dann habt ihr euren Tod gewählt."

Giselher kehrte zu den Seinigen zurück, berichtete ihnen das Ergebnis der Unterredung.

„Wir werden uns dem Kampf stellen", schloß er seine Rede, „ein Zurück gibt es nicht."

Er ordnete seine Männer zur Schlacht. Maorala forderte, daß ihre Kriegerinnen auch mitkämpfen dürften. Giselher verzog zunächst das Gesicht. Doch Maorala bestand darauf.

„Die Hergoranenfrauen führen das Schwert sowie Pfeil und Bogen ebenso gut wie die burgundischen Krieger. Und Alcarich wir sie anführen."

Die Schlacht endete mit einem völligen Triumpf der Burgunder und Hergoranen. Fast die Hälfte der Thurunger blieb tot oder verwundet auf der Walstatt zurück, während die eigenen Verluste verhältnismäßig gering waren. Herzog Biterich floh mit dem Rest seiner Mannen. Die Burgunder zogen weiter.

Dem Burgunderzug ritten stets mehrere Späher voraus, welche nicht nur den weiteren Weg erkunden, sondern auch mögliche Feinde ausfindig machen sollten. Alcarich, dem es zu öde erschien, den Zug zu begleiten, schloß sich ihnen an, war auch immer längere Zeiten unterwegs, je mehr sie sich dem Rhenus näherten. Er trennte sich meist von den anderen, da es ihm auch darum ging, geeignetes Land für die Hergoranen zu finden. Er berichtete dann stets der Herzogin, mit der er mittlerweile einen recht vertrauten Umgang pflegte, was allerdings nicht mißverstanden werden darf, denn er achtete Lucilla als sein Weib, hielt ihr auch die eheliche Treue.

Maorala schätzte ihn allerdings als Berater und als Mittler gegenüber Herzog Giselher, mit dem er in Freundschaft verbunden war. Alcarich wiederum sah sich noch immer als freier Mann, nicht als Untergebener der Herzogin. Er achtete zwar ihren Rang, unterwarf sich ihr aber nicht. Maorala mußte das hinnehmen um zu vermeiden, daß er den Stamm verließ und seiner Wege ging. Er hätte aber nicht unbedingt in die Ferne ziehen müssen, denn Herzog Giselher schätzte ihn als Heerführer, was sich in der Schlacht gegen die Thurunger gezeigt hatte. Doch dieser konnte den freiheitsliebenden Mann auch nicht für sich vereinnahmen, denn Alcarich hatte es bisher stets abgelehnt in seine Dienste zu treten.

„Wir werden sehr bald, vielleicht schon morgen, aber sicher übermorgen den Fluß erreichen, welchen die Römer Moenus nennen", teilte er eines Abends Maorala mit, „er kommt von Süden her, biegt dann nach Westen ab und mündet einen guten Tagesritt weiter nahe der Stadt Mogontiacum in den Rhenus. Während die Burgunder seinem Lauf folgten bin ich ein Stück flußaufwärts geritten. Nach einem Tag erreichte ich ein Gebiet, das verlockend aussah. Es scheint recht fruchtbar zu sein, wird im Westen und im Osten von einem Gebirge begrenzt, nach Süden hin führt nur ein recht schmales Tal entlang des Flusses, lediglich nach Norden ist das Land offen, stößt an eine große Ebene. Dort werden wohl die Burgunder siedeln. Das Land ist fast menschenleer, ich stieß lediglich auf zwei kleine Alemannendörfer, in denen vorwiegend Alte und Schwächliche wohnen, Menschen, die sich nicht dem Zug der Alemannen nach Süden angeschlossen haben. Nur eine kleine Anzahl kräftiger Männer lebt dort, die wohl zum Schutz der anderen zurückgeblieben sind. Sie bedeuten für uns aber aufrund ihrer geringen Zahl keine Gefahr. Es erscheint mir aber auch nicht notwendig sie zu vertreiben oder ihnen ihre Äcker wegzunehmen, denn das Land ist groß genug für uns alle und sie verhielten sich mir gegenüber recht freundlich."

„Das klingt sehr gut, was du da sagst", erwiderte die Herzogin, „aber bevor ich die Entscheidung fälle uns dort niederzulassen, möchte ich das Land selbst in Augenschein nehmen."

„Das ist dein gutes Recht", antwortete Alcarich, „wenn du einverstanden bist, dann sollen die Hergoranen am Moenus lagern, während wir das Land besehen. Mögen die Burgunder unterdessen zum Rhenus weiterziehen. Wir können ihnen ja noch immer folgen, wenn uns das Gebiet nicht zusagt."

Maorala nickte mit dem Kopf, was bedeutete, daß sie einverstanden war. Alcarich fuhr dann nach kurzer Pause fort.

„Ja, und ich glaube auch, wir können unbesorgt sein. Ich rechne nicht damit, daß uns die Thurunger nach ihrer Niederlage folgen und erneut einen Kampf suchen werden."

„Das glaube ich auch. Du bist ja bisher stets nur vorwärts geritten, hast nie zurückgeblickt. Ich war vorsichtig, habe stets einige Kriegerinnen nach hinten spähen lassen. Sie konnten keine Feinde entdecken, die uns nachfolgten."

Maorala suchte Herzog Giselher auf, teilte ihm ihren Entschluß mit. Der zuckte nur mit den Schultern.

„Es sei wie Ihr es wünscht."

Zwei Tage später ritt eine kleine Hergoranentruppe nach Süden. Sie suchten auch die beiden Alemannendörfer auf, teilten den Bewohnern ihr Vorhaben mit, versicherten, daß sie in friedlicher Absicht kämen, sie nicht vertreiben wollten. Das Land liege ohnehin weitgehend brach und biete Siedlungsraum für alle. Die Gegend sagte der Herzogin zu und es fiel ihr auch nicht schwer den Stamm davon zu überzeugen, daß sie eine gute neue Heimat sei. Man beschloß drei Dörfer zu gründen und begann mit dem Bau von Hütten und der Urbarmachung des Landes. Zu ihrer Verwunderung erschien nach einigen Tagen der Großteil der jungen Alemannenmänner. Sie boten ihre Hilfe an, die mit Dank angenommen wurde. Und so gelang es noch vor Einbruch des Winters allen ein Dach über dem Kopf zu verschaffen und auch einen Teil der Felder zu bestellen. Die Hilfsbereitschaft der jungen Alemannen hatte aber noch andere Folgen. Zahlreiche Hergoraninnen fanden Gefallen an den Männern und so wurden bereits im darauffolgenden Frühjahr zahlreiche Ehen geschlossen und Kinder geboren.

Alcarich nahm starken Anteil am Aufbau der Dörfer, beteiligte sich an den Arbeiten nach besten Kräften, zumal er auch für Lucilla und sich eine Unterkunft, und keine ärmliche, schaffen wollte. So verlor er die Unternehmungen der Burgunder aus den Augen. Erst gegen Ende des Winters entschloß er sich Herzog Giselher aufzusuchen. Die Burgunder hatten inzwischen das Land zwischen dem Rhenus und dem Moenus südlich dessen Einmündung in den Rhenus, sowie das nach Süden führende breite Tal des Rhenus und auch die Stadt Worms in Besitz genommen, in welcher nun Herzog Giselher residierte. Die Hergoranen waren daher im Norden Nachbarn der Burgunder geworden, was die Herzogin Maorala beruhigte, denn nun drohte auch aus dieser Richtung keine Gefahr.

Herzog Giselher empfing ihn freundlich.

„Wie ich höre, war die Ansiedlung der Hergoranen im Moenusgau erfolgreich. Ihr braucht nun eine neue Aufgabe. Wollt Ihr nicht in die Dienste Burgunds treten ?"

Alcarich horchte auf.

„In die Dienste Burgunds ? Nicht in Eure Dienste ? Was meint Ihr damit, Herzog ?"

„Nun, wie ich sagte, in die Dienste Burgunds."

„Und was bedeutet das ?"

„Ich habe dem König bereits berichtet. Das Land ist gut und unser gesamtes Volk wird in wenigen, vielleicht in drei oder vier Jahren hierherziehen. Wir werden ein neues Reich errichten, mit einer Residenzstadt. Und dies wird Worms sein."

Er lachte.

„Worms wird das Rom der Burgunder ! Aber wir werden das Land sichern müssen. Im Westen grenzt es an das Römische Reich. Dieses Reich ist schwach, aber es hat ein starkes Heer. Es hat sich in den vergangenen Jahren in vielen Schlachten nicht bewährt, aber ich denke, ich brauche es dir nicht zu sagen, das lag nicht am Heer, sondern an unfähigen Heerführern. Wir dürfen uns daher nicht in Sicherheit wiegen. Unter einem fähigen Feldherrn kann das römische Heer eine große Gefahr für uns werden. Ich habe daher auch darauf verzichtet Mogontiacum zu erobern um sie nicht unnötig zu erzürnen. Im Süden sitzen die Alemannen. Ich sehe in ihnen keine Gefahr. Sie haben ihre alte Heimat aufgegeben und werden wohl kaum in sie zurückkehren wollen. Die Thuringer im Osten fürchte ich nicht. Bereits unsere Vorausabteilung hat sie geschlagen. Sie werden es wohl kaum wagen das Volk der Burgunder anzugreifen. Die große Gefahr droht aus dem Norden. Dort sammeln sich die Franken und sie werden nach Süden ziehen, dessen bin ich mir völlig sicher. Daher brauchen wir ein starkes königliches Heer und einen fähigen Heerführer."

„Eure Worte sagen mir, daß es Schwierigkeiten gibt. Worin liegen Sie ? Es gibt doch zahlreiche tapfere und kluge burgundische Herzöge, nur um Euch zu nennen."

Giselher lachte.

„Ich sehe, Ihr kennt unsere Gepflogenheiten nicht. Der königliche Heerführer ist ein Diener des Königs. Wir sind aber Herren."

Nun lachte auch Alcarich.

„Ich verstehe Euch. Ihr meint mich, wenn Ihr von dem königlichen Heerführer redet. Haltet Ihr mich für den geborenen Diener ?"

„Nein, Ihr habt mich jetzt mißverstanden. Ein Heerführer ist kein gewöhnlicher Diener, kein Mundschenk, kein Kammerherr. Aber er muß den Befehlen des Königs gehorchen. Wir Herzöge sind zwar auch dem König untertan, aber er muß seine Entscheidungen im Rat der Herzöge begründen. Wir können sie also durchaus ablehnen, wenn wir sie für schlecht oder falsch halten. Daher wird niemals ein Herzog das Amt des königlichen Heerführers übernehmen. Darin liegt die Schwierigkeit. Man kann aber auch nicht einen Lakaien, der dem König nur nach dem Mund redet als Heerführer nehmen."

„Das verstehe ich jetzt nicht. Ihr sagtet doch, der Heerführer müsse den Befehlen des Königs Folge leisten."

„Ja, aber auch der König ist kein Gott, er wird sicher auf den Rat seines Heerführers hören, wenn er selbst an der Richtigkeit seiner Entscheidung zweifelt oder der Heerführer gute Gründe gegen die Entscheidung des Königs vorbringt. Aber unabhängig davon ob der Heerführer die Entscheidung des Königs für gut oder für schlecht hält, er muß dem Befehl gehorchen. Daher wird niemals ein Herzog dieses Amt annehmen."

„Aber ich könnte es tun ?"

„Ihr seid klug und besitzt nicht den Stolz eines Herzogs. Und gerade der Stolz ist es, der oft Männer daran hindert das zu tun, was vernünftig ist."

Er schwieg einen Augenblick.

„Ich kann Euch dieses Amt natürlich nicht verleihen, das muß der König tun, ich kann Euch bestenfalls beim König für dieses Amt vorschlagen. Das werde ich aber nur dann tun, wenn ich sicher bin, daß Ihr es auch annehmt. Und die Zeit drängt nicht. Ihre werdet es erst antreten können, wenn sich das gesamte Volk der Burgunder hier angesiedelt hat. Ich möchte nur wissen, ob Ihr es annehmt, falls es Euch angetragen wird."

„Nun", antwortet Alcarich, „wenn es noch einige Jahre hin sind, dann muß ich mich nicht heute entscheiden. Ich werde gründlich darüber nachdenken."

Drei Jahre später zog das gesamte burgundische Volk in die neue Heimat und gründete das Wormser Burgunderreich. Alcarich übernahm das Amt der königlichen Heerführers, zeichnete sich durch Siege gegen die nach Süden vorrückenden Franken und die aus dem Osten einfallenden Thuringer aus. Doch blieb dem Reich kein langes Leben beschieden. Bereits etwa fünfzig Jahre später wurde es von den Hunnen vernichtet. Die überlebenden Burgunder traten in weströmische Dienste, wurden in der heutigen Südwestschweiz und in Savoyen angesiedelt, wo wenige Jahrzehnte später das mittelalterliche Burgunderreich entstand.

Über das Schicksal der Hergoranendörfer ist nichts bekannt. Sie scheinen aber von der Vernichtung verschont geblieben zu sein, denn die Orte, an denen man sie vermutet, weisen kontinuierliche Siedlungsspuren auf und zahlreiche archäologische Funde können nicht den Alemannen zugeordnet werden. Vermutlich überdauerten sie die Zeit der Wirren der Völkerwanderung und die Bewohner unterwarfen sich den später eindringenden Franken und verschmolzen im Laufe der Zeit mit ihnen. Manche bringen auch noch Ortsnamen in der Gegend wie Hergershausen mit ihnen in Verbindung. Doch ist dies nach Ansicht renommierter Historiker reine Spekulation.

Der Graf von Weisenfels

Die Frauen

Sie hatten die gefangenen Frauen aus der eroberten Stadt in Zehnerreihen aufgestellt, unterschiedslos, Edelfrauen und Edelfräulein neben Bürgertöchtern und Bauernmädchen. Alle hatten sich entkleiden müssen, standen nun frierend in der noch kühlen Morgensonne.

„Ihr habt mit eueren Männern die Mauern erstürmt, Graf Rudolph", sprach der Herzog von Sachsen zu Rudolph von Weisenfels, „Ihr habt daher auch die Ehre der ersten Wahl. Fünf der Weiber gehören Euch."

„Die Auswahl ist groß", lächelte der Graf, „ich werde mir ein bißchen Zeit nehmen müssen."

„Viel Zeit kann ich Euch nicht gewähren. Die anderen Herren warten bereits. Entscheidet Euch schnell."

Sie hatten etwa zweihundert Frauen zusammengetrieben, überwiegend noch recht junge und hübsche. Der Herzog hatte angeordnet, daß ein Viertel von ihnen an die Grafen verteilt werden sollte, die Hälfte an die Rittter, während er zehn Frauen für sich behielt. Die übrigen sollten an ungarische Menschenhändler verkauft werden, die bereits warteten.

Die jungen Frauen blickten den Grafen ängstlich an. Sie wußten, was sie erwartete, Demütigung, Entehrung, Sklavenarbeit. Der Graf durchschritt die Reihen, wählte fünf von ihnen, die ihm gefielen, aus. Er wies sie an, ihre Kleider wieder anzulegen und ihm dann zu folgen. Er führte sie zu seinem Zelt.

„Hier werdet ihr erst einmal Unterkunft finden, für ein oder zwei Tage, dann brechen wir auf. Habt keine Angst, niemand wird euch etwas zuleide tun."

Ihre Mienen hellten sich leicht auf.

„Das kleine Zelt dort ist meine Badestube. Es steht ein großer Zuber darin. Da könnt ihr euch erst einmal reinigen. Mein Knappe wird euch warmes Wasser zubereiten. Er wird euch auch Hemden geben, damit ihr euch bedecken könnt, wenn ihr euere Kleider wascht. Ihr starrt ja vor Schmutz!

Merkt euch eines: ich lege Wert auf Sauberkeit. Schmutz ist die Quelle aller Krankheiten."
Er schwieg kurz.
„So, ihr wißt jetzt Bescheid. In etwa zwei Stunden komme ich wieder. Bleibt inzwischen beim Zelt. Hier seid ihr sicher. Ihr könnt euch mittlerweile auch schon einen Schlafplatz suchen. Der Knappe wird euch Decken geben. Aber betretet das Zelt erst wenn ihr euch gewaschen habt."
Dann ging er.

„Er wirkte recht freundlich; ich glaube das Schicksal ist uns wohlgesonnen", meinte nun Katharina, ein junges, etwa zwanzig Jahre altes, schlankes Mädchen mit blonden Haaren.
„Freue dich nicht zu früh", entgegnete Martha, „du bist nur ein einfältiges Bauernmädchen, du kennst die Herren nicht. Je freundlicher sie sich geben, desto übler sind ihre Absichten."
Sie war die Tochter des Burggrafen, etwa zweiundzwanzig Jahre alt, hatte hellbraunes, lockiges Haar.
„Ihr solltet den Teufel nicht an die Wand malen", wandte Agnes ein, etwa fünfundzwanzig Jahre alt, blond, Tuchhändlertochter, „der Graf ist sicherlich von ritterlichem Geist und weiß wie man mit ehrbaren Frauen umgeht."
„Das weiß er gewiß", sagte nun Anna, die neunzehnjährige Tochter des Herren von Ehern, „deshalb fürchte ich mich auch nicht; aber ihr seid doch nur Weibsbilder aus niederem Stand. Mit euch geht man anders um."
„Ihr habt überhaupt keinen Grund uns zu beleidigen. Wir sind keine ehrlosen, lasterhaftem Frauen. Wir wissen was Anstand ist", mischte sich nun Margarethe ein, zweiundzwanzig Jahre alt, dunkles, lockiges Haar, Tochter des Stadtschreibers, „ich kann sogar lesen und schreiben."
„Hört doch auf zu streiten", unterbrach sie Katharina, „ich bin zwar nur ein einfachen Bauernmädchen, aber denkt nicht, daß ich deswegen dümmer bin als ihr. Glaubt ihr wirklich, den Grafen interessiert es, wer wir sind ? Hat er vielleicht nach unseren Namen gefragt ?"
Sie fuhr dann, abwechselnd Anna und Martha anblickend, fort.
„Habt ihr etwa euer Adelswappen auf dem Hintern eintätowiert ? Nein, er hat uns ausgewählt ohne zu wissen wer wir sind."
„Da hat die dumme Bauernmagd recht", gestand Martha nun ein, „wie ihr wißt, war über die Markgrafschaft und die Stadt Meißen die Reichsacht verhängt, ja sogar die Aberacht. Und der Herzog von Sachsen hat das

71

Reichsgesetz an uns vollzogen. Unser Stand gilt nicht mehr. Wir sind alle Geächtete – alle gleich. Unseren Stand, unsere Ehre, das alles haben unsere Väter und Brüder in den Staub geworfen als sie sich der Rebellion des Markgrafen von Meißen gegen den König anschlossen. Sie sind nun alle tot, und wir müssen für sie büßen, in Schmach und Schande leben."

Anna wollte darauf antworten, doch Agnes gebot ihr zu schweigen.

„Keinen Streit, Edelfräuleins, sonst schickt er uns am Ende noch weg, schenkt uns den Ungarn und die verkaufen uns dann an die Seldschuken. Wollt ihr das? Wir sollten uns wirklich baden und frische Kleider anziehen um einen guten Eindruck zu machen, wenn er wiederkommt."

„Aber ich bade nicht mit euch zusammen in einem Zuber", entrüstete sich Anna.

„Das verlangt auch niemand von dir", entgegnete Margarethe.

Die Frauen nahmen ihr Bad, alleine oder zu zweit im Zuber, wie sie mochten, zogen dann die frischen Gewänder an, die aber nichts weiter als einfache, lange Hemden waren, wuschen dann im nahen Bach ihre Kleider. Der Knappe, ein etwa sechzehnjähriger Jüngling, der bereits wie ein grimmiger Krieger dreinblickte, begleitete sie, hielt mit gezücktem Schwert Wache, während sie ihre Arbeit verrichteten. Es schien, als wolle er sich als Held darstellen, nachdem er die niedrige Arbeit der Badewasserzubereitung hatte verrichten müssen.

Martha und Anna, die sich als Edelfräulein fühlten, begannen ihre Arbeit widerwillig, erst nachdem sie festgestellt hatten, daß keine von den anderen bereit war ihre Kleider zu waschen und sie nicht schmutzig vor dem Grafen erscheinen wollten.

Nach etwa drei Stunden erschien Graf Rudolph erneut, verteilte rote Bänder.

„Bindet sie euch um den Arm; sie sind das Zeichen, daß ihr zu mir gehört und euch kein anderer anrühren darf. Tut das aber unbedingt, denn ohne dieses Zeichen seid ihr Freiwild."

Die Frauen gehorchten.

„Speise und Trank erhaltet ihr von Hella, meiner Dienerin", er zeigte auf eine dicke, ältere Frau, „ich werde erst am Abend wiederkommen."

Hella beeilte sich. Sie brachte ihnen Brot, Braten und auch Wein. Die Frauen waren hungrig und durstig, bedienten sich reichlich. Der Wein stieg ihnen in den Kopf, sie wurden müde. Und so dösten sie den Nachmittag über vor sich hin.

Der Graf hatte sich zu Beratungen begeben, die sich bis zum Abend hinzogen, aber zu keinem endgültigen Ergebnis führten. Während sich der Herzog und die Grafen in den meisten Angelegenheiten einigen konnten, blieben zwei Punkte offen. Der eine betraf den Vorschlag, dem König einen der anwesenden Grafen für das Amt des Markgrafen zu empfehlen, wobei zu erwähnen ist, daß der Großteil der Anwesenden Anspruch darauf erhob, ausgewählt zu werden. Der Herzog hielt dagegen, die Besetzung des Amtes sei das Recht des Königs und es stehe ihnen daher nicht an sich in diese Angelegenheit einzumischen. Strittig blieb auch die Besetzung und Verwaltung der Markgrafschaft bis zur Ernennung eines neuen Markgrafen. Der Herzog besaß hier zwar von Seiten des Königs alle Vollmachten, jedoch fand sich unter den Grafen niemand, der dieses Amt übernehmen wollte. Der wesentliche Grund hierfür lag in der ungeklärten Herrschaftsfrage im Reich. Zu jener Zeit gab es zwei gewählte Könige, welche um die Macht stritten, Otto von Braunschweig und Philipp von Schwaben. Sie waren nun von Philipp gegen den Markgrafen, der ein Parteigänger Ottos war, ins Feld geschickt worden. Otto hatte aufgrund des Druckes der Bischöfe dem Kriegszug zustimmen müssen, da die Verfehlungen des Markgrafen gegenüber der Kirche schwerwiegend waren und er selbst nach Verhängung der Aberacht nicht bereit war, seine Maßnahmen zurückzunehmen und Sühne zu leisten. Die vorläufige Übernahme der Markgrafschaft, die anwesenden Grafen waren schließlich Parteigänger König Philipps, erschien ihnen daher als eine heikle Angelegenheit, da sie eine gewaltige Machtzunahme des Schwaben bedeutete und damit zu einer offenen kriegerischen Auseinandersetzung zwischen beiden Parteien führen konnte, die dann mit großer Sicherheit auf dem Boden der Markgrafschaft ausgetragen wurde, sie also im Mittelpunkt des Konfliktes standen. Diese Risiko wollte keiner auf sich laden. Sie erhoben zwar, wie bereits oben erwähnt, Ansprüche auf das Amt des Markgrafen, waren aber nicht bereit es ohne den Segen Ottos von Braunschweig zu übernehmen.
Daher beschloß man schließlich, zumal es bereits spät geworden war, die Beratungen am nächsten Morgen in aller Frühe fortzusetzen.

Und so kehrte der Graf erst zurück als es bereits dunkel war. Hella servierte das Abendessen. Der Graf hätte gerne die Gelegenheit genutzt, die Frauen kennenzulernen, näheres über ihre Herkunft zu erfahren. Doch er mußte feststellen, daß der Wein seine Wirkung getan hatte und kein nützliches Gespräch mehr zu erwarten war. Er wies sie daher an schlafen zu gehen.

Die Frauen hatten sich am Nachmittag bereits gewundert, daß ihnen Schlaf-
plätze im gräflichen Zelt zugewiesen worden waren. Katharina, die den
wenigsten Wein getrunken hatte und daher noch am klarsten denken
konnte, wandte sich nun an den Grafen.

„Herr, die Schlafstellen, welche uns der Knappe zugewiesen hat, liegen alle
in Eurem, dem gräflichen Zelt. Ist das richtig so ? Ist es nicht viel zu viel
Ehre für uns im herrschaftlichen Zelt zu nächtigen ? Sollten wir uns nicht
besser in ein Zelt für die Gemeinen, die Dienstleute begeben ?"

„Nein", entgegnete der Graf, „ich habe es so beschlossen. Hier seid ihr
sicher."

„Sicher ? Wie meint Ihr das, Herr ?"

Der Graf blickte sie freundlich an.

„Ich möchte nicht, daß in der Nacht euch jemand etwas zuleide tut oder
euch raubt. Hier lagern wenige gute, aber viele böse Menschen."

Sie begaben sich zur Ruhe.

Germania

Am nächsten Morgen verließ der Graf bereits in aller Frühe das Zelt, begab
sich zur Beratung. Erneut wurde darüber debattiert, ob einer aus ihrer Mitte
für das Amt des Markgrafen vorgeschlagen werden solle. Die Grafen
brachten vor, sie hätten schließlich gekämpft und hätten darum ein Vorrecht
gegenüber anderen, die nicht mit ins Felde gezogen waren. Angesichts der
heiklen Lage einigte man sich schließlich darauf, Briefe mit einem Vorschlag an die Kanzleien beider Könige zu schicken und darum zu bitten,
daß sich beide Parteien gütlich auf den Kandidaten einigen mögen. Unterdessen werde der Herzog allerdings einen aus ihrer Mitte als Vogt einsetzen, da die Markgrafschaft einer Verwaltung bedürfe. Man kam nach
langer und hitziger Debatte schließlich überein, die beiden Punkte,
Besetzung und vorläufige Verwaltung der Markgrafschaft und den
Vorschlag für das Amt miteinander zu verbinden, denn es sei am sinn-
vollsten, denjenigen, der die Besetzung der Vogtschaft übernehmen würde,
auch als Kandidaten für das Markgrafenamt vorzuschlagen. Die meisten
Grafen widersprachen zunächst diesem von Graf Weisenfels in die Runde
eingebrachten Vorschlag, doch der Herzog begrüßte ihn von Anfang an und
nach längerer Debatte nahmen ihn dann auch alle Grafen an, wenn auch
zum Teil eher widerwillig.

Der Herzog schlug nun Rudolph von Weisenfels für das Amt vor, da er mit

seinen Männern die Stadtmauer stürmte und damit den ersten Anspruch habe. Dieser lehnte jedoch mit der Begründung ab, er habe seine Grafschaft erst vor fünf Jahren von seinem Vater übernommen und sei noch vollauf beschäftigt, sie nach seinen eigenen Vorstellungen zu gestalten. Das erfordere seinen ganzen Einsatz, daher könne er kein zweites Amt übernehmen, zumal die Markgrafschaft etwa fünfzehn Tagesreisen von seinem Besitz entfernt liege. Andererseits wolle er das Werk, das er begonnen habe, auch beenden und daher sein Erbe nicht aufgeben. Die meisten Grafen liebäugelten zwar mit dem Amt, da es ihre Stellung im Reich erhöhte, es waren jedoch die oben erwähnten Gründe bezüglich der unsicheren Machtverältnisse im Reich, was sie zurückhielt. Es waren im Zuge der Kämpfe auch zahlreiche Dörfer und Städte zerstört und viele Bewohner getötet worden. Es herrschte Not und der Haß gegen die Besatzer würde blühen. Es schien daher wesentlich angenehmer, als Markgraf zu erscheinen, wenn sich der erste Haß ausgetobt hatte und die schlimmste Not gemildert war. Auch aus diesem Grunde zögerten fast alle; lediglich Armin von Trettlingen zeigte sich bereit, diese Aufgabe zu übernehmen und als Anwärter benannt zu werden. Er war der jüngere Bruder des Grafen von Trettlingen, daher nichts weiter als dessen Dienstmann und von ihm mit der Führung des Grafschafts – Kontingents beauftragt worden, da der Graf die Bequemlichkeit liebte. Armin war ehrgeizig und erbarmungslos und die Aussicht auf die Markgrafschaft beflügelte ihn die Vogtschaft zu übernehmen. Des Disputierens müde, willigten schließlich die anderen Grafen ein. Armin von Trettlingen erhielt tausend Kriegsknechte. Er beschloß sein Quartier auf der Burg Lieberau, der einzigen unzerstörten Burg der alten Markgrafschaft, zu nehmen.
Der Vollständigkeit halber soll hier erwähnt werden, daß die beiden königlichen Kanzleien sechs Monate später dem Vorschlag folgten und einvernehmlich Armin von Trettlingen zum Markgrafen ernannten.

Die Frauen hatten lange geschlafen. Nach dem Frühstück schlug Anna vor, ein bißchen im Lager umherzustreifen um eventuell zu erfahren, wie es Frauen ergangen war, die anderen Herren gegeben worden waren. Agnes und Martha stimmten gleich zu, Katharina aber erzählte von ihrem Gespräch mit dem Grafen am Vorabend, wandte ein, daß sie im Lager trotz ihrer Armbinden vielleicht doch nicht sicher seien, aber Martha entgegnete, die Bedenken des Grafen hätten für die Nacht gegolten, nun am Tage würde es niemand wagen sich an ihnen zu vergreifen. Das leuchtete ein, doch beschlossen sie vorsichtshalber zusammen zu bleiben, da sie nicht sicher waren, wie zuverlässig der Schutz durch die roten Armbinden wirklich sein würde. Margarethe hatte kein Interesse daran mitzugehen.

„Wir haben es offenbar gut getroffen", sagte sie, „was sollen wir denen sagen, die mißhandelt, mißbraucht wurden. Sie werden doch nach unseren Erzählungen ihr Unglück nur noch schlimmer empfinden."

Anna lachte.

„Die Jungfer zeigt Mitgefühl. Wenn wir es gut getroffen haben, dann war es Gottes Wille. Wenn andere üble Herren bekommen haben, dann war das auch Gottes Wille. Haben wir Gottes Willen zu verantworten?"

Die Zelte des Grafen lagen am Rande des Lagers. Die vier Frauen sammelten sich nun, wollten aufbrechen. Da trat ihnen der Knappe entgegen.

„Wo wollt ihr hin?"

„Wir wollen uns ein bißchen im Lager umsehen. Vielleicht treffen wir Bekannte und erfahren, wie es ihnen ergangen ist", entgegnete ihm Anna, „der Herr hat uns dies schließlich nicht verboten."

„Das könnt ihr nicht", entgegnete der Knappe.

„Warum nicht?" erwiderte Anna, „es ist nicht verboten ins Lager zu gehen und wir tragen auch die roten Armbinden. Sieh nur!"

„Trotzdem", wandte der Knappe ein, „ich habe auch gar nicht gesagt, daß es verboten ist. Es ist aber zu gefährlich."

„Gefährlich?"

„Es ist gefährlich! Ach, die Herren, sie glauben, daß ihre Anordnungen streng befolgt werden. Aber es ist doch so. Es herrscht Aufbruchstimmung. Die meisten Kriegsleute werden heute abziehen. Die Kerle haben bis spät in die Nacht gezecht, sind großteils noch betrunken. Glaubt ihr wirklich, daß sie sich um euere Armbinden bekümmern werden? Das interessiert sie nicht. Sie werden über euch herfallen. Und wenn sich einer an euch vergreift? In diesem Wirrwarr wird hinterher keiner mehr feststellen können, wer es war. Und ich sage euch, es wird auch niemanden interessieren. Und niemand wird es untersuchen. Selbst wenn der Graf es wünschte. Er könnte nicht darauf bestehen. Ihr seid schließlich nur geächtete Weiber. Und ich denke auch, daß es der Graf gar nicht verlangen würde. Der Herzog und die Grafen beraten darüber, wer als Besatzung hierbleiben soll und auch, wen der König als neuen Markgrafen vorschlagen solle. Glaubt ihr, da interessiert es, was mit ein paar Beuteweibern geschieht? Einige der Grafen wollen das Amt unbedingt, schon wegen der Macht, die sie damit gewinnen. Und die Ungarn treiben sich auch noch herum, lauern darauf, die eine oder andere noch mitnehmen zu können."

„Das sehe ich ein", meinte nun Martha, „aber gibt es nicht doch eine Möglichkeit ?"

Der Knappe überlegte kurz.

„Das ist ein Spiel, in dem ihr nicht zählt; ich aber auch nicht. Glaubt nicht, daß ich euch etwas Böses will, ich will euch nur vor dem Bösen warnen."

Er rief nun einige Bewaffnete herbei.

„Also, wenn ihr es unbedingt wollt, wir werden euch begleiten. Aber seid vernünftig. Der Graf läßt mich hängen, wenn einer von euch etwas zustößt oder eine sogar verschwindet."

Die Frauen liefen nun in Richtung des Lagerzentrums. Ihnen wurde bald klar, warum der Graf sein Lager am Rande, getrennt von den anderen, aufgeschlagen hatte. Das Lager war in Schmutz versunken, ein unerträglicher Gestank verpestete die Luft. Bewaffnete liefen herum, großteils betrunken, Pferde, Hunde, überall Kot. Viele torkelten, blickten lüstern zu den Frauen hin, doch der Knappe und die Kriegsknechte hielten sie davon ab näher zu heranzukommen. In diesem Gewirr tauchte ab und zu auch einmal eine Frau auf, meist war es aber nicht zu erkennen, ob sie eine der gefangenen Frauen war oder eine aus dem Troß. Es war auch meist unmöglich, näher an eine dieser Frauen heranzukommen. Nur einmal gelang es; es war Hildegard, die Bäckerstochter, die in Agnes' Nachbarschaft wohnte; sie blickte die vier müde und gramvoll an.

„Wir waren zu zweit. Mich nahm der Herr, die andere übergab er seinen Knechten. Er ist nicht unfreundlich, hat aber sein Recht genommen, wie er sagte. Die andere hat sich heute morgen erhängt. Die Qualen, die ihr die Knechte bereiteten, waren offenbar zuviel."

Nachdem die anderen gegangen waren, blickte sich Margarethe im Zelt um. Und so fiel ihr ein Buch auf, das neben dem Lager des Grafen lag. Neugierig hob sie es auf, betrachtete es genauer. Der kostbar wirkende Einband kam ihr bekannt vor. Sie begann darin zu blättern. Zweifellos, sie kannte das Buch. Wie mochte es in die Hände des Grafen gelangt sein ?

„Was machst du da ?" fuhr sie eine Stimme barsch von hinten an.

Sie drehte sich um, erblickte den Grafen.

„Verzeiht Herr, ich wollte nicht spionieren. Mir ist nur dieses kostbare Buch aufgefallen. Vergebt mir ! Ich wollte es nicht stehlen. Woher habt Ihr es ?"

Sie schaute ihn flehend an. Das erweckte sein Mitleid. Aber mehr noch verwirrte ihn ihre Frage. Die ergab doch nur Sinn, wenn sie das Buch kannte und ihm einen hohen Wert zumaß. Er wurde freundlicher.

„Einer meiner Kriegsknechte hat es bei der Plünderung der Stadt an sich gebracht und es mir übergeben. Er wußte, daß ich Bücher sammele und bereits eine kleine Bibliothek besitze. Aber es ist in lateinischer Sprache verfaßt, die ich nur wenig beherrsche. Ich werde es mir zuhause von meinen alten Kaplan übersetzen lassen müssen. Es scheint eine Abhandlung über die Kriegskunst unserer Vorfahren, der Germanen, zu sein. Ich konnte die Worte 'tacticus' und 'germanorum' entziffern."

Margarethe lachte laut auf.

„Oh Herr, verzeiht, aber das habt Ihr gründlich mißverstanden. Das heißt nicht 'tacticus' sondern 'Tacitus'. Und das ist der Name des Mannes, der es geschrieben hat. Und der Titel lautet 'De origine, situ, moribus ac populis germanorum', was soviel bedeutet wie 'Über den Ursprung, der Lage, der Sitten und auch der Völker der Germanen'. Ich kenne das Buch. Es gehörte dem Wirt des 'Roten Ochsen', dem Gasthaus neben der Kirche."

Der Graf lachte nun auch.

„Da hat der Kaplan schlechte Arbeit geleistet, als er mich die lateinische Sprache lehrte."

Dann stutzte er kurz.

„Du kennst dieses Buch ? Du bist in der lateinischen Sprache bewandert ? Du kannst lesen ? Und das Buch gehörte dem Wirt des 'Roten Ochsen' ? Wie kam der zu einem Buch ?"

„Das kann ich Euch genau erklären, Herr. Ein fahrender Ritter ließ es dem Wirt vor einigen Jahren als Pfand, weil er die Zeche nicht bezahlen konnte. Er sagte, ihm sei es auf der Rückkehr vom Kreuzzug in Italien in die Hände gefallen; es sei kostbar, beschreibe unser Land und unser Volk so, wie es vor tausend Jahren lebte. Ein römischer Geschichtsschreiber habe es verfaßt. Der Wirt war gutmütig, nahm das Buch und mein Vater mußte ihm oft daraus vorlesen, erhielt stets einen Krug Bier zum Lohn."

Sie lächelte.

„Er nahm mich mit, weil ich ihn heimführen mußte, wenn er das Bier getrunken hatte."

„Dein Vater ?"

„Mein Vater war sehr gelehrt, aber arm. Er war Stadtschreiber und das Amt wurde schlecht entlohnt."

„Und woher hatte dein Vater seine Gelehrsamkeit ?"

„Ich weiß es nicht. Er hat nie darüber gesprochen. Vielleicht war er ein entlaufener Mönch und hat sich geschämt darüber zu sprechen. Er kam als junger Mann als Fremder nach Meißen, verdingte sich einige Zeit als Tagelöhner, da er kein Handwerk erlernt hatte, erhielt dann das Amt des Stadtschreibers."

„Und er hat dich unterrichtet ?"

„Ja, in allem, im Lesen, Schreiben, in der Mathematik, der Astronomie, der Lehre von der Natur, der lateinischen Sprache, auch der Philosophie und der Rechtskunde. Nur die Theologie vermied er; das sei Aufgabe der Pfaffen, meinte er."

Sie hielt kurz inne, fuhr dann fort als sie merkte, daß der Graf schwieg und offenbar auf ihre weitere Erzählung gespannt war.

„Meine Mutter starb früh und meine Großmutter, die sehr alt wurde, hat unseren Haushalt geführt. Sie hat meinen Vater oft gefragt, was es nütze, ein Mädchen in solchen Dingen zu unterrichten. Und er antwortete, das wisse er nicht, aber er sei ein armer Mann und alles, was er seinem Kind vererben könne, sei seine Gelehrsamkeit. Kochen, Nähen, Stricken und die Spindel führen, das könne sie das Kind ja lehren. Er verstünde davon nichts."

Der Graf blickte sie lächelnd an. Eine kluge, hübsche, junge Frau. Sie gefiel ihm.

„Ja", sagte er dann, „Gelehrsamkeit ist wichtig, mein Vater hielt nichts davon. Es sei wichtiger, daß ein Mann das Schwert führen kann, meinte er. Doch der Kaplan hielt stets dagegen, was nutzen ihm die Siege mit dem Schwert, wenn die Rechtsgelehrten ihm dann wieder alles entreißen, weil er die Verträge nicht lesen kann und es leicht für sie ist ihn zu betrügen ? Das sah mein Vater schließlich ein und der Kaplan durfte mich unterrichten."

„Der Kaplan ist ein weiser Mann. Ich möchte ihn gerne kennenlernen", sagte Margarethe darauf.

Doch dann trübte sich ihr Antlitz. Dem Grafen fiel das auf und er fragte.

„Was hast du ? Was betrübt dich ?"

„Ja, mein Vater war ein gelehrter Mann. Er lauschte auch sehr oft den Gesprächen der Kaufleute, der fahrenden Ritter und der durchreisenden Gaukler, die nach Meißen kamen. Und er schrieb ihre Geschichten nieder. Es waren Berichte über fremde Länder, ihre Völker, ihre Sitten, ihre Landschaften, über die Pflanzen, welche dort wachsen und die Tiere, die dort lebten. Er erfuhr vieles über den Glauben der Muselmanen und die Gebräuche der schwarzen Menschen, die jenseits der großen Wüste leben.

Es soll dort keine Winter geben, ewigen Sommer, gewaltige Ströme, riesige, undurchdringliche Wälder. Die Muselmanen ziehen oft dorthin, fangen die gesunden Männer und Frauen ein und verkaufen sie dann in Ägypten und Syrien als Sklaven. Und gewaltige Tiere gibt es dort, nicht nur Löwen und Elefanten, sondern auch Ungetüme mit einem riesigen Horn auf der Nase."

Sie hatte mit Begeisterung geredet, hielt nun inne, schwieg kurz.

„Aber all dies ist nun verloren!"

„Wieso verloren?" fragte der Graf, „sind all diese Schriften zusammen mit der Stadt verbrannt? Das wäre ein großer Jammer."

„Verbrannt sind sie vermutlich nicht", antwortete Margarethe, „als die Belagerung begann hat mein Vater in eine Kellerwand eine Nische gegraben, die Schriften in feste Kisten verpackt und sie darin versteckt. Aber nun liegen sie dort, niemand wird sie finden und sie werden im Laufe der Zeit verrotten."

„Man müßte sie holen", wandte der Graf ein, „kennst du die Stelle?"

„Ja, ich würde sie finden. Aber es muß bald geschehen. Und man muß sie sicher ausgraben. Das Haus ist eingestürzt. Wenn erst alles verfallen ist, findet sie niemand mehr. Und es ist auch bei schwerster Strafe verboten, die Stadt zu betreten. Sie darf nicht wieder aufgebaut werden. Die Trümmer sollen verfallen. Das ist der Wille des Königs."

Der Graf überlegte.

„Das sollte keine Schwierigkeiten bereiten. Ich werde mit dem Herzog sprechen. Ich bin sicher, er wird es erlauben nach den Schriften zu suchen."

„Das wäre wundervoll!"

Der Graf entfernte sich. Nach einer knappen Stunde kam er zurück, Freude stand in seinem Gesicht.

„Der Herzog hat die Erlaubnis gegeben. Wir dürfen in die Stadt. Wir brechen sofort auf, bevor er es sich anders überlegt. Wie viele Knechte brauchst du zum Tragen der Kisten?"

„Ich denke, fünf werden zum Tragen genügen. Aber vielleicht müssen wir graben. Dann brauchen wir auch Geräte, Schaufeln, Brechwerkzeug."

„Ich werde zehn mitnehmen, außerdem einen Wagen zum Transport."

Er rief die Männer zusammen. Eine Stunde später erreichten sie die Stadt. Es war noch nicht Mittag. Sie fanden bald das in Trümmern liegende Haus, konnten recht schnell die Treppe in den Keller freiräumen. Die Kisten mit den Schriften waren unversehrt. Sie brachten sie zu dem Wagen, luden sie auf.

„Es ist noch genügend Zeit bis zum Abend. Im Rathaus gab es eine kleine Bibliothek. Vielleicht ist noch etwas erhalten ? Wir könnten doch nachschauen", schlug Margarethe dann vor.

„Gerne", lautete die Antwort des Grafen.

Das Rathaus lag ebenfalls in Trümmern. Die Arbeit erwies sich hier als schwieriger, doch die Männer schafften es aufgrund der Anweisungen Margarethes die zerstörte Bibliothek nach vier Stunden freizulegen. Das meiste war zerstört, etliche Bücher waren stark beschädigt, einige aber noch unversehrt.

„Wir nehmen auch die beschädigten mit", regte sie an, „vielleicht ist manches noch zu retten."

Sie trugen alles, was noch brauchbar schien, zusammen, luden es auf den Wagen. Kurz vor Sonnenuntergang kehrten sie ins Lager zurück.

„Vielen Dank, Herr, Ihr habt mich sehr glücklich gemacht", sagte sie, nachdem sie die Kisten mit den Schriften und geretteten Büchern abgeladen und ins Zelt des Grafen gebracht haben.

„Ich habe auch dir zu danken, nun kann ich vieles über fremde Länder erfahren", gab er zur Antwort, „allerdings wird es jetzt eng im Zelt. Wir müssen etwas zusammenrücken."

Hella bereitete das Abendessen, das der Graf zusammen mit den fünf Frauen und dem Knappen einnahm. Die Anwesenheit des Grafen hemmte die Frauen ein bißchen, so daß sie nur wenig redeten und auch dem Wein nicht so sehr zusprachen.

Bald danach legten sie sich schlafen.

Der Tag im Lager

Am nächsten Morgen zog der Großteil der Truppen des Grafen bereits in der Frühe unter Führung des Feldobersten Otto von Andrich ab. Der Graf wollte einen Tag später mit einer kleinen Eskorte und den Verwundeten nachfolgen, da er der Ansicht war, den Verwundeten würde ein zusätzlicher Tag Erholung gut tun. Es blieben noch etwa fünfzig Ritter und Kriegsknechte, sowie ein Teil der Diener zurück.

Da auch der Herzog und die anderen Grafen mit ihren Leute aufgebrochen waren, war es im Lager ruhig geworden.

Es herrschte gutes Wetter. Der Graf und die Frauen nahmen das Frühstück eher wortlos vor dem Zelt ein. Als sie geendet hatten sprach er.

„Heute gönne ich euch noch Ruhe. Aber morgen marschieren wir ab."

Er lächelte.

„Ich meine das natürlich nicht wörtlich. Ihr braucht nicht zu laufen. Für euch wird ein Wagen bereit stehen, es sei denn ihr möchtet reiten."

Er schwieg kurz.

„Kann eigentlich eine von euch reiten ?"

„Ja, Herr", meldete sich Katharina, „ich bin auf einem Bauernhof aufgewachsen."

„Ich kann es auch", fügte Martha hinzu, „mein Vater wünschte sich immer einen Sohn, aber mein Bruder starb bereits als Kind. Und so mußte ich ihm den Sohn ersetzen, reiten lernen, mich in Waffen üben."

„Gut", meinte der Graf, „aber ich will mich davon überzeugen. Ihr dürft es heute schon ein bißchen üben."

Er rief den Knappen herbei.

„Die Jungfern können angeblich reiten. Mach zwei Pferde für sie zurecht und reite mit ihnen dann ein Stück aus. Berichte mir anschließend. Und besorge vorher für jede noch eine Hose. Weiberkleider sind beim Reiten hinderlich."

„Kommt mit", sprach der Knappe.

Katharina und Martha folgten ihm.

Der Graf lächelte.

„Da bin ich aber neugierig."

„Unterschätzt uns Frauen nicht, Herr", wandte Margarethe nun ein, „aber wenn es Euch beliebt, möchte ich mich lieber um die Bücher kümmern, Sorge tragen, daß sie für die Reise gut verpackt sind. Reiten kann ich später auch noch lernen."

„Herr", meldete sich jetzt Agnes zu Wort, „wenn Ihr erlaubt, möchte ich mich noch von meiner Freundin Gudrun verabschieden. Sie wurde dem Grafen von Weyern gegeben. Sie werden heute abreisen."

„Deine Bitte sei gewährt. Aber du gehst nicht ohne Schutz."

Er rief zwei Bewaffnete herbei. Sie gingen.

„Du bist also das Edelfräulein ?" wandte er sich dann Anna zu.

Sie nickte.

„Ja, das bin ich. Daher wünsche ich auch entsprechend behandelt zu werden. Mein Vater ist zwar tot, im Kampf gegen Euch gefallen, aber mein Oheim wird mich sicher auslösen."

„Wer ist dein Oheim ?"

„Graf Armin von Questen."

Rudolph schaute sie etwas mitleidig an.

„Armes Kind !"

„Was meint Ihr damit ?"

„Ich kenne ihn. Er ist ein selbstsüchtiger, übler Bursche, ich glaube nicht, daß du von ihm Hilfe erwarten kannst. Ich sage es frei heraus; er ist ein Mann, der den Mächtigen hofiert. Und er müßte ja dem König gegenüber Standfestigkeit beweisen, wenn er vorbringt, daß er für eine Geächtete eintritt. Das wird er nicht tun."

Anna schwieg.

„Du hast dich bisher recht hochfahrend verhalten", fuhr der Graf jetzt fort, seine Stimme wirkte aber nicht unfreundlich, „aber merke dir eines: deinen Stand hast du mit der Verhängung der Acht verloren. Du bist nun nicht mehr als eine Bauerntochter. Aber das muß nicht für alle Zukunft so bleiben. Die Acht kann irgendwann aufgehoben werden, wenn du dich würdig erweist. Ich muß es gutheißen. Es liegt an dir."

Anna wirkte nachdenklich, sie schwieg eine Weile.

„Und was muß ich dafür tun ? Euch zu Willen sein ?"

Der Graf schüttelte den Kopf.

„Nein, das entspricht nicht meiner Art. Ihr werdet bei mir leben und dienen. Verrichtet ihr eueren Dienst gut, dann werde ich versuchen, die Acht aufheben zu lassen. Und sei gewiß, ich werde euch gut behandeln. Keine von euch muß niedere Dienste verrichten."

„Versuchen ! Was heißt das ? Wann wird das sein ?"

„Wir Grafen haben darüber beraten. Es liegt natürlich nicht in unserer Macht in dieser Beziehung etwas zu entscheiden. Aber wir konnten den Herzog überzeugen, ein Schreiben an den König abzuschicken, in dem wir darum ersuchen, daß jeder Herr nach einem Jahr Dienst darüber entscheiden kann. Es obliegt natürlich seiner Majestät, dem König, diesen Antrag zu genehmigen. Aber ich glaube nicht, daß er den Antrag von zehn Grafen ablehnen wird."

Anna schaute ihn groß an.

„Danke, Herr, daß Ihr das für uns tut."

„Weißt du, ich bin nicht der König, ich bin nur Herr einer Grafschaft und in dieser Sache nur Soldat, der seine Lehenspflicht erfüllt. König Philipp denkt politisch; er mußte natürlich auch die Klagen der Erzbischöfe beachten; schließlich möchte er ja auch vom Papst zum Kaiser gekrönt werden. Für ihn waren daher der Markgraf und seine Anhänger Rebellen, Feinde des Reiches, Feinde des Kaisertums, was für ihn gleichbedeutend ist. Sie waren verachtenswert, mußten vernichtet werden. Als Soldat sehe ich aber zuvorderst den Gegner, nicht seine Motive. Was für mich schlecht ist, ist für ihn vielleicht gut. Und selbst wenn er dem Schlechten dient, aus welchen Motiven auch immer, so kann er doch ehrenvoll kämpfen und daher achte ich ihn, wenn er das tut. Er kämpft für seine Sache, ich für meine. Haß empfinde ich ihm gegenüber nicht."

Er schwieg nun. Der Graf hielt es keineswegs für ehrenhaft, die Frauen und Töchter der Gegner als Freiwild zu behandeln, mit dem man nach Belieben verfahren konnte, der Schande preiszugeben. Für besonders verächtlich und entwürdigend hielt er es, sie den Kriegsknechten als Huren vorzuwerfen oder sie als Sklavinnen ins Morgenland an die Seldschuken zu verkaufen. Aber es stand nicht in seiner Macht das zu ändern. Er konnte lediglich 'seine' Frauen seinen Vorstellungen entsprechend behandeln. Und dazu war er entschlossen.

Nachdem sie eine Probe ihrer Reitkunst zur vollsten Zufriedenheit des Knappen abgelegt hatte, begab sich Katharina zum einem nahen See. Es war warm und sie beschloß ein Bad zu nehmen. Sie entledigte sich ihrer Kleider und stieg ins Wasser. Während sie umher schwamm und das kühle Naß genoß, bemerkte sie gar nicht, daß mittlerweile der Graf in der gleichen Absicht hergekommen war. Erst als er sich bereits im Wasser befand und zu ihr hin schwamm, nahm sie ihn wahr. Sie erschrak.

„Hab keine Angst, ich tue dir nichts. Du bist doch eine meiner Frauen ? Wie heißt du ?"

„Katharina", war die Antwort.

Er lachte.

„Katharina ! Ich habe dich im Wasser nicht erkannt. Es war leichtsinnig von dir alleine hierherzukommen."

„Wieso, Herr ? Die Kriegsknechte sind doch fast alle weg; es ist nur noch Eure kleine Truppe anwesend. Und vor Euren Männern brauche ich mich doch nicht zu fürchten ?"

„Das nicht, aber es treiben sich noch versprengte Knechte des Markgrafen in der Gegend herum. Die können dir gefährlich werden."

„Aber Euch doch auch."

„Ich bin auf der Hut."

Nach einiger Zeit verließ der Graf das Wasser. Katharina bemerkte jetzt, daß der Graf einen Gürtel umgeschnallt hatte, in dem ein langes Messer steckte.

„Du kommst am besten mit. Das ist sicherer."

Sie folgte ihm.

„Ich habe kein Tuch dabei. Wir werden uns in der Sonne trocknen lassen müssen. Er legte sich ins Gras, in Reichweite seines Messers.

„Komm, leg dich neben mich."

Sie gehorchte. Er wendete sich zu ihr hin.

„Du heißt also Katharina ? Und du kannst schwimmen ?"

Katharina lachte.

„Herr, ich kann sogar reiten, wie Ihr gesehen habt. Das lernt man alles als Kind, wenn man in einer Bauernfamilie in einem kleinen Dorf aufwächst. Da herrschen nicht solche Zwänge wie in einer Stadt."

Sie lächelte verschmitzt.

„Insbesondere nicht, wenn es keinen Pfaffen gibt, der ständig Moral predigt und alles zur Sünde erklärt, was ihm nicht gefällt. Als Kinder haben wir oft im Dorfweiher gebadet und so habe ich eben schwimmen gelernt. Ich bin erst vor zwei Jahren in die Stadt gekommen, als Dienstmagd bei einem Schneidermeister."

Sie schwieg eine Weile.

„Das Leben auf dem Land war zwar ärmlicher als in der Stadt, dafür aber auch freier. Die Herren haben uns zwar mit den geforderten Abgaben bedrückt, aber haben uns keine Moralgesetze auferlegt, welche die Lebensfreude einschränken. Dort hatten die Gesunden und Tüchtigen das Sagen, nicht die Pfaffen und die alten Jungfern, die mit ihrem 'Sittenkodex' jede Lebensfreude und Lebenslust verbieten, wohl aus Neid, weil sie diese nie erlebt haben oder nie genießen konnten."

Der Graf lächelte.

„Du bist ein kluges Mädchen."

Katharina wurde ernst.

„Das kann nicht sein, der Meister sagte stets, ich sei nur ein dummes Bauernmädchen, das nichts versteht, wenn ich ihn etwas fragte, worauf er keine rechte Antwort wußte. Und auch jetzt verstehe ich eines nicht. Zürnt mir bitte nicht, Herr. Es ist auch kein Vorwurf gegen Euch, Ihr behandelt uns ja auch gut. Warum hat man uns verschachert wie Vieh ? Was haben wir Frauen getan ? Warum müssen wir für die Händel des Markgrafen büßen ?"

Der Graf blickte zu Boden, schwieg eine Weile.

„Der Markgraf hatte den Zorn König Philipps und der Bischöfe auf sich geladen. Und der König beschloß mit aller Härte vorzugehen und zum Exempel die Residenzstadt dem Erdboden gleichzumachen und die Bevölkerung zu töten oder zu versklaven, unterschiedslos. Ihr solltet alle an die Ungarn verkauft werden. Das war nicht unsere Entscheidung; wir haben lediglich unsere Lehenspflicht erfüllt. Doch die meisten Grafen hielten es für unehrenhaft, christliche Frauen den Seldschuken als Sklavinnen auszuliefern, denn es war uns gewiß, daß die Ungarn euch ins Morgenland bringen würden. Und so entschied der Herzog schließlich, daß der größte Teil der Frauen den Grafen und Rittern als Belohnung überlassen wurde. Und so konnte wenigstens ein Teil von euch geschützt werden. Halte mich nicht für edler als ich bin; die meisten der Grafen und Ritter behandeln ihre Frauen gut, nur einige mißbrauchen sie oder werfen sie ihren Kriegsknechten vor."

Dann schwiegen sie. Nach einiger Zeit kleideten sie sich an und liefen zu den Zelten zurück.

Margarethe saß in der Sonne und las als Rudolph mit Katharina vom See zurückkam.

„Entschuldigt, Herr. Aber ich bin zu neugierig; ich habe eine Kiste geöffnet und ein Heft herausgenommen."

„Wo sind die anderen ?"

„Anna sagte, sie verstünde einiges von der Heilkunst. Sie bat daher den Hauptmann nach den Verwundeten sehen zu dürfen. Der willigte ein, da der Wundarzt mit dem Herzog weggezogen ist. Sie kam kurze Zeit später zurück und bat Martha und Agnes ihr bei der Suche nach Heilkräutern zu helfen."

„Sie sind doch hoffentlich nicht alleine weggegangen ?"

„Keine Sorge, Herr, der Knappe und zwei Kriegsknechte begleiten sie."

Der Graf lächelte vor sich hin.

„Meine Ermahnungen hatten wohl Erfolg", dachte er.

Dann wandte er sich zu Margarethe.

„Was liest du da eigentlich ?"

„Es ist ein Bericht über eine Reise den Nilstrom hinauf, von Ägypten nach Nubien und dann noch weiter in den Süden. Der Nil muß ein gewaltiger Strom sein, viel breiter und länger als die Elbe. An seinen Ufern wachsen Getreide und alle möglichen Früchte; aber schon ein paar hundert Schritte von ihm entfernt beginnt die Wüste. Er schreibt hier, die Fruchtbarkeit der Uferzonen sei durch die Schlammablagerungen während des Hochwassers bedingt, das jedes Jahr regelmäßig im Frühjahr auftritt, schon seit vielen tausend Jahren."

„Hochwasser ?" fragte der Graf erstaunt.

„Ja, es heißt, weit im Süden liegen gewaltige Gebirge und die Überschwemmungen treten auf, wenn im Frühjahr der Schnee dort schmilzt."

„Das klingt vernünftig; wenn im Spessart der Schnee schmilzt, dann führt der Main auch Hochwasser."

„Ja, aber was ich nicht verstehe, es wird auch geschrieben, daß es in Ägypten und Nubien das ganze Jahr über sehr heiß ist. Da kann es doch nicht schneien. Dann muß es doch weiter im Süden, dort wo der Nil seine Quellen hat, ein Land geben, in dem es wieder kalt ist."

„Vielleicht liegt es auch den Gebirgen. Ich habe vor einigen Jahren an einem Kriegszug nach Italien teilgenommen. Da mußten wir auch über ein Gebirge, die Alpen. Und auf den Berggipfeln lag da auch im Sommer noch Schnee. Vielleicht ist es dort auch so und im Niltal ist es sehr heiß, aber auf den Bergen so kalt, daß dort im Winter auch Schnee fällt, der dann im Frühjahr schmilzt."

„Ja, so könnte das sein. Man muß die Berichte natürlich gründlich lesen. Einiges von dem, das da erzählt wurde, klingt unglaubwürdig, ist es vielleicht auch. Manches ist sicher auch der Phantasie der Erzähler entsprungen. Und vieles haben die Erzähler gar nicht selbst erlebt und gesehen, sondern unterwegs bei der Rast oder in den Herbergen erfahren. Aber wertvoll ist es sicherlich trotzdem. Und vielleicht gibt es da auch diese furchtbaren Tiere im Wasser, die ein großes Maul, einen langen Schwanz und eine Haut wie einen Panzer haben. Die fressen alles auf, was sie erreichen können."

„Solche Tiere soll es geben ?"

„Ja, sie heißen Krokodile. Ich stelle mir vor, sie sehen aus wie Eidechsen, sind aber hundertmal größer."

Die anderen Frauen kamen zurück. Sie hatten einen großen Korb Kräuter gesammelt.

„Das wird uns sehr helfen, Herr", sagte Anna mit leichtem Stolz, „sie müssen aber jetzt für die Wundbehandlung zubereitet werden. Dürfen die beiden auch mithelfen ?"

Der Graf nickte. Margarethe und Katharina, welche die ganze Zeit über dabeigesessen und still zugehört hatte, standen auf und begaben sich zu den anderen.

Es war bereits dunkel als sie ihre Arbeit erledigt und die Verwundeten versorgt hatten.

„Nun kannst du das Abendessen bringen", befahl der Graf Hella.

„Ihr habt auf uns gewartet, Herr ?" fragte Martha vorsichtig.

„Ja, warum nicht ?"

„Ihr tut uns eine große Ehre an, Herr, wenn Ihr mit uns speist. Wir sind dessen doch gar nicht würdig ? Wir fallen doch unter die Acht."

„Weißt du, ihr habt doch nichts getan. Warum soll ich euch dann wie Aussätzige behandeln ? Es heißt zwar, die Schuld der Väter komme über die Kinder. Aber ich bin nicht Gott, mache die Töchter nicht für die Taten der Väter und die Schwestern nicht für die Taten der Brüder verantwortlich."

Die Grafschaft

Sie brachen am nächsten Morgen auf, erreichten die Grafschaft nach vierzehn Tagen. Sie lag im wesentlichen im Spessart; im Norden schob sie sich streckenweise bis an die Kinzig heran. Im Westen schob sie sich zwischen der nördlich gelegenen Herrschaft Hanau und dem südlich gelegenen Stift Aschaffenburg des Kurfürstentums Mainz bis zum Main hin. Im Osten grenzte sie an die Grafschaft Rieneck. Als Residenz des Grafen diente die stärkste, ursprünglich als nördliche Grenzfestung erbaute Burg, welche am Rande des Büdinger Waldes etwa eine bequeme Reitstunde nordöstlich der Freien Reichsstadt Gelnhausen lag. Nahe der Burg, zur Kinzig hin, war in jüngerer Zeit die Siedlung Weichirsbach entstanden. Das Geschlecht der Weisenfelser entstammte allerdings nicht der Gegend. Rudolphs Vater hatte die Grafschaft nach dem Tode seines kinderlos verstorbenen Oheims durch Erbschaft erworben.

Es war ein durchaus wohlhabender Besitz. In den Tälern betrieben die Bauern eine ertragreiche Landwirtschaft, die ausgedehnten Spessartwälder dienten zur Holzgewinnung, insbesondere das begehrte Eichenholz wurde in ihnen geschlagen. Im Amt Orb wurde das kostbare Salz gewonnen. Und da die vielbefahrene Handelsstraße von Hanau nach Fulda durch das Gebiet führte, waren die Wegezölle ebenfalls eine gute Einnahmequelle. Der alte Graf hatte klug und sparsam gewirtschaftet, der junge war dem Vorbild des Vaters gefolgt, hatte in den fünf Jahren seiner Herrschaft den Wohlstand vergrößert, auch wenn er sein Land noch nicht völlig seinen Vorstellungen entsprechend geordnet hatte. Es genügte daher, den Bürgern und Bauern mäßige Abgabelasten aufzubürden. Und da er milde regierte, den anderswo streng geahndeten Jagd- und Waldfrevel mit Nachsicht verfolgte solange er nicht überhand nahm und nur zur Befriedigung des Eigenbedarfs diente, andererseits aber Diebstahl, Raub und Mord unbarmherzig verfolgte und auch keine Willkür duldete, war er im Volk allgemein beliebt und geachtet.

Sie erreichten Weichirsbach kurz vor Mittag. Der Graf hatte unlängst in dem Ort ein Spital errichten lassen, in welches sie nun die Verwundeten brachten, die noch sorgsamer Pflege bedurften. Dann zogen sie zur Burg weiter. Der Graf und die Frauen begaben sich in das Herrschaftshaus, während sich die Knechte um die Pferde und das Gepäck, darunter auch die Kisten mit den Büchern, kümmerten.

Im unteren Stockwerk des Gebäudes befanden sich der Rittersaal, ein Speisesaal, die Schlafkammern der Leibbediensteten und die Kapelle. Der Graf gebot den Frauen im Speisesaal Platz zu nehmen, dann ließ er Essen für alle auftragen. Nachdem sie sich gesättigt hatten, führte er sie nach oben.

Über dem Rittersaal im ersten Geschoß lagen die Wohnräume. Auf der einen Seite des Flures, zum Wald hin, die Gemächer des Grafen.

„Die Räume auf der anderen Seite sind euch zugedacht. Es sind zwei größere Schlafgemächer für je zwei von euch und ein kleineres für eine Person. Es bleibt euch überlassen, wie ihr euch zusammentut. Dann gibt es noch ein viertes Zimmer, das euch als Wohnraum und Speisesaal dienen soll. Die Möblierung ist noch karg, es sind nur die Betten vorhanden. Ich hatte einen Boten mit Anweisungen an den Zimmermann vorausgeschickt. In der kurzen Zeit ließen sich nicht alle Arbeiten durchführen. Aber ich denke, ein Schlafplatz ist fürs erste das wichtigste; Tische, Schemel und Truhen zur Kleideraufbewahrung werden folgen. Ihr werdet ordentliche Möbel erhalten. Es wird aber noch ein paar Tage dauern, bis der Zimmermann mit der Arbeit fertig ist."

„Vielen Dank, Herr", meinte Agnes, „wir wissen Eure Güte zu schätzen."
Der Graf lächelte.

„Das ist noch nicht alles", fuhr er stolz fort und führte sie in einen weiteren Raum, „das ist der Baderaum. Seht, die Wanne besteht aus nicht rostendem Eisen. Wie man es herstellt, habe ich während des Kreuzzuges im Morgenland erfahren. Rechts und links der Wanne seht ihr zwei große Wasserkessel; der linke hat einen Ofen zum Erwärmen des Wassers. Jeder Kessel besitzt einen verschließbaren Ablauf und so könnt ihr kaltes und heißes Wasser nach Belieben mischen. Und hier seht ihr den Auslaß der Wanne, das benutzte Wasser wird über eine Röhre in den Burggraben geleitet. Und hier an der Wand findet ihr noch zwei Becken, in den ihr euch waschen könnt. Es steht euch frei, jederzeit den Baderaum zu nutzen. Wenn ihr heißes Wasser braucht, müßt ihr allerdings etwa eine Stunde vorher den Diener anweisen einzuheizen."

„Das ist ja fast wie im Paradies", schwärmte Katharina.

Der Graf lächelte.

„Das ist noch immer nicht alles. Im Winter werden alle Räume beheizt. Der Ofen steht im Erdgeschoß und die warme Luft wird durch ein Röhrensystem in die Zimmer geleitet. Ihr müßt also nicht frieren. Und dann gibt noch einen Abort."

Er führte sie zu einem kleinen Raum in einer Nische im Turm gegenüber der Herrschaftstreppe.

„Auf der anderen Seite der Treppe liegen die Gemächer des Kaplans."

Er schwieg kurz.

„Ich denke, ich habe euch nun alles wichtige gezeigt. Falls ihr noch mehr wissen wollt, dann wendet euch an Hella, sie wird euch zur Verfügung stehen und euch mit der Leibdienerschaft bekannt machen. Sie wird auch für Kleidung, Gegenstände, die ihr braucht und weitere Möbel, die ihr wünscht, sorgen. Ihr findet sie in der Dienerkammer am anderen Ende des Flures neben der Bedienstetentreppe. Ihr könnt sie aber auch mit der Glocke dort rufen."

Dann ging er.

Die Frauen blieben staunend zurück, begannen mit der Besichtigung der Zimmer. Die Wände waren glatt verputzt, zum Teil bemalt, mit einigen Wandteppichen verziert. Die Fenster enthielten Glasscheiben, der Fußboden bestand aus gehobelten Brettern. Die Möblierung war in der Tat noch spärlich, die Schlafzimmer enthielten lediglich für jede ein Bett und einen roh gezimmerten Hocker; im Wohnraum standen ein Tisch, vier rohe Hocker und ein Gestell, auf dem vier Becher, eine Kanne Wasser und ein Krug Wein standen.

„Der Wein ist sicher zur Begrüßung", meinte Martha.

Jede nahm sich nun einen Becher, sie stellten den Krug auf den Tisch, setzten sich und jede schenkte sich ein.

„Zuerst sollten wir die Zimmer verteilen", begann nun Anna, „als Edelfräulein gebührt mir natürlich ein eigenes Zimmer. Die anderen beiden könnt ihr verteilen wie ihr wollt."

Keine erhob Einspruch, im Grunde war es ihnen gleichgültig. Katharina und Agnes nahmen den einen Raum, Margarethe und Martha den anderen.

„Wir scheinen es gut getroffen zu haben", meinte nun Agnes, „aber ich möchte wirklich gerne wissen, was er mit uns vorhat. Wir können ja nicht unsere Tage hier nur im Wohnraum verbringen."

„Er sagte doch, er wolle uns in seine Dienste nehmen", erwiderte Katharina.

„Ja, aber welcher Art diese Dienste sein werden, hat er uns bisher nicht gesagt", gab Martha zu bedenken.

„Er hat mir lediglich mitgeteilt, daß ich keine niedrigen Dienste verrichten muß", meinte nun Anna keck, „von euch hat er nichts gesagt."

„Ich denke aber", meldete sich nun Katharina zu Wort, „er hätte uns ja wohl nicht die Wohnräume hier im Herrenhaus gegeben, wenn er uns niedere Arbeiten zuweisen will."

„Vielleicht will er uns auch nur als Mätressen halten", wandte Agnes nun ein, „fünf Frauen zur Abwechslung; das könnte ihm doch gefallen."

„Ach, das glaube ich nicht", meinte Margarethe, „dann hätte er längst eine von uns nachts zu sich geholt."

Anna lächelte:

„Das hat wenig zu sagen. Aber es könnte doch sein, daß er sich eine von uns als Gemahlin aussucht und die anderen dann wegschickt. Und da kann er sich Zeit lassen, da er zuvor die Acht aufheben lassen muß, sonst kann er keine von uns heiraten."

„Und du glaubst jetzt schon, du seist die Auserwählte", spottete Katharina.

„Ich bin zumindest meiner Herkunft nach die Edelste", lautete die Antwort.

„Vielleicht interessiert ihn die Bildung mehr als die Herkunft", lächelte nun Margarethe.

„Und da glaubst du wohl, du seist die Auserwählte, weil du lesen und schreiben kannst? Du eingebildetes Weibsbild", giftete Anna daraufhin.

Das Erscheinen Hellas unterbrach ihre Diskussion. Sie war nicht allein. Ein älterer Mann und ein junger Bursche, der einen großen Korb trug, begleiteten sie.

„Das ist der Hofschneider", erklärte Hella, „er wird nun Maß an euch nehmen, um eure Kleidung anfertigen zu können. Was ihr da tragt ist ja schon ziemlich zerschlissen. Der Geselle hat schon einige Sachen mitgebracht. Die werden zwar nicht richtig sitzen, aber in diesen Lumpen könnt ihr nicht hier herumlaufen."

Es dauerte einige Zeit bis der Schneider Maß genommen hatte und die mitgebrachten Sachen verteilt waren.

„Der Schuhmacher wird dann auch noch kommen, Schuhe braucht ihr ja auch noch.", meinte Hella nun, „ihr könnt mittlerweile mit euerer Körperreinigung beginnen; ich habe bereits einen Diener angewiesen das Bad einzuheizen. Ihr werdet doch sicher sauber sein wollen, wenn ihr die neuen Kleider anzieht."

Als es zu dunkeln begann brachte Hella das Abendessen und einige Kerzen. „Damit ihr nicht im Dunkeln sitzen müßt."

Sie hatten sich inzwischen alle gebadet und die frischen Kleider angezogen. „Bienenwachs", bemerkte Agnes.

„Ja, der Herr Graf ist sehr großzügig zu euch. Wir müssen uns mit Talglichtern begnügen."

Der Kaplan

Am nächsten Morgen, als sie das Frühstück brachte, teilte Hella den Frauen mit, daß sie der Graf in einer Stunde im Rittersaal erwarte. Sie sollten sich bereit halten, denn sie werde sie zu der gegebenen Zeit abholen. Als sie den Rittersaal betraten, erblickten sie neben dem Grafen einen Mann in brauner Mönchskutte. Die beiden sprachen miteinander. Sie grüßten und der Graf bedeutete ihnen sich zu setzen.

Dann begann er:

„Ich habe euch einbestellt um euch meine Entscheidung bezüglich eurer Dienste mitzuteilen. Meine Grafschaft ist wohlhabend und benötigt eine ordentliche Verwaltung. Ich habe daher eine gräfliche Kanzlei eingerichtet und fernerhin Kanzleivögte ernannt, welche die Verwaltungsaufgaben übernehmen müssen. Diese umfassen die gräflichen Güter, die Förstereien, die Salinen zur Salzgewinnung und auch den zum Transport der Güter notwendigen Ausbau der Straßen. Ich habe euch zugesichert, daß ihr keine niedrigen Dienste leisten müßt und daher beschlossen, daß Agnes, Martha und Anna die Vögte bei der Durchführung ihrer Aufgaben unterstützen sollen. Margarethe wird die Ordnung meiner Bibliothek übernehmen und später auch das gräfliche Rechnungswesen und die Verwaltung der gräflichen Finanzen; Katharina wird ihr dabei als Helferin zugeteilt. Um eure Aufgaben durchführen zu können, müßt ihr zuvor lesen, schreiben und rechnen lernen. Ich habe nun den Kaplan Heinrich, der neben mir sitzt, verpflichtet, euch diese Künste beizubringen. Da Margarethe hierin bereits eine Meisterin ist und ich bezweifle, daß der Kaplan ihr noch etwas beibringen kann, soll sie ihre Arbeit in der Bibliothek gleich beginnen."

Er schwieg kurz. Die Frauen blickten einander schweigend an. Sie hatten offenbar ein gutes Los gezogen und dankten Gott in aller Stille dafür.

„Um eure Aufgaben erfüllen zu können, müßt ihr natürlich die Grafschaft kennenlernen. Und da das Reisen in Wagen wegen der schlechten Straßen beschwerlich ist, müssen auch Agnes, Anna und Margarethe reiten lernen. Mein Knappe wir euch das lehren. Ihr werdet täglich um die Mittagszeit zwei Stunden üben."

Er übergab nun die Katharina, Martha, Agnes und Anna der Obhut des Kaplans, dann führte er Margarethe zur Bibliothek.

Sie lag im zweiten Obergeschoß des Herrschaftshauses, bestand aus einem großen Saal, der zahlreiche Regale zur Aufnahme der Bücher enthielt, sowie auch mehrere kleine Studiertische nebst Hockern. Die Kisten, welche die aus Meißen mitgebrachten Büchern enthielten, standen in einer Ecke, neben einem kleinen Schrank.

„Ich habe hier alle Bücher deponiert, die ich zusammengetragen habe, aber es herrscht keine Ordnung. Es wird daher deine erste Aufgabe sein, die Bibliothek so einzurichten, daß man ein bestimmtes Buch, welches man sucht, auch gleich findet. Ich beabsichtige auch, zwei Mönche als Schreiber zu beschäftigen. Sie sollen Kopien der wichtigsten Bücher anfertigen, die ich dann im Keller der Burg in einem festen Raum unterbringen werde, damit sie nicht verloren gehen, falls Burg und Bibliothek einmal durch Feuer zerstört werden. Und ich habe auch vor, diese Bibliothek Gelehrten zur Verfügung zu stellen und die sollen natürlich finden, was sie suchen."

„Vielen Dank für die hohe Ehre", erwiderte Margarethe, „Ihr seid ein Mensch, der nicht zu raschen, unüberlegten Entscheidungen neigt. Ihr werdet mir daher sicherlich Zeit geben, die Bibliothek zu sichten und erst dann darüber zu befinden, wie ich sie ordnen werde."

„Das ist es, was ich erwartet habe, niemand kann vernünftige Entscheidungen treffen, bevor er die Lage der Dinge kennt. Du hast mein volles Vertrauen und kannst die Ordnung schaffen, die du für richtig hältst. Ich werde dir keine Vorschriften machen. In dem Schrank findest du Federkiele, Tinte, Papier und Pergament. Papier sollte aber nur für Schriftstücke verwendet werden, die nicht allzu lange aufbewahrt werden müssen. Es ist nicht dauerhaft."

Der Graf verließ den Raum. Margarethe beschloß, zunächst einmal ein Verzeichnis der vorhandenen Bücher erstellen und die aus Meißen mitgebrachten Werke erst danach auszupacken. Sie nahm einen Federkiel, Papier und Tinte, begann mit ihrer Arbeit. Sie stieß aber bald auf Schwierigkeiten, da eine Anzahl von Büchern in einer Schrift verfaßt waren, die sie nicht kannte. Diese Werke stellte sie erst einmal in ein eigenes Regal. Um die Mittagszeit holte Hella sie zum Reitunterricht ab, danach kehrte sie in die Bibliothek zurück. Sie traf dort den Kaplan an, der an einen der Studiertische saß, ein Buch aufgeschlagen hatte. Er war ein älterer Mann von etwa sechzig Jahren. Margarethe grüßte freundlich, fragte dann erstaunt:

„Ihr arbeitet hier?"

„Ja", antwortete er, „wißt Ihr, ich bin so ziemlich der einzige außer dem Grafen, der die Bibliothek benutzt. Nur ab und zu stattet uns ein Gelehrter einen Besuch ab, bleibt ein paar Wochen. Dabei bietet die Büchersammlung eine wahre Fundgrube. Ihr habt mich aber sehr verwirrt, die Bücher umgestellt. Ich mußte suchen, bis ich das fand, an dem ich arbeite."

„Verzeiht mir, aber ich habe mir vorgenommen, erst einmal ein Verzeichnis aller vorhandenen Bücher zu erstellen und stieß dabei auf einige Bücher in einer fremden Schrift. Diese habe ich beiseite gelegt."

Der Kaplan lächelte.

„Sie sind in griechischer Sprache verfaßt. Der Graf hat sie aus dem Morgenland mitgebracht. Er hat aus dem Morgenland aber nicht nur Bücher mitgebracht, sondern auch Wissen von Dingen, die wir hierzulande nicht oder nur wenig kennen. Dazu gehört auch die Herstellung von Papier. Er hat hierfür sogar in einem Dorf eine Handwerksstube eingerichtet."

„Aus dem Morgenland?"

„Ihr könnt das ja nicht wissen; der Graf hat als junger Ritter vor vierzehn Jahren im Heere Kaiser Friedrichs am Kreuzzug teilgenommen und blieb drei Jahre in Antiochia und auf der Rückreise hielt er sich fast zwei Jahre in Konstantinopel auf. Dort hat er die griechische Sprache erlernt."

„Die ist mir unbekannt. Mein Vater hat mich nur in der lateinischen Sprache unterrichtet."

„Euer Vater?"

„Ja, er war Stadtschreiber in Meißen; er hat auch viele Aufzeichnungen verfaßt, Berichte von Kaufleuten, fahrenden Rittern und Gauklern über fremde Länder, die Menschen dort und ihre Sitten. Dank der Hilfe des Grafen konnte ich sie retten, wie auch ein Teil der Stadtbibliothek. Wir haben sie mitgebracht. Sie befinden sich in den Kisten dort drüben. Verzeiht meine Neugier. Was lest Ihr da eigentlich?"

„Es ist eines der Bücher, die der Graf aus dem Morgenland mitgebracht hat. Es ist in griechischer Sprache geschrieben, ein Heldenepos, das die Eroberung der Stadt Troja durch die Griechen beschreibt. Ich weiß nicht, ob das nur eine Sage ist oder ob dieser Krieg tatsächlich stattgefunden hat."

„Ich habe davon gehört", unterbrach ihn Margarethe, „es heißt, daß ein Teil der Trojaner aus der brennenden Stadt flüchtete, nach Italien gelangte und die Stadt Rom gründete."

„Ich halte das Werk für eine der schönsten Dichtungen und habe mir vorgenommen, es für unsere Jugend in die deutsche Sprache zu übersetzen, zum Ansporn der jungen Knappen und Ritter."

„Ihr seid auch in der griechischen Sprache bewandert ?"

„Ja, ich habe als junger Mann einige Jahre in Akkon im Königreich Jerusalem verbracht."

„Könntet Ihr mich die griechische Sprache auch lehren, damit ich die Bücher lesen kann ?"

Der Kaplan lächelte.

„Ihr seid sehr wißbegierig. Ja, das kann ich tun. Aber wozu braucht Ihr all die Gelehrsamkeit ? Ihr solltet besser heiraten und Kinder bekommen ?"

Margarethe schaute ihn etwas entgeistert an.

„Ihr seid viel älter als ich und auch viel gelehrter. Sagt mir also, können gelehrte Frauen keine Kinder bekommen ?"

Der Kaplan bemerkte den leicht ironischen Unterton, der in ihren Worten lag.

„Ja, das können sie schon", antwortete er zögernd.

„Na, da seht Ihr es. Außerdem, ich werde sicherlich nicht heiraten. Ich bin nicht von hoher Geburt, mittellos, stehe unter der Acht. Welche Mann sollte mich zu Frau nehmen ?"

Der Kaplan lächelte.

„Ich glaube, ich kenne den Mann, der Euch zur Frau nehmen wird. Aber jetzt muß ich gehen, ich muß den anderen noch eine Lektion im Rechnen geben. Sie haben alle einen regen Geist, lernen schnell. Der Graf hat eine gute Auswahl getroffen."

Er verließ den Saal, Margarethe setzte ihre Arbeit fort. Als es dunkelte begab sie sich nach unten in den Wohnraum, wo die anderen bereits zusammensaßen und auf das Abendessen warteten, das ihnen Hella bringen sollte.

Die Gelehrsamkeit

Die nächsten Wochen verliefen ruhig. Die Frauen wurden sehr rasch in der Burg bekannt und bald aufgrund ihrer bevorzugten Stellung 'Grafenfräulein' genannt. Hella wurde ihre Leibdienerin.

Margarethe beendete die Auflistung der Bücher, begann dann mit dem

Entpacken der aus Meißen mitgebrachten Weke. Der Kaplan kam in die Bibliothek sooft es ihm seine Zeit ermöglichte, am liebsten, wenn Margarethe Reitunterricht hatte, denn dann konnte er ungestört arbeiten. Sie hatte ihn mittlerweile auch überredet, die griechischen Bücher aufzulisten und eine deutsche Übersetzung der Titel hinzuzufügen. Daneben gab er ihr noch erste Unterrichtsstunden in griechisch. Auch der Graf suchte die Bibliothek regelmäßig auf, las dann einige Zeit, unterhielt sich auch stets längere Zeit mit Margarethe, wenn der Kaplan nicht anwesend war. Sie gewann allmählich den Eindruck, daß er hauptsächlich wegen der Gespräche mit ihr kam.

„Leider lassen es meine Aufgaben nicht zu, mich intensiver mit der Gelehrsamkeit zu beschäftigen. Dabei habe ich im Morgenland so viele Bücher erworben von der Gesinnung und dem Schicksal von Menschen, die vor mehr als tausend Jahren lebten. Dieses Büchlein hier handelt von einer Frau, welche gegen das Verbot des Königs ihren toten Bruder bestattete, dessen Leichnam den Geiern zum Fraß überlassen werden sollte, da er ein Rebell war und daher mit dem Tode bestraft wurde."

„Das klingt ja entsetzlich. Aber ich erinnere mich, ein fahrender Sänger hat einmal eine ähnliche Geschichte erzählt. Sie handelte von einer Frau, die genau das auch tat. Sie mußte sich entscheiden, ob sie dem Befehl des Königs folgte oder dem Gebot der Götter, welches eine Bestattung der Toten verlangte. Sie entschied, den Göttern zu folgen, wurde zum Tode verurteilt, tötete sich aber dann selbst um nicht von den Schergen des Königs hingerichtet zu werden. Mein Vater hat die Erzählung aufgezeichnet."

„Ich glaube, es ist die gleiche Geschichte. Aber es ist keine Erzählung und auch keine Dichtung in Versen. Nein, die Geschichte wurde von Menschen gespielt. Es gab da eine Person, welche die Frau, eine andere, welche den König darstellte, und so weiter. Das ganze fand auf einer Bühne statt und die Menschen saßen auf Bänken und schauten zu. Sie nannten das Theater. Das ist viele Jahrhunderte her. Bei uns im Reich gibt es so etwas überhaupt nicht."

„Das müssen wundervolle Zeiten gewesen sein, ohne Kriege, ohne Not."

„Nein, das waren sie nicht. Aber trotzdem lebten die Menschen in saubereren Städten, hatten Zeit, sich solche Schauspiele anzusehen, sich mit Gelehrsamkeit zu beschäftigen. Bei uns gibt es nur Turniere, bei denen, wie auch auf Jahrmärkten, des öfteren ein Hanswurst auftritt und Possen reißt."

Der Graf lächelte, fuhr dann fort.

„Vergleicht man die Städte des Morgenlandes mit ihren prächtigen Häusern und ihren wundervollen Palästen mit unseren kleinen und schmutzigen Städten und den rohen Burgen, dann muß ich dir sagen, wir leben in einem wilden Land. Ich versuche das nun in meiner Grafschaft zu ändern, lasse Straßen bauen, poche auf Sauberkeit, habe hier auch die Badestube einrichten lassen, aber es wird noch viele Jahre dauern, bis wir den Grad der Zivilisation erreicht haben, der dort selbstverständlich ist."

„Ja", entgegnete Margarethe, „auch Gelehrsamkeit gibt es nur wenig im Reich, hauptsächlich in den Klöstern und dort wird nur das gelehrt, was der Kirche gefällt."

Der Graf blickte sie erstaunt an.

„Wie kommst du darauf?"

„Die Bücher, die Ihr mitgebracht habt, sind das Kostbarkeiten, die sehr rar sind? Verzeiht mir, zürnt mir nicht, Herr, ich möchte Euch keineswegs beleidigen, ich bin auch nur ein dummes Weib, aber ich kann mir nicht vorstellen, daß Ihr als Fremder so viele Bücher erwerben konntet, die es nur einmal gibt."

„Nein, ich zürne dir nicht. Warum sollte ich? Du bist keineswegs ein dummes Weib und du denkst folgerichtig. Natürlich würde niemand solche Kostbarkeiten hergeben. Die Bücher sind zwar nicht so wohlfeil wie Äpfel auf dem Markt, aber erwerben kann man sie schon. Es gibt Schreibstuben, in denen sie hergestellt werden, abgeschrieben aus Büchern, die als Vorlage dienen, wie das auch bei uns in Klöstern gemacht wird. Aber warum hast du das gefragt?"

„Nun ja, der Kaplan Heinrich war doch auch viele Jahre im Morgenland, wie er mir erzählte. Er konnte doch auch solche Bücher erwerben, ebenso wie andere Geistliche, welche das Land besuchten. Oder etwa nicht?"

„Das nehme ich an. Und wenn ich deine Gedanken richtig verstehe, dann glaubst du, daß auch andere solche Bücher gekauft haben, aber die Bischöfe und Äbte, wem immer sie Gehorsam schuldig waren, haben ihnen die Bücher abgenommen und verhindert, daß sie verbreitet wurden, weil sie nicht den Lehren der Kirche entsprachen?"

„Ja, so stelle ich mir das vor. Und der Kaplan übersetzt jetzt heimlich die Geschichte des Kriegszuges der Griechen gegen die Stadt Troja in die deutsche Sprache. Ich glaube sogar, er kannte die Geschichte schon als er das Buch in eurer Bibliothek fand."

„Du weißt davon?"

„Ja, er hat es mir erzählt."

Der Graf schaute sie mit leuchtenden Augen an.

„Weißt du, es ist ein großes Unglück, daß wir Männer zu Rittern, zu Kriegern erzogen wurden und die meisten sich jetzt nur auf das Waffenhandwerk verstehen und wir die Gelehrsamkeit den Mönchen überlassen müssen. Ich habe im Morgenland erfahren, daß es viel mehr Wissen gibt als das was die Kirche zu verkünden gestattet. Nun", er lächelte, „wenn sich die Männer schon nicht um die Gelehrsamkeit kümmern können, weil sie ständig Kriege führen müssen, dann könnten doch die Frauen das tun."

Margarethe war sich nicht im Klaren darüber, was sie darauf antworten sollte oder durfte, sie entnahm jedoch dem Blick des Grafen, daß er ihre Gedanken hierzu zu erfahren erwartete. Sie sagte daher:

„Das wäre durchaus möglich, wenn man es uns gestattet. Verzeiht mir, Herr, wenn ich das so frei sage, aber Frauen können mehr als spielen, Garn spinnen, sticken, zum Beten in die Kirche gehen, ihren Gemahl erwarten und ihm Kinder gebären."

Der Graf lächelte.

„Das ist wohl gesprochen. Weißt du, ich trage mich mit dem Gedanken, eine Schule für junge Frauen zu gründen, in der ihnen Gelehrsamkeit vermittelt wird. Sie muß am Anfang nicht sehr groß sein. Aber sie sollte unabhängig sein von der Kirche."

„Das wird schwierig, Herr. Wo sollte man die Lehrer finden?"

„Das ist richtig; es treiben sich zwar viele entlaufene Scholaren herum, aber denen traue ich nicht. Sie würden die jungen Frauen nur verführen."

„Aber den Mönchen traut Ihr?"

Der Graf schüttelte den Kopf.

„Nein, denen noch viel weniger."

„Seht Ihr. Wenn Ihr meinen Rat hören wollt, dann nehmt doch Nonnen als Lehrerinnen. Es wird zwar nicht einfach sein, von den Äbtissinnen die Erlaubnis zu erhalten, daß die gelehrten Nonnen außerhalb der Klöster leben dürfen. Aber wenn sichergestellt ist, daß sie auch außerhalb der Klostermauern in der Schule ihren Ordensregeln entsprechend leben können und wenn Ihr außerdem noch eine Kirche stiftet, werden die Äbtissinnen mit sich reden lassen. Und wenn die ersten Schülerinnen eine gewisse Stufe der Gelehrsamkeit erreicht haben, dann können sie selbst unterrichten, dann braucht Ihr die Nonnen nicht mehr. Ihr denkt doch sicherlich in Jahren und nicht in Wochen."

„Dein Vorschlag erscheint vernünftig, ich werde darüber nachdenken. Und weißt du, der Kaplan erzählte mir, Katharina macht große Fortschritte, sie könnte die Mädchen bereits im Lesen und Schreiben unterrichten, wenn die

Schule eröffnet wird. Allerdings sollte keine Nonne deren Leitung übernehmen, sondern eine gelehrte Frau, welche in hohem Ansehen steht."

„Und wer sollte diese Frau sein ?"

Der Graf blickte ihr tief in die Augen.

„Nun, die Gräfin."

Margarethe ahnte, was er damit meinen könnte, es erschien ihr aber nicht geraten, näher auf die Sache einzugehen und sich am Ende vielleicht der Lächerlichkeit preiszugeben. Sie sagte daher nur:

„Ihr habt recht, Herr, die Gräfin wäre natürlich schon die beste Wahl."

Der Graf lächelte. Sie hatte verstanden, was er meinte, war aber klug genug sich nicht zu verraten.

„Ich habe dich jetzt lange genug von deiner Arbeit abgehalten", sagte er nun, „ich muß ins Kabinett zurück. Der Amtsvogt von Rothenbuch wartet sicher schon. Er muß Bericht erstatten. Und ich muß ihm noch Anweisungen bezüglich des Baus der Straße nach Lohr geben, ihm mitteilen, welche Vereinbarungen ich mit dem Grafen von Rieneck diesbezüglich getroffen habe."

Die Mätresse

Bereits nach einigen Tagen war den Grafenfräulein eine Frau aufgefallen, die des öfteren morgens die Gemächer des Grafen verließ. Sie hatte offensichtlich ein Gemach in dem Teil des Gebäudes auf der anderen Seite der Herrschaftstreppe, dort wo auch der Kaplan wohnte. Sie benutzte auch regelmäßig die Badestube. Die Frau war hübsch, von schlanker Gestalt, hatte kastanienbraunes, lockiges Haar, wirkte stets ernst und in sich gekehrt, noch nie hatte sich ein Lächeln auf ihren Gesicht gezeigt. Die Bediensteten behandelten sie respektvoll, respektvoller als sie selbst, wie es ihnen schien. Den Umgang mit den Fünfen mied sie, sie unterhielt sich jedoch des öfteren mit dem Kaplan. Zusammen mit dem Grafen hatte man sie bisher nicht gesehen, er hatte sie auch nie erwähnt. Sie wunderten sich über diese Erscheinung. Und da der Graf ihres Wissens nach unverheiratet war, mutmaßten sie, es könne sich um seine Mätresse handeln. Sie wagten aber zunächst nicht, irgend jemanden darauf anzusprechen.

Nach etwas mehr zwei Wochen faßte sich dann Anna ein Herz und sprach Hella an.

„Bist du wirklich so unbedarft ?" lachte diese, „der Graf ist schließlich ein Mann und hat auch männliche Bedürfnisse. Wunderst du dich eigentlich

nicht, daß er euch gegenüber bisher niemals diesbezügliche Wünsche ge-
äußert und euch aufgefordert hat ihm zu Willen zu sein. In dieser Hinsicht
bedarf er euer nicht, kann daher ganz ungezwungen mit euch umgehen."
„Sie ist also seine Mätresse", stellte Anna fest, „vermutet haben wir das
schon, aber bisher nicht gewagt danach zu fragen. Es steht uns auch nicht
an in dieser Sache irgendwelche Meinungen zu äußern oder Urteile abzu-
geben. Aber du mußt verstehen, neugierig sind wir schon und möchten
wissen, mit wem wir hier auf engem Raum zusammenwohnen."
„Haltet den Grafen nicht für unhöflich; ihr seid ihm untergeben und er hat
keinen Anlaß, euch darüber aufzuklären, wenn er der Meinung ist, das
betrifft euch nicht. Aber ich kann es ja sagen, es ist kein Geheimnis und
auch nicht verboten darüber zu sprechen."
Sie pausierte einen Augenblick.
„Sie heißt Hedwig und ist in der Tat des Grafen Mätresse. Sie war
Schneidergehilfin bevor sie der Graf für diese Dienste erwählte. Warum
seine Wahl auf sie fiel, ist mir nicht bekannt, man sagt aber, sie sei
unfruchtbar. Sie besucht ihn mehrmals pro Woche, bleibt stets über Nacht.
Anfangs arbeitete sie noch in der Schneiderstube, erhielt aber doppelten
Lohn. Und auf Anweisung des Grafen mußte sie der Hofschneider als Lehrling annehmen. Das tat aber auf die Dauer kein Gut. Die einen beneideten
sie deswegen, die anderen verachteten sie, weil sie ihr Treiben für sündhaft
hielten. Man schnitt und demütigte sie. Daher gab ihr der Graf bald ein
eigenes Gemach und eine eigene Schneiderstube im Herrenhaus. Der
Hofschneider mußte dann zu ihr kommen um ihr das Handwerk zu lehren
und sie lernte schnell. Ihr obliegt nun die Pflege der herrschaftlichen
Kleider, also die des Grafen und seiner Leibbediensteten. Sie arbeitet sehr
gewissenhaft und besitzt großes Geschick. Also, wenn ihr bezüglich euerer
Kleidung ein Anliegen habt, wendet euch an sie. Ihr müßt keine Bedenken
haben. Sie ist ein ruhiges und freundliches Wesen, allerdings ist sie sehr
zurückhaltend. Ihr dürft sie nicht falsch beurteilen. Sie ist im Grunde eine
ehrbare Frau, erfüllt dem Grafen gegenüber nur ihre Pflicht. Auch blickt
niemand der Leibbediensteten auf sie herab."
Hella schwieg kurz.
„Wißt Ihr, haltet mich nicht für schwatzhaft, aber ich stehe schon lange im
Dienste des Grafen, diente bereits seinem Vater, kenne ihn von Kindheit an.
Er ehrt Hedwig, kann sie aber wegen ihrer unbekannten Herkunft nicht zur
Gräfin machen. Sie ist wohl schon früh Waise geworden. Sicheres weiß
man nicht über sie. Man munkelt jedoch, sie stamme von fahrendem Volk

ab, und ein freier Bauer habe sie als kleines Kind einst am Wegrand gefunden. Sie wuchs dann offenbar auf seinem Hof auf und als sie herangewachsen war, verkaufte er sie an einen Schneider in Neustadt als Magd. Dem Grafen fiel sie bei einen Besuch der Stadt auf dem Marktplatz auf und er nahm sie in seine Dienste. Etwa drei Jahre ist das nun her. Fast so lange ist sie nun auch schon seine Mätresse. Aber er schickt sie nicht einfach weg, wenn sie ihm gegenüber ihre Pflicht erfüllt hat, sondern behält sie die Nacht über in seinem Bett bei sich, nimmt dann am Morgen auch zusammen mit ihr das Frühstück ein. Ich glaube, er will ihr damit zeigen, daß er sie schätzt und sie nicht einfach als Gegenstand zur Befriedigung seiner Triebe ansieht. Aber das vermute ich nur, denn unser Herr redet mit den Bediensteten nicht über solche Angelegenheiten."

„Und sie pflegt keinen Umgang mit anderen ?" fragte nun Anna, „ich habe sie, außer hier auf dem Gang und in der Badestube bisher nur in der Kapelle gesehen. Ab und zu wechselt sie ein paar Worte mit dem Kaplan. Margarethe hat sie auch bereits öfters in der Bibliothek angetroffen, aber bisher nie gewagt sie anzusprechen, zumal sie auch das Gefühl hatte, Hedwig wolle gar keine Unterhaltung oder gar Bekanntschaft. Sie grüßte stets nur kurz, wenn sie sich trafen, nahm dann keine Notiz mehr von ihr."

„Ja, das ist so. Auch mit uns spricht sie wenig. Sie pflegt keinerlei Umgang mit anderen außer dem Kaplan. Sie ist aber sehr wißbegierig, unterhält sich daher auch oft lange mit ihm. Er mußte ihr auch Lesen und Schreiben beibringen. Sie sitzt oft in der Kapelle, hält Andacht und betet, niemand weiß, was sie denkt und was sie berührt. Ihre freie Zeit verbringt sie großteils in der Bibliothek, und sie hat viel Zeit, denn ihr Amt nimmt sie nicht sehr stark in Anspruch. Gelegentlich geht sie auch spazieren oder reitet aus. Der Graf hat ihr ein Pferd geschenkt und ließ sie im Reiten unterrichten. Er sagte mir einmal, da ich mich darüber wunderte, sie müsse ja schließlich des öfteren nach Gelnhausen reiten um Nähzeug und Stoffe zu kaufen."

Anna blickte sie etwas verwundert an.

„Es sind schon erstaunliche Dinge, die sich hier abspielen. Aber sage mir nur eines, falls du es weißt. Für den Kaplan muß das, was hier geschieht, als Ausbund des Lasters und der Sünde erscheinen. Ich erinnere mich noch deutlich an die Predigten unseres Burgkaplans, der immer wieder triebhaftes Treiben als Teufelsdienste geißelte."

Hella lächelte.

„Laster ? Sünde ? Teufelsdienste ? Das sind Worte der Pfaffen, mit denen sie das gemeine Volk ängstigen um ihm ihren Willen aufzudrängen. Bei den

Herren, insbesondere den Gebildeten erreichen sie damit nichts. Weißt du, der Graf nahm in seiner Jugend, gerade zum Ritter geschlagen, an dem letzten Kreuzzug teil, verbrachte drei Jahre im Morgenland und zwei Jahre in Konstantinopel. Er hat viel erlebt. Es wird berichtet, er habe nach der Rückkehr dem Kaplan gegenüber bemerkt 'Ihr habt mir nicht die Wahrheit gesagt, ich habe viel Böses gesehen und ich sage Euch, Triebhaftigkeit, insbesondere wenn sie ehrenhaft ausgelebt wird, ist die geringste aller Sünden, vielleicht überhaupt keine Sünde. Der Teufel hat Wichtigeres zu tun als sich um solche Kleinigkeiten zu bekümmern.' Der Kaplan war damals sehr ungehalten, doch der alte Graf antwortete ihm, letztlich sei es doch die Kirche gewesen, welche die jungen Männer zum Feldzug ins Morgenland aufgefordert habe. Und nun, da sie nach heldenhaftem Kampf zurückkommen und Ansichten mitbringen, welche nicht den unsrigen entsprechen, dürfen wir Daheimgebliebene sie deswegen nicht schelten. Sie werden uns vielmehr als Unwissende bezeichnen und uns vorwerfen, sie nie über die Sitten, Gebräuche und das Denken fremder Völker in fernen Ländern unterrichtet zu haben. Ich sehe, ich schwatze zu viel. Anfangs hat der Kaplan natürlich gegen die Mätresse protestiert, doch der Graf schloß ein Abkommen mit dem Bischof. Er stiftete die neue Kirche in Bibra und der Bischof hieß im Gegenzug den Umgang des Grafen mit Hedwig gut. Der Kaplan mußte sich fügen, wollte er nicht zur Strafe in ein Kloster abberufen werden. Anfangs war er zwar noch knurrig, doch dann lernte er Hedwig schätzen, lehrte sie sogar Lesen und Schreiben, wie ich dir berichtet habe."

„Vielen Dank für deine Erzählung. Das war sehr lehrreich."

„Aber entschuldige jetzt. Ich muß gehen, es warten noch andere Dienste auf mich."

Margarethe und Hedwig

Endlich faßte sich Margarethe ein Herz, sprach Hedwig in der Bibliothek an. Margarethe nannte ihren Namen, erzählte ihr unter welchen Umständen sie hierher gekommen war.

Hedwig hörte aufmerksam zu, stellte sich auch vor. Und so kamen sie miteinander ins Gespräch.

„Mein Amt ist nicht allzu anstrengend, ich habe viel Zeit. Die meisten hier auf der Burg meiden mich, bringen mir keinerlei Achtung entgegen. Du hast sicher bereits vernommen warum. Und diejenigen, die mich achten, tun es aus Heuchelei um nicht beim Grafen in Ungnade zu fallen, da ich in seiner Gunst stehe."

„Verzeih mir, wenn ich etwas zu direkt frage, ich will dich nicht kränken", unterbrach sie Margarethe, „aber du scheinst mir ein wertvoller Mensch zu sein und ich möchte dich kennenlernen."

Hedwig lächelte.

„Es ist schön, daß du das so sagst. Ich habe in meinem Leben immer unten gestanden, gehörte zu denen, die verachtet werden. Das hat mir lange Herzeleid bereitet. Mittlerweile habe ich zu mir selbst und zu Gott gefunden. Und ich fühle mich glücklich, auch wenn ich allein bin. Und ich komme oft hierher um zu lesen, um Weisheit zu erlangen. Weisheit führt zum Seelenfrieden, ist wichtiger als Reichtum. Leider kann ich nur wenige der Bücher lesen, da die meisten in lateinischer oder griechischer Sprache verfaßt sind, die ich nur wenig beherrsche. Der Kaplan hat mich zwar ein bißchen unterrichtet, aber meine Kenntnisse reichen nicht aus um Bücher zu lesen."

„Nun, das muß nicht so bleiben. Ich werde dich ich der lateinischen Sprache unterrichten, wenn du es wünschst. Griechisch beherrsche ich noch nicht, aber der Kaplan lehrt es mich. Du kannst am Unterricht teilnehmen wenn du möchtest. Der Kaplan hat sicherlich keine Einwände."

„Ich danke dir."

Sie schwiegen eine Weile.

„Verzeih mir, wenn ich das so offen anspreche", begann dann Margarethe, „aber du sagtest vorhin, du hättest in deinem Leben stets unten gestanden, zu denen gehört, die verachtet werden. Was meinst du damit?"

„Nein, ich bin dir nicht böse. Ich meine mein bisheriges Leben. Ich werde es dir erzählen, wenn du es hören möchtest. Ich werde auch die Wahrheit sagen, warum sollte ich lügen? Ich habe bemerkt, daß sich das Verhalten des Grafen geändert hat seitdem ihr hier seid. Ich verstehe das. Es mußte einmal so kommen. Niemand kann dem Schicksal ausweichen. Es wird längerer Bericht werden. Hast du Zeit?"

Margarethe lächelte.

„Es ist erst früher Nachmittag. Warte aber einen Augeblick. Ich besorge vorher einen Krug Wein."

„Es wird viel über mich geredet", begann Hedwig, nachdem Margarethe zurückgekehrt war und eingeschenkt hatte, „aber vieles davon ist nicht wahr. Manches ist bewußte Lüge, manches gründet sich auf Gerede und auf Gerüchte, weil man nichts sicheres weiß. Es heißt, ich sei die Mätresse des

Grafen. Das ist nicht richtig. Ich war es, doch nun verbindet uns nur noch eine innige Freundschaft. Es stimmt, daß ich ihn öfters abends in seinen Gemächern besuche. Wir führen dann lange Gespräche und ich übernachte dann meist auch bei ihm. Wir schlafen oft zusammen, aber wir schlafen nicht miteinander. Du verstehst den Unterschied?"

Margarethe nickte.

„Aber um dies zu verstehen muß ich weit ausholen", fuhr Hedwig fort, „mein Vater war Henker, der Henker von Nürnberg. Das weiß hier allerdings niemand außer dem Grafen. Erzähle es daher nicht weiter, auch nicht den anderen Grafenfräuleins, wie ihr genannt werdet. Wir waren ehrlos, mußten außerhalb der Stadtmauer wohnen. Und wir waren Leibeigene des Burggrafen. Er hatte meinem Vater ein kleines Stück Land zur Bewirtschaftung überlassen, da der karge Henkerlohn nicht reichte um das Leben zu fristen. Wir waren verachtet. Wenn ich in die Stadt kam um unsere überschüssigen Erzeugnisse zu verkaufen, mußte ich mich mit meinem Karren in eine Seitenstraße stellen, weil mir das Betreten des Marktplatzes verboten war. Es hieß, es sei für jeden ehrbaren Menschen eine Schande, seinen Verkaufsstand neben dem der Henkerstochter zu haben. Ich fand auch nur wenige Kunden. Die ehrbaren Bürger kauften nicht bei einer Henkerstochter, nur die unehrlichen Leute. Und selbst denen mußte ich die Waren zu niedrigeren Preisen anbieten, damit sie diese kauften. Und ich hörte oft, daß die Bürger meinen Vater einen Mörder schimpften, den Gott verdammen möge, wenn sie über ihn sprachen. Aber war er denn etwas anderes als der Vollstrecker der Urteile der Richter. Er hat nie einem anderen etwas aus eigenem Antrieb zuleide getan. Es waren doch die Richter, welche die armen Sünder zum Tode verurteilten und sagten, die Todesurteile seien der Wille Gottes."

Hedwig lächelte.

„Mein Vater war also nur der Vollstrecker des göttlichen Willens. Warum verdammte man ihn dann?"

Sie stockte kurz.

„Warum haben diese ehrbaren Richter ihre Urteile nicht selbst vollstreckt, sondern es einem anderen überlassen, auf den sie dann herabsahen, den sie verachteten. Ist das ehrbar? Ist das Gottes Wille?"

„Sei nicht böse wegen meiner Frage, ich möchte dich nicht kränken", unterbrach sie Margarethe, „aber wieso führte dein Vater dieses Amt aus?"

Hedwig schüttelte den Kopf.

„Nein, due kränkst mich nicht. Es war sein Schicksal."

Ihre Stimme nahm einen leicht zynischen Klang an.

„Es war Gottes Wille. Mein Großvater war bereits Henker und so ging das Amt vom Vater auf den Sohn über."

„Konnte er es nicht ablehnen ?"

„Nein, er war doch Leibeigener und mußte tun, was sein Herr verlangte. Kurz nachdem sein Vater gestorben war und er die erste Hinrichtung vollzogen hatte, versuchte er zu fliehen. Doch die Schergen des Burggrafen ergriffen ihn und er erhielt fünfzig Peitschenhiebe als Strafe. Das brach seinen Willen. Er versuchte nie mehr sich zu widersetzen. Aber er grämte sich wegen seiner Arbeit. Es brach ihm das Herz. Und er starb bereits als ich noch fast ein Kind war. Meine Mutter stammte aus der Stadt, war die Tochter eines Schneidermeisters, Als junge Frau wurde sie aus der Stadt verbannt. Die Gründe kenne ich nicht, da sie nie davon sprach. Vielleicht war es eine verbotene Liebschaft, vielleicht auch eine Intrige. Sie traf meinen Vater als sie die Stadt verließ; er kehrte gerade von einer Hinrichtung zu seiner Hütte zurück. Sie blieben zusammen. Wir waren arm, mußten aber nicht hungern. Mein Vater verdingte sich noch als Holzhacker, meine Mutter nähte für die Bauern in der Umgebung. Anfangs kam die Kundschaft nur zögerlich, doch es sprach sich bald herum, daß meine Mutter gute Arbeit leistete und so ließen sich zahlreiche Bauern ihren Sonntagsstaat, Hochzeitskleider und auch Trauerkleider von ihr nähen. Später erhielt mein Vater ein kleines Stück Land, wie ich dir erzählte. Dann mußte er nicht mehr als Holzhacker in den Wald gehen, konnte sich um mich kümmern. Denn meine Mutter starb früh, bei der Geburt meines jüngeren Brüderchens. Ich war damals drei Jahre alt. Es überlebte die Mutter nur wenige Tage."

„Und wie kamst du zum Grafen ? Du warst doch eine Leibeigene des Burggrafen. Hat er dich freigekauft ?"

„Nein. Ich war in der Tat Leibeigene des Burggrafen. Aber als mein Vater starb, war ich noch zu jung um das Stück Land zu bewirtschften. Und eine Henkerstochter als Magd aufnehmen, das wollte er nicht. Und so jagte er mich fort. Ich gelangte nach Neustadt, fand dort Aufnahme bei einem Schneider. Seine Frau und er waren barmherzige Menschen. Sie störten sich nicht daran, daß ich eine Henkerstochter war, sie erzählten es auch niemandem. Ich half im Haushalt, von ihnen lernte ich lesen, schreiben, rechnen und nähen. Ich war geschickt und so beschäftigte der Schneider mich bald in der Nähstube. Doch das Glück währte nicht lange. Eines Tages kam ein Handwerksbursche aus Nürnbeg, der mich kannte, nach Neustadt.

Und so wußte es bald jeder. Obwohl mich nun alle scheel ansahen behielt der Schneider mich bei sich. Ich war mittlerweile zu einer hübschen und wohlgestalteten Jungfrau herangewachsen. Und das erweckte den Neid einer Nachbarin, einer Bäckersfrau."

Margarethe lächelte.

„Ich ahne, was geschah."

„Nein, so war es nicht. Der Bäcker stellte mir nicht nach. Dazu hatte er viel zuviel Angst vor seiner Frau. Und ich bot mich ihm auch nicht an. Ich bin keine Hure. Es waren meine Schönheit und mein wohlgestalteter Leib, die ihren Neid erregten, denn sie war häßlich und von unförmiger Gestalt. Als schließlich ein Kind von ihr bei der Geburt starb, wandelte sich ihr Neid in Haß. Ich weiß nicht, warum, aber vielleicht steigerte sich ihre Trauer um das Kind zu Wahnsinn. Und sie beschloß mich zu verderben. Sie beschuldigte mich, ich hätte das Kind zu Tode gehext. Das wog schwer, denn eine Henkerstochter mußte doch mit dem Teufel im Bund stehen. Man preßte mir nicht einmal ein Geständnis ab, sondern verurteilte mich gleich zum Tode auf dem Scheiterhaufen. Am nächten Vormittag wurde ich zum Marktplatz geführt, wo der Scheiterhaufen bereits aufgebaut war, Die Flamme züngelten bereits und ich hatte schon mit meinem Leben abgeschlossen, als sich ein Reiter, das Schwert in der Hand, ohne Rücksicht einen Weg durch die gaffende Volksmenge bahnte. Er sprang auf das Podest, schnitt mich los, nahm mich in den Arm, setzte mich auf sein Pferd, sprengte mit mir davon. Der Reiter war, wie du dir sicher vorstellen kannst, der Graf von Weisenfels."

„Ein waghalsiges Stück, alleine gegen eine ganze Stadt."

„Nun, er war nicht allein, drei Ritter aus der Grafschaft begleiteten ihn. Sie hatten an einem Turnier in Forchheim teilgenommen, befanden sich nun auf der Heimreise. Als er vernahm, daß eine junge Frau als Hexe verbrannt werden sollte, da überfiel ihn der Zorn und er beschloß mich zu retten. Er stürmte den Scheiterhaufen, während seine Gesellen die Menge und die Stadtbüttel zurückhielten. Wir entkamen ohne Not, vermutlich fehlte den Bürgern der Mut sich mit vier Rittern anzubändeln. Ich erzählte dem Grafen mein Schicksal, er hatte Mitleid mit mir, nahm mich mit auf seine Burg. Ich wurde seine Mätresse. Aber glaube nicht, daß ich mich mißbraucht fühlte. Ich glaubte, ich sei es ihm schuldig, als Dank dafür, daß er mir das Leben gerettet hatte. Nach einigen Monaten änderte sich sein Verhalten. Er verlangte nicht mehr, daß ich mit ihm schlief, bat mich auch um Verzeihung. Und als ich ihn fragte wofür er mich um Verzeihung bitte,

sagte er mir, sein Gewissen plage ihn, weil er mich mißbraucht, entwürdigt habe. Ich verstand seine Worte nicht, gab ihm zu verstehen, daß ich mich keineswegs mißbraucht fühlte, ich hätte es für meine Pflicht gehalten, als Dank für die Rettung. Er umarmte und küßte mich, sagte, solche Pflichten dürfe es nicht geben. Das sei Sünde. Und er bat mich erneut um Verzeihung. Ich gewährte sie ihm. Was hätte ich auch sonst tun sollen ? Und dann bat er mich ihn als Freund anzuerkennen. Ich sagte es ihm zu. Er behandelte mich gut, hatte bereits den Kaplan angewiesen mich zu unterrichten. Und als er erfuhr, daß ich nähen konnte, gab er mich dem Hofschneider in die Lehre. Dem sagte es natürlich nicht zu, eine junge Frau als Lehrling zu haben, doch er fügte sich. Den Gesellen und Näherinnen gefiel dieses ganz und gar nicht, sie haßten mich, machten mir das Leben schwer. Und so erhielt ich eine eigene Nähstube im Herrenhaus."
Sie pausierten eine Weile, tranken Wein.
„Nun, ich konnte deinen Worten entnehmen", nahm Margarethe das Gespräch wieder auf, „daß du ein freundschaftliches und auch ehrenhaftes Verhältnis zum Grafen unterhältst und nun, seitdem wir hier sind, um deine Zukunft fürchtest. Was meinst du genau damit ?"
Margarethe biß sich auf die Lippen, bereute die Worte, welche sie soeben gesagt hatte. Sie ahnte natürlich, was Hedwig bewegte, fürchtete, sie habe sie nun gekränkt. Doch Hedwig lächelte.
„Ich sehe es dir an, daß du fürchtest, etwas Falsches gesagt zu haben. Aber wir wollen doch offen zueinander sein. Es ist eben mein Schicksal. Und einmal muß doch eintreffen, was ich seit Anfang befürchtet habe. Der Graf wird mich niemals heiraten, weil ein Makel an mir hängt. Ich bin die Tochter eines Henkers. Aber er wird eines Tages heiraten, schon deshalb, weil er sich einen Erben wünscht. Und ich habe das Verhalten des Grafen in der Zeit seitdem ihr hier seid, genau beobachtet. Er wird sich eine von euch zur Gräfin erwählen. Dessen bin ich mir vollkommen sicher. Und dann wird kein Platz mehr für mich hier auf der Burg sein. Oder glaubst du, daß die Gräfin eine Nebenbuhlerin duldet ? Er wird mich verstoßen, wenn auch nicht aus eigenem Antrieb, so doch aufgrund der Umstände."
Margarethe schüttelte den Kopf.
„Der Graf ist ein ehrenwerter Mann. So hast du ihn doch auch geschildert. Er wird dich nicht einfach verstoßen, wegwerfen. Ich bin sicher, er denkt bereits über eine Lösung nach. Und er wird nicht eher heiraten bis er eine gefunden hat. Und du mußt auch wissen, der Graf wird keine von uns heiraten. Auf uns lastet die Reichsacht."

Hedwig lächelte.

„Nun, die Reichsacht läßt sich aufheben, der Makel, eine Henkerstochter zu sein, aber nicht wegwischen. Und bist du dir wegen des Grafen sicher ? Was soll das für eine Lösung sein ?"

„Das kann ich dir nicht sagen, ich weiß es nicht. Aber er wird sicher für dein Glück sorgen."

Margarethe umarmte Hedwig.

„Und ich werde dir auch helfen, soweit es in meinen Kräften steht. Vertraue ihm. Er hat sich auch für uns eingesetzt, als wir nur Schmach und Elend vor Augen hatten. Und dich rettete er doch unter Einsatz seines Lebens vor dem Scheiterhaufen."

Es war mittlerweile dunkel geworden. Die beiden Frauen tranken den restlichen Wein, verabschiedeten sich dann.

Die Diebin

„Es war eine mutige Tat von Euch, Hedwig vom bereits brennenden Scheiterhaufen zu retten", begann Margerethe einige Tage später, nachdem sie eine amtliche Unterredung beendet hatten, weil der Graf Rat bei ihr suchte, was seit kurzem häufiger vorkam, „was hat Euch eigentlich veranlaßt, Euer Leben für eine Fremde einzusetzen. Ihr habt Euch gegen eine ganze Stadt gestellt."

„Nun, so eine große Heldentat war es nun auch wieder nicht", entgegnete der Graf lächelnd, „wir waren immerhin zu viert, vier kampferprobte Ritter gegen eine Horde kleinmütiger Bürger. Du darfst nicht glauben, daß das Volk, das sich um den Scheiterhaufen versammelt hatte, wirklich Hedwig den Tod wünschte. Die meisten kannten sie vermutlich nicht einmal. Es waren Gaffer, denen ein Spektakel geboten wurde, das sie sich nicht entgehen lassen wollten. Und die Befreiung war auch ein Spektakel, das sie geniesen konnten ohne wirklich daran teilzuhaben."

„Ja, es ist schon furchtbar", unterbrach ihn Margarethe, „daß es Menschen gibt, die sich am Tod anderer ergötzen. In Rom war es einst ja auch ein großes Volksvergnügen auf den Zuschauerrängen einer großen Arena zu stehen oder zu sitzen und zuzuschauen wie Menschen einander abschlachteten oder von wilden Tieren zerrissen wurden."

Rudolph lächelte.

„Die Pfaffen sagen, die Menschen seien Geschöpfe Gottes; aber warum hat er sie mit solch niederen Instinkten ausgestattet ?"

„Die Pfaffen reden viel, sie sagen ja auch, Armut und Primitivität, das heißt, Armut an Gütern, an Geist und an Verstand, seien die Strafe Gottes für ein sündiges Leben. Dabei waren die meisten doch bereits arm und dumm bevor sie anfingen zu sündigen. Aber es gibt doch einen Unterschied zwischen den Bewohnern Roms und den Menschen hier. Die Römer waren Heiden. Vielleicht sind die Heiden gar keine Geschöpfe Gottes."

„Das sind jetzt Spitzfindigkeiten um ihre niederen Triebe zu erklären. Aber die Gaffer auf dem Marktplatz waren keine Heiden, sondern Christenmenschen."

„Nun, der Teufel könnte sie verführt haben."

„Glaubst du das wirklich?"

Margarethe lachte.

„Nein, es war auch nur ein Scherz. Wenn die Pfaffen das Zuschauen bei Hinrichtungen für Teufelswerk hielten, dann würden sie es ja verbieten,"

„Nun, jetzt sind wir aber von deiner Frage abgewichen. Nein, ich rechnete nicht damit, daß das Volk versuchen würde Hedwigs Rettung zu verhindern und uns zu verfolgen. Und die Stadtbüttel fürchteten wir nicht."

Rudolph pausierte kurz.

„Ich hasse diesen Hexenwahn", fuhr er dann fort, „es gibt keine Hexen. Ja, hier handelt es sich um von der Kirche geförderten Aberglauben mit dem Ziel unliebsame Menschen zu töten, die man aus irgendwelchen Gründen verderben will. Ich will dir eine Geschichte erzählen. Sie liegt Jahre zurück, ereignete sich kurz nachdem mein Vater gestorben war und ich das Erbe angetreten hatte. Ich bereiste die Grafschaft um meinen Besitz kennenzulernen. Ich hatte mich zuvor nie darum gekümmert, reiste umher, hielt mich für längere Zeit in Antiochia und Konstantinopel auf, nahm an einem Kreuzzug teil. Wir erreichten an einem frühen Nachmittag eine kleine Stadt. Auf dem Marktplatz war ein Scheiterhaufen errichtet, auf dem eine junge Frau an einem Pfahl angebunden war. Ich hielt an, fragte was hier vorgehe.

Der Schultheiß trat hervor, sagte, man urteile eine verbrecherische Hexe ab. Sie sei zum Tode auf dem Scheiterhaufen verurteilt.

'Was hat sie denn verbrochen?' fragte ich.

'Sie hat gestohlen und ist außerdem der Hexerei überführt', lautete die wahrheitswidrige Antwort.

„Was hat sie gestohlen?' fragte ich zurück.

Der Schultheiß zögerte, überlegte.

'Einen Ballen Stoff', sagte er schließlich.

'Du willst mich wohl zum Narren halten', fuhr ich ihn an, 'zeige mir den Ballen Stoff.'

'Wir sind Euch keine Rechenschaft schuldig, fremder Herr', wandte der Schultheiß nun ein.

Zorn überfiel mich.

'So, du kennst mich wohl nicht. Ich bin Graf Rudolph von Weisenfels, euer Landesherr. Zeige mit den Stoffballen ! Sofort !'

Der Schultheiß blickte unsicher um sich, gab ein kaum merkliches Zeichen. Gleich darauf erschien ein junger Bursche mit einem recht großen Stoffballen.

Ich blickte den Schultheiß finster an.

'Der Ballen ist recht schwer. Und den soll ein schwaches Weib gestohlen haben ? Wo hätte sie ihn denn hinschleppen sollen ? Weit wäre sie mit dieser Last nicht gekommen. Du lügst mich an.'

Ich pausierte kurz.

'Und selbst wenn sie schuldig wäre; wie kommt Ihr dazu sie zum Tode zu verurteilen. Todesurteile zu fällen steht in dieser Grafschaft nur mir zu. Bindet sie sofort los !'

Widerwillig gehorchten die Büttel meinem Befehl. Dann wandte ich mich an die Frau.

'Man soll immer beide Seiten hören. Warum haben sie dich verurteilt ?'

'Wegen Diebstahl und Hexerei', antwortete sie schüchtern.

Mein Gesichtsausdruck wurde noch grimmiger.

'In meiner Grafschaft gibt es keine Hexerei und keine Hexenprozesse. Wer hat dich angeklagt ?'

„Der Schultheiß; er sagte, ich hätte ihm mit Hilfe des Teufels den Stoffballen gestohlen. Und auch der Bauer Kuno; er sagte, ich habe sein Pferd verhext; es sei daher gestürzt und habe sich ein Bein gebrochen', antwortete die Frau.

'Und was hat der Teufel mit dem Diebstahl zu tun ? Wozu braucht der Teufel einen Ballen Stoff ? Und warum sollte sie das Pferd des Bauern Kuno verhext haben ?' fuhr ich den Schultheiß an.

'Nun, Herr', meinte der Schultheiß, 'Ihr habt doch selbst gesagt, daß ein schwaches Weib solch einen schweren Ballen nicht fortschleppen kann. Das konnte nur mit Hilfe des Teufels geschehen. Und die Sache mit dem verhexten Pferd kann Euch Kuno am besten selbst erklären.'

'Und wer hat den Prozeß geführt und die Frau verurteilt ?'

'Nun, ich, als Schultheiß bin ich auch Stadtrichter.'

'So, der Ankläger ist auch der Richter ! Da müssen einige Dinge geklärt werden. Sofort ! Aber der Marktplatz ist nicht der rechte Ort hierfür. Begeben wir uns ins Amtshaus. Und bringt mir den Bauern Kuno her. Die Frau nehme ich unter meinen Schutz. Sie offensichtlich unschuldig.'

Wir begaben uns zum Amtshaus.

'Ich verstehe die Angelegenheit noch nicht so recht', fragte ich, nachdem wir Platz genommen hatten, 'wem gehörte der Stoffballen eigentlich.'

'Mir !' stieß der Schultheiß hervor.

'Was kannst du denn mit einem Ballen Stoff anfangen ?' fragte ich streng, 'du bist doch kein Schneider.'

'Ich erhielt den Stoffballen von einen Tuchhändler als Lohn für einen Dienst, den ich ihm erwiesen hatte. Ich konnte ihn ja verkaufen. Aber diese Hexe hat ihn mir mit Hilfe des Teufels gestohlen. Das ist die Wahrheit. Ich schwöre es.'

'Das ist deine Wahrheit. Versündige dich nicht durch einen falschen Schwur', ermahnte ich ihn, lächelte ihn an und fuhr dann fort, 'dies ist die ungeheuerlichste Lügengeschichte, die ich je gehört habe. Sage die Wahrheit oder ich lasse dir zwanzig Stockhiebe aufzählen. Nun, ich will erst einmal hören, was die Frau dazu zu sagen hat.'

Ich wandte mich zu ihr hin.

'Wer bist du ? Wie heißt du ? Und wie siehst du die Angelegenheit ? Sprich ohne Scheu. Du stehst unter meinem Schutz.'

'Ich heiße Almut', begann sie zögerlich, 'ich bin die Magd des Schneiders Merkhert. Ich führe sein Rechnungswesen, besorge den Haushalt und kümmere mich um seine Kinder seit seine Frau kränkelt und keine Arbeit mehr verrichten kann. Ihr müßt wissen, mein Herr ist ein vorzüglicher Schneider, aber vom Rechnungswesen versteht er nicht viel. Mein Herr hatte bei einem Frankfurter Tuchhändler drei Ballen Stoff bestellt. Der Fuhrmann, der die Ware lieferte, wurde am Stadttor angehalten, mußte einen Ballen Stoff als Wegzoll entrichten ?'

'Einen von dreien ?' staunte ich, 'den dritten Teil ? Das ist zuviel, üblich ist der fünfzigste Teil. Und der Zoll muß auch an die gräfliche Kanzlei abgeführt werden. Es wurde aber offenbar nichts abgeführt.'

'Nein, Herr', erklärte Almut, 'der Fuhrmann hatte noch andere Waren geladen. Einige Fässer Wein, einige Pferdegeschirre, auch eine Wäschetruhe für den Bäcker. Der Ballen Stoff war der Wegezoll für alle Waren.'

'Das war sicher dennoch zuviel', stellte ich fest.

'Das kann ich nicht beurteilen, Herr. Aber es war doch so: der Schneider sollte den Zoll für alle Waren entrichten, obwohl die meisten ihm gar nicht gehörten. Das hielt ich nicht für gerecht, riet meinem Herrn zum Schultheiß zu gehen. Doch der Schneider ist ein kleinmütiger Mann, wagte es nicht, und so suchte ich den Schultheiß auf, forderte von ihm die Rückgabe des Stoffballens. Er weigerte sich aber. Und so drohte ich, die Sache bei der gräflichen Kanzlei anzuzeigen, falls er nicht binnen dreier Tag den Stoffballen beim Schneider abliefere. Ich war sehr ungehalten und erzählte davon auf dem Marktplatz. Das war unvorsichtig. Bald war es in der ganzen Stadt bekannt. Der Schultheiß war wütend und beschloß mich zu verderben. Er ließ den Stoffballen heimlich in den Schuppen des Schneiders bringen, wo er dann auch von den Bütteln des Schultheißen gefunden wurde. Und man beschuldigte mich des Diebstahls.'

'Und warum dich und nicht den Schneider oder seine Gesellen ?'

'Herr, ich sagte doch bereits, der Schneider ist ein kleinmütiger Mann. Er hätte den Diebstahls nie gewagt, es auch nicht gewagt, seine Gesellen zu der Tat anzustiften.'

'Und wie kam man auf dich ?'

'Ein Büttel sagte aus, er habe mich gesehen.'

Ich blickte den Schultheiß scharf an.

'Und wieviel hast du dem Büttel bezahlt ? Sag die Wahrheit. Denk an die Stockhiebe !'

'Drei Goldstücke', antwortete der Schultheiß.

'Ist der Stoffballen überhaupt so viel wert ?'

'Das spielte doch keine Rolle. Die Schneiderdirne beschuldigte mich der Lüge. Und viele Bürger glaubten ihr. Ich mußte doch meine Ehre wiederherstellen ! Und die Hexe vor Gericht stellen.'

'Du Ruchloser', fuhr ich ihn an, 'du wolltest eine Frau als Hexe verbrennen um deine Ehrlosigkeit zu vertuschen !'

Ich wandte mich wieder der Frau zu.

'Erzähle weiter !'

'Fast zur gleichen Zeit erlitt der Bauer einen Unfall mit seinem Pferd. Und er beschuldigte mich, ich hätte sein Pferd verhext. Aber wieso hätte ich das tun sollen ? Ich kannte den Bauern doch gar nicht.'

Die Tür wurde geöffnet, der Bauer hereingeführt.

'Du Tölpel', schrie ich ihn an, 'vermutlich hast du dein Pferd schlecht geführt und es ist in ein Fuchsloch getreten ! Wie kamst du dazu, die Jungfer Almut zu bezichtigen dein Pferd verhext zu haben. Du kanntest sie doch gar nicht. Ich lasse dir zwanzig Stockhiebe aufzählen.'

Der Bauer war völlig verängstigt.

„Bitte nicht den Stock, Herr. Ich will die Wahrheit sagen. Der Schultheiß bestellte mich zu sich als er von dem Unglück hörte. Er versprach mir fünf Goldstücke falls ich bei Gericht aussage die Jungfer Almut habe mein Pferd verhext.'

Ich versuchte streng zu blicken, konnte aber ein Lächeln nicht unterdrücken.

'Dann ist ja alles offenbar.'

Ich ließ dem Büttel und dem Bauern jeweils zehn Stockhiebe aufzählen, den Schultheiß enthob ich seines Amtes, führte ihn mit auf die Burg, wo er zwei Jahre im Kerker schmachten mußte. Dann verwies ich ihn des Landes."

Margarethe lächelte.

„Ihr habt streng, aber gerecht gehandelt. Doch was geschah mit Almut ?"

„Ich nahm sie mit auf die Burg. Sie war der Hexerei beschuldigt worden und dies wirkt schwer, auch wenn ihre Unschuld bewiesen wurde. Ich kenne das gemeine Volk. Es ist abergläubisch. Für viele wäre sie dennoch eine Hexe geblieben, die der Teufel mit List vor dem Scheiterhaufen rettete. Außerdem hatte der Schultheiß zahlreiche Freunde, die sicher auf Rache aus waren. Sie konnte nicht in der Stadt bleiben. Ich nahm sie in meine Dienste."

„Und was wurde aus ihr ? Ich kenne keine Almut hier in der Burg."

Rudolph lachte.

„Es nahm ein glückliches Ende. Sie heiratete. Vor drei Jahren besuchte mich mein Nachbar, der Graf von Rieneck. Sein Vogt begleitete ihn. Dieser fand Gefallen an Almut und sie an ihm. Und nach einigen Wochen bat er um die Erlaubnis sie heiraten zu dürfen. Der Vogt war mir als ehrenhafter Mann bekannt und so gab ich meine Einwilligung gerne."

Margarethe seufzte.

„Ich sage es noch einmal; Hexerei, das ist nur eine Methode unliebsame Menschen loszuwerden."

„Ja", bekräftigte Rudolph, „deshalb habe ich in meiner Grafschaft ja auch Hexenprozesse verboten. Und daher konnte ich auch nicht anders handeln als ich Hedwig auf einem Scheiterhaufen an einem Pfahl festgebunden sah. Aber nur wenige Herren denken so wie ich."

Gleichheit

Wenige Tage später bestellte der Graf den Kaplan zu sich.

„Gott schuf den Menschen nach seinem Bilde", begann er, „deshalb kann es von Natur aus auch keine edlen und keine gemeinen Menschen, keine hohen und keine niederen Ränge geben. Denn Gott ist eins. Kann er gleichzeitig ein Edler und ein Gemeiner sein ? Ich glaube es nicht. Welchen Grund sollte er auch haben, diese Unterschiede in sich zu vereinen ?"

„Gottes Wille ist unerforschlich", entgegnete der Kaplan.

Der Graf lächelte.

„Unerforschlich, unbegreiflich …, das sind immer die Worte, die ihr Pfaffen hervorbringt, wenn ihr keine Erklärung habt. Andererseits, wenn von Sünde und Gottes Geboten die Rede ist, dann sprecht ihr immer von Gottes Willen. In diesen Fällen kennt ihr Gottes Willen offenbar genau, im anderen Falle nicht."

„Nun, Gott ist der Herr", warf der Kaplan ein, „er hat uns eben nur einen Teil seines Willens kundgetan. Manches kennen wir, manches nicht. Haben wir ein Recht, Gott zu tadeln ? Das wäre Frevel."

Der Graf lachte.

„Nehmt es mir nicht übel, Kaplan, aber Gottes Willen steckt stets nur hinter den Verkündungen, die euch Vorteile bringen, niemals hinter solchen, die euch, ich meine damit die Kirche, Schaden zufügen. Könnt Ihr mir das erklären ?"

Der Kaplan schwieg eine Weile.

„Es ist doch so, Graf", sagte er dann, „Ihr müßt eben glauben. Der Glaube ist das Wichtigste."

Der Graf lächelte.

„Unvernünftiges zu glauben, ist kein Glaube."

„Ihr zweifelt an der Größe Gottes ?"

Der Graf schüttelte den Kopf.

„Nein, aber an der Größe der Kirche. Nein, ich zweifele nur daran, daß ihr die Allweisheit und Größe Gottes kennt. Seht, die Menschen sind sehr unterschiedlich. Manche taugen dazu andere zu führen, manche nicht, sie können nur dienen. Man kann es so sagen: Größe ist eine Gnade Gottes und Gott kann frei entscheiden, wem er die Gnade zukommen läßt. Aber das ist kein Urteil auf Ewigkeit; ebenso wie er Menschen Gnade zukommen lassen kann, kann er anderen die Gnade entziehen, wenn sie sich als unwürdig erweisen. Und vor allen Dingen halte ich es für Frevel, wenn manche ihre Macht über andere und ihre Herrschaft damit begründen, dies sei der

114

Ausdruck des Willens oder gar der Gnade Gottes. Ist es nicht so ?"
Der Kaplan lächelte.
„Widersprecht Ihr Euch nicht, Graf ? Ihr sagtet doch, Größe sei eine Gnade Gottes und Ihr seid doch ein Großer, ein Herrscher über andere. Ist es also nicht ein Zeichen der Gnade Gottes, daß Ihr Graf geworden seid ?"
„Ihr seid spitzfindig, Kaplan. Aber Ihr habt mich nicht verstanden. Vielleicht ist es eine Gnade Gottes, daß ich Graf geworden bin. Aber gewiß ist dies nicht. Vielleicht ist auch nur eine Laune der Natur. Ich kann also nicht behaupten, mein Stand sei eine Gnade Gottes. Ich kann mich bemühen, mich durch meine Taten vor Gott der Gnade würdig zu erweisen, falls es eine solche sein sollte, doch darf ich es nicht als Begründung meiner Herrschaft vorbringen und daraus das Recht ableiten meine Untertanen geringzuschätzen, weil ihnen diese Gnade nicht zuteil wurde."
Der Kaplan schaute ihn an.
„Ich kann Euren Gedanken nicht so recht folgen, aber Ihr wollt auf etwas Bestimmtes hinaus. Ich kenne Euch seit Eurer Kindheit. Ich habe Euch ein Leben lang begleitet und ich weiß, daß Ihr mich schätzt, obwohl ihr in vielen Dingen anderer Ansicht seid als ich. Daher wage ich es auch in einer Art zu Euch zu sprechen, wie es kein anderer dürfte, sozusagen, wie ein Vater zum Sohn. Und Ihr dürft mir deswegen nicht zürnen !"
„Was meint Ihr damit, Kaplan ?"
„Ihr wollt etwas tun, was Euerem Denken und Fühlen entspricht, aber nicht den Sitten und Gepflogenheiten unserer Gesellschaft und unseres Reiches und unserer Kirche. Ist es nicht so ?"
„Nun ja", antwortet der Graf vorsichtig, „ist es nicht eine Gnade Gottes oder das Zeichen der Gnade Gottes, wenn die Liebe eines Edelmannes zu einer Frau niederen Standes entflammt und er sie zur Frau nehmen möchte ? Ich meine, zur Frau, zur Gattin, sie zu Gottes Altar zu führen, nicht zur Mätresse nehmen."
„O Graf", stöhnte der Kaplan, „Ihr seid der Held vieler Schlachten und in solch kleiner Angelegenheit braucht Ihr meinen Rat ? Es liegt an Euch. Wenn Ihr die Frau liebt und für würdig haltet Eure Gemahlin zu sein, dann werde ich die Trauung vornehmen. Ihr müßt die Ehe nicht vor mir und nicht vor Gott rechtfertigen, nur vor eueren Standesgenossen. Wer ist denn die Auserwählte ? Margarethe ?"
„Ja, Kaplan."
„Eine gute Wahl. Meinen Segen habt Ihr."

Hoftag zu Gelnhausen

Die Wochen verstrichen. Die Frauen hatten sich mittlerweile recht gut eingelebt und Rudolph beschloß ihnen den Aufgabenbereich zuzuweisen, den er ihnen bereits kurz nach ihrer Ankunft angekündigt hatte. Am meisten beeindruckte ihn natürlich Margarethe, in die er sich auch verliebt hatte. Aber auch nach der Aussprache mit dem Kaplan zögerte er noch um ihre Hand anzuhalten. Er war sich seiner Gefühle noch nicht völlig sicher, wollte die Vertrautheit mir ihr erst noch wachsen lassen. Außerdem lastete auch weiterhin die Reichsacht auf ihr, was eine Vermählung ausschloß, denn das Schreiben der Grafen an die beiden Könige, die Acht nach einem Jahr aufzuheben, war bisher unbeantwortet geblieben. Bei der Verwaltung der Bibliothek hatte sie Klugheit und Geschick bewiesen, ihm auch in letzter Zeit in manchen Angelegenheiten mit gutem Rat zur Seite gestanden, so daß er ihr ohne Bedenken das gräfliche Rechnungswesen und die Verwaltung der gräflichen Finanzen übertrug.

Margarethe war völlig überrascht, daß ihr diese Ehre tatsächlich zuteil werden sollte, fragte Rudolph, ob er sie denn für würdig halte dieses Amt zu bekleiden, worauf dieser mit einem knappen 'ja' antwortete. Sie führte dann an, daß sie angesichts der Fülle der Aufgaben eine Gehilfin benötige. Der Graf spitzte bei dem Wort 'Gehilfin' die Ohren. Das konnte doch nur bedeuten, daß Margarethe sich bereits unter den Vieren eine ausgesucht hatte. Er meinte dann, er überlasse ihr Wahl, fragte, an wen sie denke.

„Katharina scheint mir eine gute Wahl. Sie besitzt ein gute Auffassungsgabe, hat rasch lesen, schreiben und rechnen gelernt. Und außerdem, auch das muß ich beachten, sie ist eine Bauerntochter und wird sich mir eher unterordnen als die Adelstöchter Martha und Anna, die mir Schwierigkeiten bereiten könnten."

„Und was ist mit Agnes ?"

„Nein, ich will offen zu Euch sprechen. Ich möchte eine Gehilfin, die mir dient und gehorcht, meine Befehle ausführt. Agnes ist klug und geschickt, auch selbstbewußt, ihr sollte ein höherwertiges Amt übertragen werden."

Rudolph lächelte. Es war alles so gekommen, wie er das bereits beschlossen hatte. Sollte nicht Katharina ohnehin Margarethes Gehilfin werden ?

„Ich sehe, du hast dir bereits alles gut überlegt und hast daher sicherlich auch Vorschläge für Martha und Anna."

„Wenn ihr mich so fragt, Herr. Ihr wolltet sie doch Kanzleivögten als Gehilfinnen zuordnen. Die Vögte für die Forsten und die Straßen kommen mit ihren Aufgaben nicht so sehr zurecht. Sie haben Hilfe nötig."

Rudolph blickte sie groß an.

„Was ist das nur für eine Frau ?" dachte er, „sie verwaltete bisher die Bibliothek. Ich habe sie nur gelegentlich in meine Amtsgeschäfte mit einbezogen und sie um Rat gefragt. Doch sie kennt die Verwaltung genau, weiß um ihre Schwächen und wie man sie behebt. Wahrhaftig, hier schimmert bereits die zukünftige Gräfin durch."

„Dein Rat ist ausgezeichnet", antwortete er dann, „ich werde ihn befolgen. Und für Agnes wird sich sicherlich auch ein Amt finden. Allzu große Eile ist nicht geboten."

Der Graf wunderte sich über die Einladung zum Hoftag König Philipps in Gelnhausen, welche eines Nachmittags der Ritter Ulf von Breitengass überbrachte. Er ließ Margarethe zu sich rufen, da er jemand brauchte, mit dem er über diese Merkwürdigkeit reden konnte.

„Ich möchte wissen", begann er, „was dies zu bedeuten hat. Auf Hoftagen werden Reichsangelegenheiten behandelt oder Streiteren geschlichtet. Meist sind da auch nur einige Herzöge und ihre Berater sowie Vertreter der streitenden Parteien anwesend. Es gibt in meiner Grafschaft aber keine Schwierigkeiten. Und ich liege auch mit niemandem in Fehde. Es ist ja auch der Landfrieden verkündet."

Margarethe lächelte.

„Könnt Ihr Euch das wirklich nicht vorstellen ? Es ist doch der erste Hoftag seit des Vollzuges der Reichsacht an dem Markgrafen. Und Ihr habt in dem Feldzug große Verdienste erworben. Vielleicht möchte Euch der König kennenlernen und Euch danken."

„Nun ja", wandte Rudolph ein, „so groß waren meine Verdienste nun auch wieder nicht."

„Ihr seid bescheiden, Graf. Euch zu danken wäre zumindest eine nette Geste des Königs. Und es ja für Euch nicht mit großen Umständen verbunden. Gelnhausen liegt nur eine Reitstunde entfernt."

Der Hoftag fand zwei Wochen später statt. Er war auf eine Dauer von drei Tagen angesetzt. Die Einladung galt für den letzten Tag. Der Graf brach bereits früh am Morgen auf, wurde mit der gebotenen Höflichkeit in der Kaiserpfalz empfangen. Man verwies ihn dann in den Versammlungsraum. Niemand kümmerte sich dort um ihn. Rudolph langweilte sich, zumal die Sachen, die verhandelt wurden ihn nicht betrafen. Am späten Nachmittag schloß König Philipp schließlich die Versammlung. Während sich die

Männer anschickten den Saal zu verlassen, trat ein Knappe zum Grafen heran, grüßte ehrerbietig, teilte ihm mit, der König erwarte ihn in seinem Kabinett, bat ihn ihm zu folgen. Der König empfing ihn freundlich.

„Ich freue mich Euch kennenzulernen, Graf. Euere Ruhmestaten eilen Euch voraus."

„Welche Ruhmestaten, Majestät ?"

„Nun, Ihr habt mit Euren Mannen in einem kühnen Streich die Mauern von Meißen gestürmt und das Tor geöffnet. Das hat uns sehr viel Blut erspart."

„Die Stadt wurde niedergebrannt", erwiderte Rudolph, „die meisten Bürger starben, die Überlebenden wurden verschleppt. Eine Heldentat, die bitter schmeckt."

Der König lächelte.

„Ihr habt einen starken Arm, aber ein weiches Herz. Die Aberacht war verhängt. Und ihrer Vollstreckung hatte selbst Otto von Braunschweig, der sich erdreistet den Thron zu beanspruchen, zugestimmt. Ihr wißt was das bedeutet. Sie hatten durch ihre Halsstarrigkeit jeden Anspruch auf Gnade verwirkt."

„Auch die Frauen ud Kinder ?"

Der König lachte.

„Niemand ist unschuldig. In Sodom suchte Lot einen Gerechten. Aber er suchte nur unter den Männern. Wer fragte die Frauen ? Niemand ! Hat nicht Gott selbst gesagt, die Frau sei dem Manne untertan ? Und wenn der Mann schuldig ist, dann sind es auch seine Frau und seine Töchter."

„Und die Söhne ?"

Der König verzog das Gesicht, schwieg. Auch Rudolph schwieg, er fürchtete, jedes weitere Wort könne den König erzürnen. Nach einer Weile setzte Philipp wieder eine freundliche Miene auf.

„Nun, Graf, ich habe Euch nicht einbestellt um theologische Dispute zu führen. Gut, Ihr habt ein mitleidiges Herz. Aber Ihr habt ohne Zögern Eure Pflicht erfüllt. Ihr wußtet doch, was den Bürgern und ihren Weibern drohte. Und dennoch habt Ihr nicht gezögert Eueren Beitrag zum Vollzug der Aberacht zu leisten. So ist eben die Ordnung des Reiches. An oberster Stelle stehen die Treue zum König und die Pflchterfüllung. Wenn dann noch Raum für Mitleid bleibt, dann mag das so sein. Aber ich will Euch keine Predigt halten, ich bin kein Pfaffe, sondern der König. Ihr habt tapfer gekämpft und Eure Treue bewiesen. Ihr habt eine Belohnung verdient. Fünf Jungfrauen sind zu wenig."

Ein Lächeln glitt über sein Gesicht.

„Falls sie überhaupt noch Jungfrauen waren. Nein, Ihr habt eine wirkliche Belohnung verdient."

Philipp schwieg kurz und so ergriff Rudolph das Wort.

„Wenn Ihr mir eine wirkliche Belohnung zukommen lassen wollt, dann hebt die Reichsacht über die fünf Jungfrauen auf."

Der König lachte.

„Ihr gebt Euch bescheiden. Aber ich kenne Eure Hintergedanken. Ihr habt eine von Ihnen zur Braut erwählt. Sei es, die Reichsacht wird für alle aufgehoben. Es ist ohnehin Unsinn Weiber ächten."

Rudolph lächelte.

„Vor wenigen Augenblicken hat er noch ganz anders geredet."

Philipp nahm einen großen Schluck Wein.

„Ich gebe Euch das Amt Bibra zum Lehen", sprach er dann mit feierlicher Miene.

Der Graf blickte den König groß an.

„Das Amt Bibra, Majestät? Mit all seinen Silber-, Kupfer- und Bleibergwerken? Das ist wahrlich ein kaiserliches Geschenk!"

Der König lächelte.

„Ich möchte auch Kaiser werden. Die Verleihung des Lehens ist Euren Verdiensten angemessen. Ich gebe es Euch aber nicht zum Geschenk, sondern zum Lehen. Und Ihr müßt ein Viertel der Erträge an das kaiserliche Amt in der Pfalz zu Gelnhausen abliefern. Aber das steht alles in der Lehensurkunde. Die Urkunde mit der Aufhebung der Ächtungen werdet Ihr in Kürze erhalten."

Er öffnete die Schublade seines Schreibtisches und zog eine Schriftrolle heraus, die er Rudolph überreichte. Der bedankte sich erneut. Dann entließ ihn der König.

Es war mittlerweile dunkel geworden, zu spät um zu seiner Burg zurückzureiten. Es wußte aber einen ausgezeichneten Gasthof in der Stadt und nahm dort Quartier. Er fand wenig Schlaf in der Nacht. Zu sehr hatte ihn die großzügige Belohnung des Königs aufgewühlt.

„Ich bin nun reich", dachte er, „kann meine Träume verwirklichen."

Nach der Rückkehr auf seine Burg kümmerte er sich umgehend um die Verwaltung seinen neuen Besitzes. Er setzte den Ritter Karl von Orb, der sein vollstes Vertrauen besaß, als Amtsvogt von Bibra ein, und ordnete ihm Agnes, für die er bisher noch keine geeignete Beschäftigung gefunden hatte, als Gehilfin zu. Diese Entscheidung hatte noch eine andere Folge.

Die beiden fanden in Liebe zueinander, heirateten.

Aber auch König Philipp war zufrieden. Seit dem Aussterben der Herren von Wisen zwei Jahre zuvor stritten der Erzbischof von Mainz und der Herr von Hanau um das Amt Bibra. Es handelte sich um staufischen Besitz und Otto von Braunschweig besaß daher kein Recht ihm bei der Vergabe reinzureden. Er konnte sich bisher dennoch nicht dazu entschließen, es einem von beiden zu übertragen, denn damit hätte er sich den anderen zum Feind gemacht. Das durfte aber nicht geschehen, denn noch war der Streit um die Krone nicht entschieden. Nun erhielt es keiner von ihnen, sondern der Graf von Weisenfels. Und seine Verdienste im Kampf gegen den Markgrafen war eine gute Begründung hierfür.

Zukunftspläne des Grafen

In jener Zeit lag der Graf oft wach in seinem Bett, grübelte. Als Lohn für seine Verdienste hatte er das Amt Bibra mit seinen zahlreichen Bergwerken erhalten, in denen Silber, Kupfer und Blei abgebaut wurden. Die Erlöse aus dem Verkauf dieser begehrten Metalle steigerten seine Einnahmen, die er allerdings nicht für sich selbst behalten, sondern zum Wohle der Grafschaft verwenden, also seinen Untertanen zugute kommen lassen wollte. Natürlich begann er auch, seine Burg mit noch mehr Bequemlichkeiten auszustatten. Dazu waren allerdings keine allzu großen Mittel erforderlich. Darüber hinaus dachte er an den Bau von Straßen, Spitälern, Armenhäusern, Manufakturen, öffentlichen Badeanstalten, da er in einem Buch eines römischen Arztes gelesen hatte, daß Schmutz die Ursache vieler Krankheiten sei. Er hatte daher schon vor einigen Jahren die Schultheiße und Dorfschulzen verpflichtet, die Straßen in ihren Städten und Dörfern täglich von Unrat zu säubern und er hatte verboten Kot und andere verderbliche Sachen auf die Straßen zu werfen. Sie mußten vielmehr in Tonnen gesammelt werden, die aus der Stadt gebracht und in einiger Entfernung in eine eigens dafür angelegte Grube entleert wurden. Auch erwog er die Einrichtung von Schulen. Gelehrsamkeit, so sagte er sich, ist das beste Mittel zur Bekämpfung des noch immer weit verbreiteten Aberglaubens. Und daher dürfe man das Studium der alten Schriften zur Naturkunde, Medizin, Philosophie und Theologie nicht den Pfaffen überlassen, da diese den Aberglauben nutzen um die Gehirne der Menschen mit Ungeist zu vergiften mit dem Ziel sich zu bereichern und ihre Macht über die Gläubigen zu festigen. All diese lang gehegten Pläne konnte er nun mit größerem Eifer angehen, da ihm jetzt mehr Mittel zu Verfügung standen. Doch fragte er sich manchmal, warum er dies alles plante. Aus reiner Nächstenliebe, aus Barmherzigkeit ? Nein, er war ehrgeizig, blickte in die Zukunft. Er wollte seine Grafschaft zu einem blühenden Land machen, sie sollte im gesamten Reich Bewunderung hervorrufen. Er hatte Berichte über das Leben in der Stadt Rom als es noch Zentrum eines mächtigen Reiches war studiert, auch Konstantinopel kennengelernt, die prächtigen Bauten dort gesehen, aber auch die Errungenschaften der Zivilisation, von denen er zuvor aus den alten Schriften Kenntnis erhalten hatte. Manchmal hielt er das, was er dort las, für Märchengeschichten, aber in Konstantinopel sah er mit eigenen Augen, daß es dies alles gab. Im Reich war das meiste hiervon unbekannt. Es gab wenige befestigte Straßen, die auch bei längeren Zeiten schlechten Wetters oder im Winter sicher zu befahren waren. Die meisten Wege verwandelten sich bei ausgiebigen Regenfällen oder in der Zeit der Schneeschmelze in Schlammwüsten, die nahezu unpassierbar für Gespanne waren. Noch immer wurde sein Befehl zur täglichen Reinigung in den meisten Städten nur ungenügend umgesetzt, die Straßen starrten oft noch vor Schmutz, verwandelten sich bei Regenfällen in Morast. Ein starker Kaiser, der das Land nach römischem oder konstantinopolitanischem Vorbild aufbaute, erschien ihm notwendig. Doch im Reich stritten seit Jahren zwei Könige um die Krone, die Adeligen, Herzöge, Markgrafen, Grafen und Ritter befehdeten sich oft aus nichtigem Anlaß. Bildung und Wissenschaft überließ man den Klöstern, aber dort tat man nichts um dem Land die Zivilisation zu bringen. Im Gegenteil, Armut und Primitivität wurden als Ausdruck des göttlichen Willens gesehen, Krankheiten und Seuchen als Strafe Gottes für sündiges Leben verkündet. Aber was konnte er verändern, er war ja nur Herr einer kleinen Grafschaft und seine Mittel waren bisher beschränkt gewesen ? Und er kannte natürlich auch den Eigennutz; denn hatte er nicht bisher große Summen verwendet um seine Burg mit mehr Bequemlichkeit auszustatten ? Dabei leitete ihn jedoch nicht die Prunksucht, sondern das Bestreben einen Ort der körperlichen Reinheit zu schaffen um der Ausbreitung von Krankheiten den Boden zu entziehen. Mit der Übertragung des Amtes Bibra verfügte er nun über die Mittel um seine Pläne in die Tat umzusetzen, in kleinen Schritten, natürlich, denn so hoch um alles gleichzeitig zu bewerkstelligen, waren seine Einnahmen ja auch wieder nicht. Aber zu welchem Zweck, fragte er sich ? Nur um sich ein Denkmal zu setzen ? Blieb er ohne Erben, der sein Werk bewahrte und fortführte, so würde der König nach seinem Tode die Grafschaft womöglich Herren zum

Lehen geben, die seine Leistungen gering schätzten, alles verkommen ließen und die Einnahmen verpraßten. Er hatte daher bereits oft an eine Heirat gedacht, aber unter den Edelfrauen keine passende Kandidatin für eine Ehe gefunden. Einige, die ihm zusagten, verschmähten ihn wegen seines schmalen Reichtums, andere, welche bereit waren ihn zum Gemahl zu nehmen, entsprachen nicht der Art Frau, die er zur Gattin wünschte und er empfand keine Liebe zu ihnen. Hedwig gefiel ihm, zu ihr hatte er auch Zuneigung empfunden, sie entstammte aber nicht einer adeligen Familie, sondern war die Tochter eines Henkers. Hier auf der Burg blieb das bisher unbekannt, aber nach einer Eheschließung würde das sicher ruchbar werden. Eine Henkerstochter als Gräfin Weisenfels ! Alle Adeligen würden sich von ihm abwenden, wahrscheinlich auch ein Teil seiner Untertanen. Er würde also einer Art Ächtung verfallen. Das konnte er weder sich noch Hedwig wünschen. Er hatte daher den Gedanken an eine Heirat rasch verworfen, sie allerdings zu seiner Mätresse gemacht, dies aber bald bereut, Scham empfunden, da er glaubte sie mißbraucht zu haben. Nun hatte ihm das Schicksal fünf Frauen zugeführt, alle hübsch und wohlgestaltet, zwei Edelfräulein, zwei Bürgertöchter, eine Bauernmaid. War eine unter ihnen die Gefährtin, die er suchte ? Er hatte seine Gefühle geprüft und befunden, daß Margarethe seinen Vorstellungen einer würdigen Gräfin Weisenfels entsprach. Sie war unter den fünfen die klügste und tüchtigste, würde sicherlich seine Pläne mittragen und ihm auch einen Erben schenken. Auch ihre sonstigen Beschäftigungen mit geistigen Dingen entsprachen seinen Vorstellungen von einer idealen Gattin. Er hatte ihr daher bereits wichtige Ämter übertragen, was ihm auch Gelegenheit gab, oft mit ihr zu Beratungen zusammen zu sein. Er hatte sie in seine Pläne eingeweiht und bald festgestellt, daß sie diese unterstützte, über sie nachdachte, ihm sogar Vorschläge machte, wenn er sie darauf ansprach. Und er hatte mittlerweile die königliche Urkunde mit der Aufhebung der Acht erhalten und auch das Gespräch mit den Kaplan hatte ihm gezeigt, daß jener eine Ehe mit Margarethe gut hieß. Es blieb allerdings noch etwas, was ihn bedrückte: Hedwigs Schicksal. Er empfand noch immer eine tiefe Zuneigung zu ihr, pflegte auch einen freundschaftlichen Umgang, was Bedienste zu der Ansicht veranlaßte, sie sei noch immer seine Mätresse. Er wollte ihr kein Herzeleid zufügen. Und eine Heirat mit Margarethe mußte ihr zweifelsohne das Gefühl geben verstoßen zu werden, auch wenn er sie gut versorgte. Da er nicht wußte, was er tun sollte, war er auch nicht fähig eine Entscheidungzu treffen, zögerte, Margarethe um ihre Hand zu bitten.

Hedwigs Schicksal

Doch dann griff das Schicksal zu seinen Gunsten ein.

An einem sonnigen Vormittag im späten Sommer ritt Hedwig nach Geln-hausen, suchte dort den Tuchhändler auf um Stoffe für neue Winterkleidung des Grafen, seiner Leibdiener und der Grafenfräulein zu kaufen. Sie fand Passendes, verließ dann den Warenraum mit einem großen Ballen, den sie auf das Packpferd laden wollte. Sie war mit dem Einkauf so beschäftigt gewesen, daß sie den jungen Mann gar nicht bemerkte, der sich auch in dem Raum aufhielt und sich nach Stoffen umsah, aber nachdem sie einge-treten war, nur noch nach ihr schaute und ihr nun folgte. Beim Versuch, den Ballen auf dem Sattel des Packpferdes zu befestigen, rutschte dieser ab und fiel zu Boden. Der junge Mann sprang herbei, hob ihn auf, sagte dann freundlich.

„Er ist zu schwer für eine Jungfrau, ich werde dir helfen."

Hedwig bemerkte seinen verliebten Blick.

„Ich nehme deine Hilfe gern in Anspruch, aber eine Jungfrau bin ich schon lange nicht mehr. Ich heiße Hedwig, bin die Mätresse und Leibschneiderin des Grafen von Weisenfels."

„Ich heiße Johann, bin Schneidergeselle hier in der Stadt. Und ein gutes Herz und ein freundliches Gemüt sind wesentlich wichtiger als Jungfern-schaft. Die verliert eine Frau ohnehin in der Hochzeitsnacht."

Hedwig errötete leicht ob dieser frechen Rede, faßte sich aber dann.

„Und ein gutes Herz und ein freundliches Gemüt verliert sich nicht ?" entgegnete sie keck.

Johann lachte.

„Bei manchen Frauen ist das schon der Fall. Die verlieren mit der Jungfernschaft auch ihr gutes Herz und ihr freundlichen Wesen. Und so verwandeln sich liebreizende Jungfern in böse Ehedrachen."

„Hast du etwa Erfahrung in dieser Beziehung ?"

„Nein, ich war noch nie verheiratet."

„Aber du möchtest wohl Erfahrung gewinnen ?"

„Nein, deshalb begehre ich auch keine Jungfrau."

Er grinste.

„Wenn die Auserwählte keine Jungfrau mehr ist, dann kann sie auch nicht zusammen mit der Jungfernschaft auch ihr gutes Herz und ihr freundliches Gemüt verlieren."

Hedwig lachte.

„Sie kann diese Eigenschaften auch in der Hochzeitsnacht verlieren, wenn sie keine Jungfrau mehr ist."

„Das wäre zu überprüfen."

„Du bist mutig. Aber merke dir, ich bin nicht nur die Mätresse des Grafen, sondern auch die Tochter eines ...", sie stockte.

Wohl viele in der Stadt wußten, daß sie die Mätresse des Grafen war, aber niemand kannte ihre Herkunft. Die mußte sie jetzt nicht kundtun.

„Ich werde jetzt nach Weichirsbach zurückreiten", sagte sie dann, „lebe wohl, lustiger Geselle."

Johann ging wieder in den Laden hinein, suchte Stoffe aus, wie es ihm sein Meister befohlen hatte. Aber er war nicht so richtig bei der Sache. Er mußte unentwegt an Hedwig denken.

„Mätresse des Grafen", dachte er, „dann ist sie sicherlich seine Leibeigene und er wird sie nicht hergeben. Aber sie ist die Frau, die ich zum Weib begehre. Das habe ich sofort gespürt als ich sie sah. Wir werden fliehen müssen. Und ich weiß auch bereits wohin."

Auch Hedwig dachte auf dem Ritt zur Burg nach.

„Ein wirklich lustiger, wenn auch frecher Geselle. Aber besser solch einen Mann als einen alten Griesgram. Doch, meinte er seine Worte auch ernst oder trieb er nur seinen Spaß mit mir ? Meint er es wirklich ernst, dann wird er sich sicher melden. Und warum sollte ich ihn nicht zum Manne nehmen. Auf der Burg kann ich ohnehin nicht bleiben."

Drei Tage später überreichte ein Diener Hedwig einen Brief, den ein Bote, wie er sich ausdrückte, an der Torwaches für sie abgegeben hatte. Sie erbrach das Siegel, las ihn. Er stammte von Johann. Er bat sie um ein Treffen, falls es ihr möglich sei und falls sie es wünsche. Er beschrieb ihr genau den Ort, eine Kapelle auf halben Weg zwischen Weichirsbach und Gelnhausen, an dem er zu einer angegebenen Zeit auf sie warten werde. Sie strahlte als sie das las. Natürlich wollte sie ihn treffen ! Und wer sollte sie daran hindern ?

Johann wartete bereits als sie zum angegebenen Zeitpunkt an der Kapelle eintraf.

„Mir fällt ein Stein vom Herzen", rief Johann begeistert aus, „ich rechnete nicht damit, daß du kommen würdest. Es ist dir doch sicher verboten, die Burg ohne Erlaubnis deines Herrn und ohne Angabe der Gründe zu verlassen."

Hedwig schaute ihn verwundert an.

„Was redest du da ? Ich bin doch nicht seine Sklavin."

„Aber doch sicher seine Leibeigene."

„Der Graf ist mein Herr. Aber wie eine Leibeigene hat er mich bisher nicht behandelt. Er hat mich stets in Ehren gehalten."

„In Ehren gehalten ? Du bist doch seine Mätresse. Du mußt ihm doch zu Willen sein, wenn er es verlangt."

Hedwig lächelte.

„Ich habe mich wohl damals in Gelnhausen nicht richtig ausgedrückt. Setzen wir uns. Du sollst erfahren wer ich bin."

Und sie begann zu erzählen.

„Du würdest eine Henkerstochter zur Frau nehmen ?" schloß sie ihre Rede.

Johan lachte.

„Du bist doch nicht verantwortlich für das was dein Vater tun mußte. Er hat doch nicht aus freien Stücken getötet. Und du bist genauso ein Geschöpf Gottes, wie es alle anderen Menschen auch sind."

„Aber es gibt noch eine andere Schwierigkeit. Viele in Gelnhausen wissen, daß ich die Mätresse des Grafen bin, halten mich daher für eine Metze, eine Hure. Sie werden mir keine Achtung entgegenbringen, meine Gesellschaft meiden. Ich werde eine Ausgeschlossene sein. Davor fürchte ich mich."

Johann schüttelte den Kopf.

„Nein, du sollst nicht die Gemahlin eines armen Schneidergesellen werden. Wir werden Gelnhausen verlassen."

„Und wohin sollen wir gehen ?"

„Nach Miltenberg. Mein Oheim betreibt dort eine Schneiderei, hat sogar acht Gesellen. Er hat keine Kinder, ist nun alt und krank. Er hat mich gebeten die Schneiderei zu übernehmen. Er will mich als Erben einsetzen. Komm also mit nach Miltenberg. Laß uns fliehen. Die Stadt gehört dem Erzbischof von Mainz. Dort bist du vor den Nachstellungen des Grafen sicher."

Hedwig schüttelte den Kopf.

„Weshalb sollte ich fliehen ? Das wäre großer Undank. Der Graf hat mir bisher nur Gutes angetan. Weshalb sollte er mir eine Heirat verwehren ? Wenn du mich wirklich liebst, dann suche ihn auf, bitte ihn um meine Hand."

Johann überlegte nicht lange.

„Ich werde es zu gegebener Zeit tun."

Sie trafen sich des öfteren in den nächsten Wochen, die Zuneigung zueinander wuchs mit jeder Begegnung.

Schließlich ließ sich Johann beim Grafen melden.

„So, du möchtest also meine Leibschneiderin heiraten", sprach Rudolph, nachdem Johann sein Anliegen vorgebracht hatte, „wie kommst du dazu?"

„Nun, Herr, ich habe Gefallen an ihr gefunden und sie an mir. In meiner Brust ist die Flamme der Liebe entfacht. Und ich denke, sie liebt mich ebenfalls. Seht, Herr, mein Oheim ruft mich nach Miltenberg; ich soll dort als Erbe seine Schneiderei übernehmen. Da kommt eine schwere Bürde auf mich zu. Und deshalb brauche ich eine Frau, eine Kameradin, welche diese mit mir trägt. Und in Hedwig habe ich die Kameradin gefunden, die ich benötige."

Der Graf runzelte die Stirn, schwieg eine Weile. Er blickte ernst, obwohl sein Herz jauchzte. Dieser Schneidergeselle fand sein Gefallen.

„Er scheint kein übler Bursche zu sein", dachte er, „und Hedwig ist klug und besonnen. Sie wird sich wohl kaum in einen Haderlumpen verlieben. Sie wird sicher ihr Glück bei ihm finden, zumindest erwartet sie es, vermutlich aus guten Gründen. Sie wird sich nicht verstoßen fühlen, sondern geht freiwillig. Und ich werde eine große Sorge los."

„Das sind große Worte", sprach er nun, „ich werde über deinen Wunsch gründlich nachdenken und dann meine Entscheidung treffen. Komme in sieben Tagen wieder, dann werde ich sie dir mitteilen."

Johann bedankte sich, entfernte sich.

Natürlich hatte der Graf seine Entscheidung bereits getroffen. Doch seine Stellung, seine Würde, sein Stolz und auch sein Amt verboten es ihm, diese einem einfachen Mann aus dem Volk sofort mitzuteilen.

Am nächsten Tag rief der Graf Hedwig zu sich, teilte ihr mit, daß der Schneidergeselle Johann aus Gelnhausen um ihre Hand angehalten habe, fragte sie, ob sie auch bereit sei ihn zu heiraten.

„Wir haben in Liebe zueinander gefunden und möchten unser Leben miteinander teilen", antwortete sie, „Ihr habt mir bisher unzählige Wohltaten erwiesen und nun richte ich eine letzte Bitte an Euch. Entlaßt mich aus Eurem Dienst und gebt die Erlaubnis zur Heirat."

„Ich habe dem Schneidergesellen gesagt, ich werde über seinen Wunsch gründlich nachdenken und er solle in sieben Tagen wiederkommen. Ich habe nun auch dich angehört. Komme also in sechs Tagen mit dem Schneidergesellen zu mir um meine Entscheidung zu vernehmen."

Etwas beklommen betraten Hedwig und Johann zum anberaumten Zeitpunkt das Kabinett des Grafen.

126

„Ich habe mir die Sache gründlich überlegt", begann dieser mit feierlicher Stimme, „und bin zu dem Schluß gekommen, daß es nicht der Wille Gottes ist, euerem Glück im Wege zu stehen. Ich habe mich daher entschieden, euerem Wunsch zu entsprechen und die Einwilligung zu euerer Heirat zu geben. Die Vermählung soll hier in der Burgkapelle durch den Kaplan vollzogen werden. Und ich werde auch das Hochzeitsmahl für euch geben. Hedwig wird für ihre treuen Dienste, die sie mir geleistet hat, reichlich entlohnt werden. Ihr müßt ja einen Haushalt einrichten, ein Haus erwerben. Oder wollt ihr euch mit einer Stube im Haus von Johanns Oheim begnügen? Nein, das müßt ihr nicht tun."

Der Kaplan war keineswegs erbaut als der Graf ihm auftrug die Vermählung zu vollziehen.

„Soll ich das Sakrament der Ehe spenden um Euch von Euerem sündigen Treiben reinzuwaschen?"

Der Graf lachte.

„Jedem anderen würde ich ob dieser Worte zürnen. Ihr seid aber ein Mann Gottes, dürft Euch manches herausnehmen. Aber dennoch muß ich Euch schelten. Ich habe schon lange nicht mehr mit Hedwig gesündigt. Muß sie ihr Leben lang für meine Handlungen büßen, indem ihr das Glück einer Ehe verwehrt wird. Sagte nicht Gott, es sei nicht gut, daß der Mensch alleine sei? Was sträubt Ihr Euch? Es muß doch Gott gefällig sein ein sündiges Dasein zu beenden? Und hat nicht auch Jesus der Sünderin verziehen?"

„Spottet nicht, Graf", entgegnete ihm der Kaplan, „ich sagte doch bereits, Ihr wollt Euch nur reinwaschen!"

„Nein, Kaplan, ich will mich nicht reinwaschen, sondern nur ein Leben, das es verdient, in geordnete Bahnen lenken. Oder glaubt Ihr etwa, Hedwig könnte Zeit ihres Leben meine Mätresse bleiben? Und auch ich muß an meine Zukunft denken, eine Gräfin suchen. Könnte ich das mit guten Gewissen solange Hedwig hier auf der Burg lebt? Sie müßte sich doch verstoßen fühlen. Wenn Ihr meine Entscheidung nicht billigt, so gebt mir einen besseren Rat. Soll ich sie denn auf die Straße werfen, dem Elend ausliefern? Es ist doch sicherlich das Beste, daß sie einen Mann gefunden hat, der sie liebt und ehrt, auch wenn er ihre Vergangenheit kennt? Verzeihen, vergeben und Gutes tun ist christlich, nicht strafen und verachten. Das predigt Ihr doch immer!"

Dem konnte der Kaplan nicht widersprechen und fügte sich.

Die Trauung fand zwei Wochen später statt.

Johann hatte unterdessen alle ihm noch obliegenden Angelegenheiten erledigt, auch den Dienst bei seinem Meister aufgekündigt.

Am Tag nach der Hochzeit brachen sie reich beschenkt und ausgestattet nach Miltenberg auf. Der Graf gab ihnen noch acht Reiter als Schutz auf ihrer Reise durch die Spessartwälder mit.

Rudolph war zufrieden. Die Angelegenheit mit Hedwig hatte ein gutes Ende gefunden. Der Weg zur Werbung um Margarethe war nun frei.

Der Heiratsantrag

Einige Tage faßte sich Rudolph ein Herz.

„Ich bin es müde alleine zu sein", begann er als er wieder einmal mit Margarethe in seinem Kabinett zusammensaß und die amtlichen Angelegenheiten besprochen waren, „und ich wünsche mir eine Gräfin, die meine Sorgen und meine Mühen teilt."

„Ihr wollt also heiraten ?" entgegnete Margarethe, „weshalb sagt Ihr mir das ?"

Sie schaute ihn mit leichten Stirnrunzeln an, lächelte dabei.

„Zürnt mir nicht, Herr. Aber warum sagt Ihr mir das ? Ihr fragt mich oft um Rat. Wünscht Ihr auch meinen Rat in dieser Angelegenheit ? Glaubt Ihr, daß ich eine passende Gemahlin für Euch weiß ? Nein, Herr, damit kann ich Euch nicht dienen, ich kenne nur wenige Edelfräulein außer Martha und Anna. Sagt Euch keine von beiden zu ? Die Ächtung ist doch aufgehoben. Oder könnt Ihr keine Wahl zwischen Ihnen treffen ? Ich kann Euch da keine Empfehlung geben, bin auch gar nicht bereit es zu tun. Denn wenn Ihr auf meinen Rat hin die falsche Entscheidung trefft, dann werdet Ihr auf ewig mir die Schuld an Eurem Unglück geben. Nein, auch wenn Ihr mir zürnt, in dieser Sache dürft Ihr nicht auf meinen Rat hoffen. Das ist Eure Herzensangelegenheit. Da müßt Ihr selbst die Entscheidung treffen."

Der Graf lachte.

„Nun, beide sind hübsch und wohlgestaltet. Aber muß es unbedingt ein Edelfräulein sein ?"

„Ihr seid von Adel und müßt Euch mit Euresgleichen vermählen. Alles andere wäre nicht schicklich."

Der Graf lachte erneut.

„Du bist klug und geschickt. Aber ist es schicklich, eine Frau zu Gemahlin zu nehmen, nur weil sie von gleichem Stand ist ? Auch wenn man keine Liebe für sie empfindet ? Nein, so denke ich nicht. Ich bin mein eigener

Herr, muß nicht Rücksicht auf Verwandte nehmen, welche durch die Heirat mit einer Frau aus niedrigerem Stand brüskiert sein könnten. Nein, ich werde mich frei entscheiden. Ich habe auch bereits eine Wahl getroffen, frage nun die Auserwählte, ob sie mich zum Mann nehmen möchte."

Margarethe zuckte mit den Schultern.

„Ich verstehe Eure Rede nicht. Warum sagt Ihr das mir ? Warum fragt Ihr sie nicht ?"

Rudolph lächelte.

„Ist das nun weibliche List oder hast du meine Rede nicht verstanden ?"

Er pausierte kurz, schien nachzudenken.

„Nein, du hast meine Rede schon verstanden. Es ist weibliche List. Deshalb frage ich nun direkt: Margarethe, möchtest du meine Gemahlin werden ?"

Ihr Gesicht begann zu strahlen. Ja, sie liebte den Grafen auch, von ganzem Herzen, empfand die Vertrautheit mit ihm als wohltuend, ja bereits als Glück. Aber sie war niederen Standes, eine Frau aus dem Volk, die Tochter eines Stadtschreibers. Sie träumte davon seine Gemahlin zu werden, hielt es aber bisher für einen Wunschtraum. Nun wurde der Traum Wirklichkeit. Sie bezwang aber überschäumenden Gefühle, sagte lediglich.

„Ich füge mich gerne Eurem Wunsch."

Rudolph trat auf sie zu, umarmte und küßte sie.

Marion

Die vereinigten Heere der Österreicher, Böhmen, Bayern und Franken trafen eine halbe Tagesreise westlich von Wien auf die magyarischen Horden, die unter Führung des Grafen von Györ brandschatzend, raubend und mordend in das Deutsche Reich eingefallen, fast bis nach Linz vorgedrungen waren und sich nun, schwer mit Beute beladen, auf dem Rückmarsch in die Heimat befanden. Niemand wußte so recht, warum die Magyaren nach mehr als einem Jahrhundert den Frieden brachen und diesen Raubzug unternahmen. Man vermutete aber, der Graf von Györ habe aufgrund seines ausschweifenden Lebensstils hohe Schulden angehäuft und hoffe nun, durch Plünderung deutscher Dörfer und Städte genügend Beute zu machen um diese zu begleichen. Der Herzog von Österreich fühlte sich zu schwach um dem Feind alleine entgegenzutreten, bat daher die Reichsfürsten um Hilfe. Bayern, Franken und Böhmen schickten Truppen. Die fränkischen Ritter und Kriegsknechte wurden von Friedrich von Rothenau, dem jüngeren Sohn des Herzogs von Franken angeführt. Friedrich war knapp dreißig Jahre alt, entstammte der zweiten Ehe des Herzogs mit Agnes von Rothenau. Als Zweitgeborener war er in väterlicher Linie nicht erbberechtigt. Sehr zum Ärger seines Vaters hatte er den Namen seiner Mutter angenommen als er nach deren Tod vor vier Jahren ihren Landbesitz, das Hafenlohrtal im Spessart und die angrenzenden Gebiete am Main zwischen den heutigen Städten Neustadt und Marktheidenfeld übernommen hatte.
Der Herzog hielt sich für zu alt um die Truppen anzuführen, Friedrichs älterem Bruder schien der Feldzug zu unbedeutend um damit Kriegsruhm zu erwerben, da die Führung des vereinten Heeres dem Herzog von Bayern übertragen werden sollte. Friedrich dagegen, dessen Leben sich zwischen der Burg Rothenstein und dem kleinen Schloß Rothenau abspielte, sah eine Gelegenheit, die Enge der Heimat zu verlassen und endlich wieder einmal in die Ferne zu ziehen, als sein Vater mit der Bitte an ihn herantrat, die Führung der fränkischen Kriegsleute zu übernehmen. Er übernahm den Auftrag, wenn auch nicht mit großer Begeisterung.

Dem Schlachtplan des Herzogs von Bayern gemäß, griffen die Franken und die Bayern die Magyaren frontal an, während die Böhmen und die Österreicher sie auf der nördlichen und südlichen Flanke attackierten. Friedrich drang mit seinen Mannen ungestüm vor, erreichte bald das Lager der Magyaren. Hier traf er auf einen Ritter in kostbarer Rüstung, der sich ihm zum Kampf stellte. Der Mann war ein ausgezeichneter Schwertfechter, doch gelang es Friedrich schließlich ihn an der Schulter zu verwunden. Der Gegner strauchelte, doch bevor Friedrich ihn niederstoßen konnte, stürmten ihm vier magyarische Krieger entgegen und drangen auf den Franken ein. Er wehrte sich verbissen, stieß zwei von ihnen nieder, doch noch während er mit den beiden verbliebenen Gegnern focht, erhob der verletzte Ritter sein Schwert um Friedrich, der die tödliche Gefahr nicht wahrnahm, von hinten zu erschlagen. Er hörte nur einen Schrei und sah wie ein Arm, die Hand umklammerte noch ein Schwert, vor ihm zu Boden fiel. Doch erst als er kurz darauf die beiden restlichen Angreifer erschlagen hatte, drehte er sich um und gewahrte eine Frau, ein blutiges Schwert in der Hand. Sie lächelte ihn an. Der Ritter mit der kostbaren Rüstung lag tot am Boden, der rechte Arm fehlte ihm.

„Du hast mir offensichtlich das Leben gerettet. Vielen Dank."

„Ja, Herr, ich war rechtzeitig zur Stelle und konnte ihm den Arm vom Rumpfe trennen, bevor er Euch erschlug. Dann habe ich ihm das Schwert in den Leib gestoßen."

Sie blickte haßerfüllt auf die Leiche.

„Er ist der Graf von Györ, der Anführer dieser Mörderbande. Er hatte den Tod verdient. Aber auch ich muß Euch danken. Ihr und Eure Ritter haben mich vor dieser Bestie gerettet."

„Der Kampf ist noch nicht zu Ende", sagte Friedrich und stürmte weiter. Doch es gab nicht mehr viel für ihn zu tun. Nachdem ihr Anführer gefallen war, verloren die Magyaren den Mut und streckten die Waffen. Friedrich kehrte zu der Frau zurück, die noch immer neben der Leiche des Grafen von Györ stand.

„Nochmals, ich danke dir", sagte er, „wer bist du ? Hast du einen Wunsch, den ich dir erfüllen kann ?"

„Ich heiße Marion", entgegnete sie, „und wer seid Ihr ?"

Die Keckheit, mit der die Frau ihn nach seinem Namen gefragt hatte, imponierte ihm. Doch bevor er antworten konnte trat ein Herold an ihn heran, ersuchte ihn mit ihm zum Herzog von Bayern zu kommen."

„Warte hier", rief er daher Marion zu, bevor er ihm folgte.

„Meine Herren", begann Herzog Heinrich von Bayern, mittlerweile waren auch Herzog Leopold von Österreich und Graf Wenzel von Wenzelstein, der Führer der Böhmen, eingetroffen, „unser Sieg ist vollkommen. Der Graf von Györ ist tot, wie ich hörte. Und Ihr habt ihn besiegt, Friedrich. Meine Hochachtung. Ich kannte ihn als tapferen Ritter, auch wenn er sich nun mit Räubergesindel umgeben hatte. Aber da zeigt es sich wieder einmal, wohin ein gottloses und lasterhaftes Leben führt."

„Nein, ich habe ihn nicht getötet", wandte Friedrich nun ein, „er wollte mich von hinten erschlagen als ich mit vier seiner Schergen, die ihm zu Hilfe geeilt waren, focht. Eine Frau, die mir Gott sandte und mich beschützte, hat ihn getötet."

„Eine Frau ?" fragte Graf Wenzel verwundert, „wer ist sie ?"

„Ich weiß es noch nicht, wahrscheinlich ein Bauernmädchen, das von den Magyaren verschleppt wurde."

„Kommen wir zur Sache, meine Herren", unterbrach nun Herzog Heinrich das Gespräch, „wir haben den Magyaren ihre Beute abgejagt. Gerecht wäre es nun, die Sachen den Besitzern zurückzugeben. Doch ich fürchte, daß die meisten tot sind. Und die Verschleppten, die wir nun befreit haben, werden sicherlich nicht die Wahrheit sagen, sie werden behaupten, daß die Sachen ihnen gehören. Ich schlage daher vor, daß Herzog Leopold zwei Drittel der Beute erhält, er möge sie gerecht an die Geschädigten verteilen, sofern sie noch leben. Der Rest soll unter die Böhmen, Franken und Bayern gleichmäßig verteilt werden."

„Ja", stimmte Graf Wenzel zu, „wir sind schließlich nicht auf Beute und Gewinn ausgezogen, sondern um das Reich von einer räuberischen Horde zu säubern."

„Ich bin auch einverstanden", fügte Friedrich ohne zu zögern hinzu.

„Gut, dann sind wir uns einig", schloß Herzog Heinrich, „kehren wir in unsere Lager zurück. Ich werde das Notwendige veranlassen und Euch morgen durch Herolde noch einmal zu mir bestellen. Und Ihr, Friedrich, bringt die tapfere Frau mit. Ich möchte sie kennenlernen."

Friedrich kehrte zu den Seinen zurück. Sie hatten sich inzwischen aus dem Magyarenlager zurückgezogen. Marion fand er nicht unter ihnen.

„Sie ist bei dem toten Magyaren geblieben", teilte ihm einer seiner Hauptleute mit.

„Ich werde sie suchen, wartet hier auf mich."

Marion hatte sich unweit der Leiche des Grafen ins Gras gesetzt.

„Ich bin zurückgekehrt, weil ich deine Frage noch nicht beantwortet habe. Ich bin Friedrich von Rothenau, der Führer der fränkischen Truppen."
Marion lächelte.
„Du kannst nicht alleine hier bleiben."
„Ich bin nicht alleine. Die anderen Verschleppten befinden sich auch noch im Lager. Und jetzt, wo die Magyaren tot, geflohen oder in Gefangenschaft geraten sind, haben wir genügend Zelte, brauchen nicht im Freien zu schlafen, wie in den letzten Nächten."
„Hast du Verwandte und Freunde unter ihnen ?"
Marion schüttelte den Kopf.
„Nein, nur ein paar aus unserem Dorf, die ich flüchtig kenne. Aber Freunde kann ich sie nicht nennen."
„Nun, dann gibt es keinen Grund zu bleiben. Komm mit mir."
Marion schaute ihn fragend an.
„Ich bitte dich darum", sagte er nun.
Marion erhob sich langsam, folgte ihm wortlos.
„Wir kehren in unser Feldlager zurück, es liegt etwa eine Stunde entfernt. Kannst du reiten ?"
„Ja, Herr", antwortet Marion.
Sie erhielt eines der Magyarenpferde, die noch herumstreunten, Das fränkische Lager erreichten sie am frühen Nachmittag. Es war warm. Friedrich führte Marion zu seinem Zelt.
„Es ist groß genug für uns beide", meinte er lächelnd, „hier kannst du unbesorgt schlafen. Such dir einen Platz, der dir gefällt. Du mußt keine Angst vor mir haben. Ich werde doch nicht meine Retterin mißbrauchen. Oder traust du mir eine solche ehrlose Niedertracht zu ?"
Marion blickte ihn erstaunt an.
„Ihr seid ein hoher Herr und ich bin nur ein einfaches Mädchen aus dem Volk. Habe ich in Euren Augen überhaupt eine Ehre ?"
Friedrich antwortete nicht darauf, fuhr fort.
„In der Nähe liegt ein kleiner See. Noch immer klebt das Blut der Feinde an mir. Ich werde dorthin gehen und mich waschen, auch frische Kleider mitnehmen. Magst du mitkommen ?"
„Ja, Herr. Ihr meint wohl, ich sollte mitkommen. Ich habe ein Bad nötig. Und Ihr wollt sicherlich kein schmutziges Weib in Eurem Zelt haben. Frische Kleider habe ich aber nicht. Ich kann das, was ich trage, waschen. Aber sie werden wohl bis zum Abend nicht mehr trocken. Und ich kann doch nicht in nassen Kleidern schlafen."

Friedrich blickte sie liebevoll an. Die hübsche, schlanke Frau mit den langen, dunkelblonden Haaren gefiel ihm, wer immer sie sein mochte.

„Man kann sie auch über dem Feuer trocknen. Aber ich denke, das ist nicht notwendig, wir werden schon ein Hemd und einen Wams für dich finden."

Er öffnete eine Truhe, kramte Kleidungsstücke heraus, gab einige davon Marion.

„Sie sind dir vermutlich zu groß, aber bis dein Kleid trocken ist wird es sicher gehen."

Sie verließen das Zelt, begaben sich zum See, legten ihre Kleider ab. Friedrich stieg ins Wasser, Marion folgte ihm, nachdem sie ihr Kleid ausgewaschen und zum Trocknen an einem Strauch aufgehängt hatte.

„Schwimmen kann sie auch", dachte Friedrich.

Nachdem sie längere Zeit im See verbracht hatten, legten sie sich am Ufer in die Sonne um sich trocknen zu lassen. Friedrich bemerkte nun die Striemen auf ihrem Rücken.

„Wer bist du ?" fragte Friedrich nach einer Weile, „und wieso kannst du so gut mit dem Schwert umgehen ?"

Marion lächelte.

„Mein Vater war Huf- und Waffenschmied in Langenbuchen. Ich war sein einziges Kind. Er wies mich schon als kleines Mädchen in den Umgang mit Schwertern ein. Er besaß zwei Pferde, so lernte ich reiten und in einem nahen See lernte ich schwimmen. Lesen, Schreiben und Rechnen kann ich auch. Vater brachte es mir bei. Er meinte, so hätte ich bessere Aussichten auf eine Stellung in der Stadt, wenn er einmal alt sei und nicht mehr arbeiten könne. Es war ein unbeschwertes Leben auf dem Dorf, bis vor vier Tagen. Da kamen die Magyaren, raubten, was ihnen brauchbar erschien, brannten alles nieder, töteten alle Bewohner bis auf einige junge, die sie mitnahmen. Am Abend schleppte mich der Graf dann in sein Zelt um mich zu mißbrauchen. Ich wehrte mich, zerkratze ihm das Gesicht. Voller Wut ließ er mich dann auspeitschen, sagte, in ein paar Tagen werde ich schon gefügig sein. Ich erhielt dann jeden Morgen fünf Peitschenhiebe. Versteht Ihr nun, warum ich ihn haßte ? Als Eure Krieger das Lager stürmten, sah ich eine Gelegenheit zu entkommen. Ich nahm das Schwert eines toten Magyaren. Dann sah ich Euch, sah wie Euch der Graf meuchlings ermorden wollte. Da hieb ich ihm den Arm ab und stieß ihm dann das Schwert in den Leib."

„Und was wirst du nun tun ?"

„Ich weiß es nicht. Unser Dorf und unser Haus sind zerstört, mein Vater ist tot. Und ich habe nichts. Wo soll ich hingehen ? Aber Ihr verspracht mir einen Wunsch zu erfüllen, wenn es in Eurer Macht liegt. Gilt Euer Wort noch ?"

„Selbstverständlich !"

„Gut, dann bitte ich Euch mich in Eure Dienste aufzunehmen."

Friedrich lachte.

„Wenn dies dein Wunsch ist, dann ist er gewährt. Aber du wirst mir in mein Land folgen müssen. Es liegt zwanzig Tagesreisen von hier entfernt, in einem großes Waldgebiet."

„Ich folge Euch, Herr, wo immer Ihr mich hinführt."

Friedrich horchte auf, schwieg aber. Das Gespräch verstummte, beide dachten nach.

Trotz seiner Freundlichkeit war Marion erschrocken als er sie fragte, ob sie mit zum See kommen wolle. Die Frage klang harmlos, aber sie empfand sie als Aufforderung und sie wagte nicht zu widersprechen, obwohl sie fürchtete, der Mann könnte das Bad im See für seine Zwecke nutzen, sich ihr nähern und sie schließlich veranlassen ihm zu Willen zu sein. Doch dergleichen war nicht eingetreten. Er benahm sich wie ein Freund, zumindest bisher. Und sie hatte auch bemerkt, daß er aufhorchte als sie sagte, sie wolle ihm folgen, wo immer er sie hinführe. Das war nicht einfach so daher gesagt. Obwohl sie ihn nur wenige Stunden kannte, so fühlte sie doch eine tiefe Zuneigung zu ihm. Sie war auch bereit sich ihm hinzugeben, wenn er sie als gleichwertigen Menschen achtete und nicht als Beute. Aber verlangte sie da nicht zuviel ? Sie war doch nur eine einfache Frau aus dem Volk, er ein edler Herr.

Auch Friedrich dachte nach. Sein Vater hatte bisher vergeblich versucht ihn zu verheiraten, etliche Edelfräulein für ihn ausgewählt. Nun, sie waren hübsch, gesittet, besaßen Bildung, waren keine schlechten Partien. Aber Friedrich war nicht zufrieden mit ihnen. Er suchte kein verzärteltes Fräulein, das sich von seinen Launen leiten ließ, mehr Zeit beim Beten in der Kirche verbrachte als mit ihm, ständig nur wie ein rohes Ei behandelt werden mußte. Er suchte eine Kameradin. Er liebte die Wälder, die er besaß, er liebte die Jagd, er suchte eine Lebenskameradin, mit der er seinen Besitz durchstreifen konnte, zu Fuß oder zu Pferde, mit der er Wildschweine, Rehe oder Hirsche jagen konnte. Und nun hatte er den Eindruck, in diesem Bauernmädchen genau die Frau gefunden zu haben, die er suchte, die genau die Eigenschaften zu besitzen schien, die er von einer Lebenskameradin erwartete. Er mußte sie für sich gewinnen. Hatte sie nicht gesagt, sie werde ihm folgen, wo immer er sie hinführt ? Doch es gab noch etwas anderes: all dies, was er sich erträumte konnte nur Wirklichkeit werden, wenn sie begriff, daß sie für ihn ein gleichwertiger Mensch war. Nur dann konnten sie sich ungezwungen lieben, nur dann konnte jeder dem anderen seine echten Gefühle und Gedanken zeigen ohne daß Mißverständnisse ihr Verhältnis zueinander trübte. Er dachte auch an seinen Vater, der eine derartige Verbindung mit Sicherheit nicht billigte. Aber das beunruhigte ihn nicht. Sein Vater besaß keine Macht über ihn. Er war ohnehin nicht erbberechtigt und lebte auf dem Besitz, den ihm seine Mutter vererbt hatte. Diesen konnte ihm der Vater nicht wegnehmen.

„Ich finde es merkwürdig, ja sogar unangebracht, daß du mich ständig mit 'Herr' anredest", unterbrach Friedrich schließlich die Stille.

„Warum ? Ich bin doch nur eine einfache Frau aus einem Dorf."

Friedrich schüttelte den Kopf.

„Nein, du bist eine Heldin, dir habe ich mein Leben zu verdanken. Du stehst nicht unter mir. Nenne mich also nicht Herr, sondern Friedrich."

Marion blickte ihn ungläubig an. Friedrich lächelte.

„Ich befehle es dir."

Sie lagen noch eine Weile beieinander, wechselten einige Worte, schließlich meinte Marion.

„Die Sonne geht bald unter, es wird allmählich kühl. Sollten wir nicht zurückgehen."

Sie legten ihre Kleider an, liefen ins Lager zurück. Ein Knappe brachte das Abendessen. Nach Einbruch der Dunkelheit begaben sie sich in das Zelt.

„Es ist groß genug. Du kannst dir einen Platz aussuchen", meinte Friedrich.

„Auch einen Platz neben dir ?" entgegnete Marion.

„Die Wahl des Platzes ist dir überlassen", schmunzelte Friedrich, „mich würde es freuen."

„Das ist lieb."

Sie schmiegten sich aneinander, schliefen bald ein. Marion erwachte eher als Friedrich. Sie betrachtete den Mann ausgiebig. Er gefiel ihr. Er bot ihr Schutz, behandelte sie aber nicht wie ein untergeordnetes, schutzbedürftiges Wesen, sondern wie einen auf gleicher Stufe stehenden Menschen. Er schenkte ihr menschliche Wärme, beabsichtigte aber nicht sie zu mißbrauchen. Er war also der Mann, dem sie sich ohne Bedenken anvertrauen konnte, wenn er sein wahres Wesen nicht hinter einer Maske verbarg. Diesbezüglich war sie sich noch nicht sicher.

Bald nach dem Frühstück erschien ein Herold. Sie begaben sich zu Herzog Heinrich. Der schien von Marion entzückt.

„Schade, daß Ihr nicht erbberechtigt seid. Sie wäre eine ausgezeichnete Herzogin", meinte er etwas süffisant.

Hinsichtlich der Verteilung der Beute ergaben sich keine Probleme. Herzog Heinrich führte dann nur an, daß etwa siebzig der befreiten Gefangenen erklärt hatten, sie hätten jetzt keine Heimat mehr, wüßten nicht, wohin sie gehen sollten. Er könne etwa die Hälfte in seine Dienste nehmen, fragte Wenzel und Friedrich, ob sie auch einige Heimatlose übernehmen könnten.

„Wenn junge Frauen und Männer aus meinem Dorf dabei sind, dann möchte ich sie gerne mitnehmen", platzte nun Marion hervor, biß sich dann aber gleich auf die Lippen, als ihr bewußt wurde, was sie da gesagt hatte.

Der Bayernherzog blickte erstaunt auf. Dann lachte er.

„Die Herzogin meldet sich schon zu Wort."

Friedrich konnte nicht zürnen. Er lachte auch.

„Ich habe versprochen ihr einen Wunsch zu erfüllen, wenn es in meiner Macht liegt. Ich bitte Euch daher, sie als erste wählen zu lassen."

„Die Bitte ist gewährt."

Am Nachmittag musterte Marion die Befreiten, wählte schließlich ein Dutzend Frauen und Männer aus.

Herzog Heinrich, welcher zusammen mit Friedrich den Vorgang mitverfolgt hatte, meinte scherzend.

„So, jetzt hat sie sich bereits ihren Hofstaat ausgesucht."

Am nächsten Tag brach Friedrich mit seinen Mannen auf.

Nach vier Wochen erreichte das Heer Ansbach, die Residenzstadt des Herzogs von Franken. Friedrich entließ das Heer. Es blieben nur noch seine beiden Reisigen bei ihm, die ihn auf dem Kriegszug begleitet hatten, Kuno, einer der Burgmannen von Schloß Rothenau und Ottokar, der Burghauptmann von Burg Rothenstein. Er begab sich dann zum Stadthaus, meldete dem Vogt die Rückkehr der Truppe, fragte nach dem Aufenthaltsort seines Vaters.

„Da werdet Ihr eine kleine Reise nach Norden unternehmen müssen, nach Würzburg."

„Würzburg ?" fragte Friedrich erstaunt, „hatten die Umtriebe meines Vaters Erfolg ?"

„Ja, das hatten sie", lachte der Vogt, „vor drei Monaten hat ihm der Kaiser die Oberherrschaft über das Hochstift Würzburg übertragen. Der Bischof ist

nun sein Lehensmann."
Er pausierte kurz.
„Aber so ganz zufrieden ist der Herzog nicht. Ein kleines Gebiet im Spessart hat sich der Erzbischof von Mainz unter den Nagel gerissen."
„Habt Ihr genaue Kenntnis über den Umfang dieses Gebietes?" fragte Friedrich nun.
„Ja, so ungefähr; es handelt sich um die Ämter Rothenau, Heidenfeld und Lare."
Friedrich lächelte befriedigt.
„Dann liegt das Erbe meiner Mutter nun im Kurfürstentum Mainz. Das ist gut."
„Wieso?" fragte der Vogt.
„Für den Fall, daß es zu einem Zerwürfnis mit meinem Vater kommen sollte. Er hat dann keine Herrschaft über mich und keinen Zugriff auf meine Güter."
„Droht denn ein Zerwürfnis?"
„Vielleicht."
Friedrich schwieg kurz.
„Ich werde nach Würzburg reisen um meinen Vater aufzusuchen, möchte mir aber vorher drei Tage Ruhe gönnen. Laßt mir also hier im Haus eine Unterkunft herrichten. Ich brauche noch ein weiteres Zimmer. Ich habe eine Begleiterin."
Der Vogt zog die Augenbrauen hoch.
„Eine Begleiterin", dachte er, „sie wird wohl die Ursache für das Zerwürfnis mit seinem Vater sein, mit dem er rechnet."
Er sagte aber nichts, da es ihm auch nicht anstand, sich in die Angelegenheiten der herzoglichen Familie einzumischen.

Marion und Friedrich gönnten sich drei Tage Ruhe, dann brach die kleine Truppe nach Würzburg auf, das sie am darauffolgenden Spätnachmittag erreichten. Friedrich mietete Marion, sich und den Burghauptmann in einem der besseren Gasthöfe ein, für die anderen wählte er ein einfacheres Quartier. Friedrich erfuhr, daß sein Vater auf der Marienburg residierte. Er suchte ihn am nächsten Vormittag auf.
„Seid gegrüßt, Herzog. Ich bin gekommen um die Rückkehr der fränkischen Truppen zu melden", begann er, nachdem er das Kabinett des Herzogs betreten hatte, „wir waren siegreich und haben die räuberischen Magyaren geschlagen. Sie haben eine so herbe Niederlage erlitten, daß sie

es wohl für lange Zeit nicht mehr wagen werden ins Reich einzufallen. Unsere Verluste waren gering."

Der Herzog lächelte.

„Es ist schön, gute Nachrichten zu vernehmen. Aber ich habe auch eine gute Nachricht für dich."

„Welche, Herr Vater."

„Nun, ich habe eine Übereinkunft mit dem Grafen von Eberach getroffen; ich habe in deinem Namen um die Hand seiner Tochter angehalten. Und er hat meinem Ersuchen statt gegeben."

Er blickte seinen Sohn streng an.

„Du hast oft genug die auserwählte Braut abgelehnt. Jetzt wirst du dich aber meinem Willen fügen."

Friedrich erblaßte.

„Das heißt, ich soll Adelgunde von Eberach heiraten ? Das hättet Ihr ohne mein Wissen und ohne meine Einwilligung nicht tun dürfen, Vater. Es ist unmöglich. Ich kann Adelgunde von Eberach nicht heiraten. Ich habe bereits einer anderen Frau die Ehe versprochen."

„Ohne meine Einwilligung ? Das war nicht recht."

„Ich konnte Eure Einwilligung nicht einholen. Ich lernte sie auf dem Kriegszug kennen."

„Und wer ist sie ?"

„Sie heißt Marion."

„Marion ? Und weiter ?"

„Was weiter, Herr Vater ?"

„Welchem Geschlecht entstammt sie ? Wer ist ihr Vater ?"

„Sie entstammt keinem adeligen Geschlecht. Ihr Vater war Huf- und Waffenschmied."

Der Herzog blickte seinen Sohn finster an.

„Ein Huf- und Waffenschmied ?"

„Was habt Ihr, Vater ? Das ist ein ehrbares Handwerk."

„Aber es ist ein Handwerk ! Und du bist ein Herzogssohn. Merke dir eines: eine Handwerkertochter ist keine würdige Frau für einen Herzogssohn !"

„Warum nicht ? Sie ist tapfer. Sie war von den Magyaren verschleppt worden, konnte sich befreien und rettete mir während der Schlacht das Leben."

Der Herzog verzog das Gesicht.

„Nun, wenn sie dir das Leben gerettet hat, dann verdient sie eine Beloh-nung, das ist wahr. Aber eine Heirat ? Eine einfache Bauerndirne aus dem

Volk als deine Gemahlin. Das ist unmöglich."

„Sie ist keine Bauerndirne. Sie besitzt Bildung, ist klug, kann lesen und schreiben, ist auch im Umgang mit Waffen geübt."

„Tapferkeit, Klugheit, Lesen, Schreiben", stieß der Herzog mürrisch hervor, „diese Eigenschaften und Kenntnisse machen keine Dirne würdig deine Gemahlin zu werden, sondern eine edle Abkunft. Du wirst sie nicht heiraten. Ich befehle es dir !"

Zorn stieg in Friedrich auf.

„Ihr habt mir in dieser Sache keine Befehle zu erteilen. Ich bin nicht Euer Leibeigener, auch nicht Euer unmündiger Sohn. Ich bin ein Ritter."

Der Herzog blickte ihn geringschätzig an.

„Große Worte eines jungen Mannes, dessen Verstand noch nicht gereift ist. Ich will hier nicht disputieren. Entweder du folgst meinem Befehl oder ich entziehe dir dein Erbe und verstoße dich."

Friedrich lächelte.

„Als jüngerer Sohn bin ich ohnehin nicht erbberechtigt. Ich werde mich auf meine Güter im Spessart, das Erbe meiner Mutter, zurückziehen. Dort habe ich ohnehin in den letzten Jahren die meiste Zeit verbracht. Die könnt Ihr mir nicht nicht nehmen, sie sind keine Lehen, sondern Erbbesitz. Und außerdem", er unterdrückte jetzt das Lächeln um seinen Vater nicht zu reizen, „sie liegen nicht in Eurem Herzogtum, sondern gehören zum Erzstift Mainz."

„Du meinst, sie gehören dem Erzschurken von Mainz !" schrie der Herzog wütend, „der hat das Gebiet dem Bischof von Würzburg noch rasch abgehandelt, bevor das Hochstift an mein Herzogtum fiel. Dieser Erzschurke."

Der Herzog holte tief Luft.

„Aber ein Recht habe ich: ich verbanne dich aus dem Herzogtum. Geh mir aus den Augen. Sofort !"

Friedrich kam dieser Aufforderung umgehend nach. Er hatte auch keine Interesse daran bei dem zweifelsohne nun zu erwarteten Wutausbruch des Herzogs anwesend zu sein. Er hörte noch wie ihm der Vater voller Zorn nachrief.

„Und werde die Heirat mit dieser Bauerndirne mit allen Mitteln verhindern."

In der Tat hatte, wie in Ansbach der Vogt Friedrich berichtete, der Erzbischof von Mainz wenige Monate bevor das Hochstift Würzburg unter die Oberherrschaft des Herzogs von Franken fiel, dieses Gebiet im südöstlichen Spessart vom Bischof von Würzburg erworben um seine Besitzungen am Main abzurunden. Der Erwerb war rechtlich bedenklich, da er einen Vertrag berührte, der bereits fast ausgehandelt war und in dem, auch wenn es nicht nicht explizit erwähnt wurde, die Erwerbserklärung nach Ansicht des Herzogs vom ursprünglichen Gebiet des Hochstifts ausging. Der Herzog klagte natürlich vor dem Reichsgericht, verlor aber den Prozeß bereits nach überraschend kurzer Zeit, was sicherlich auch daran lag, daß der Erzbischof von Mainz das Amt des Reichserzkanzlers bekleidete. Und die Beschwerde beim Kaiser beantwortete jener mit dem Hinweis auf das Urteil des Reichsgerichtes. Und daß nun sein verstoßener Sohn ausgerechnet bei seinem Erzfeind Aufnahme fand, steigerte seinen Zorn noch mehr, zumal er auch davon ausging, daß der Erzbischof die Ehe seines Sohnes mit dieser Bauerndirne nicht nur gutheißen, sondern auch segnen werde, nur um den Herzog zu ärgern.

Friedrich kehrte in den Gasthof zurück. Marion erwartete ihn bereits voller Ungeduld.
„Wie ist die Unterredung mit deinem Vater verlaufen?" fagte sie.
„Nun, es war fast zu erwarten. Er verweigert seine Zustimmung zu unserer Hochzeit, will mich stattdessen mit der Tochter des Grafen von Eberach vermählen."
Marion erschrak.
„Und? Hast du dich dem Willen deines Vaters gebeugt?"
Friedrich lächelte.
„Natürlich nicht. Ich halte mein Wort, das ich dir gegeben habe. Ich werde dich heiraten."
„Und dein Vater?"
„Er hat gedroht mich zu enterben und des Landes zu verweisen, wenn ich mich nicht seinem Willen füge. Und ich werde mich nicht fügen."
„Und was soll aus uns werden?"
Friedrich nahm sie in den Arm.
„Mach dir keine Sorgen. Wir ziehen auf meine Güter im Spessart. Es ist das Erbe meiner Mutter. Er kann sie mir nicht nehmen. Und ich bin ihm auch nicht untertan, denn sie liegen im Kurfürstentum Mainz."
„Und wann werden wir aufbrechen?"
Friedrich wiegte den Kopf.
„Möglichst bald. Mein Vater ist aufbrausend und jähzornig. Blanke Wut überkommt ihn, wenn man sich nicht seinem Willen fügt. Ich bin sicher, er

wird uns nachstellen und nicht lange damit warten."

Marion lächelte.

„Dann ist es wohl besser wenn ich Männerkleidung anlege und auf der Reise mein Schwert bereithalte."

„Auf alle Fälle."

Friedrich überlegte kurz.

„Es ist Eile geboten. Wir werden daher alleine reisen. Meine beiden Reisigen und deine Bauern und Handwerker sind uns nur hinderlich, geraten auch bei einem Überfall in Gefahr. Ich muß Ottokar noch einige Anweisungen geben. Dann brechen wir auf."

Er wies Ottokar an, die Leute nach Burg Rothenstein zu führen, aber einen Umweg zu nehmen, die Straße nach Heidenfeld zu meiden. Er stattete ihn dann noch mit genügend Reisegeld aus.

In der Tat rief der Herzog kurz nachdem Friedrich gegangen war den Ritter Kunz von Waybern zu sich.

„Es handelt sich um eine Angelegenheit von äußerster Dringlichkeit, Herr Kunz", begann der Herzog, „mein Sohn Friedrich weigert sich, die von mir angestrebte Ehe mit der Tochter des Grafen von Escherau einzugehen, will stattdessen eine hergelaufene ostmärkische Bauerndirne heiraten. Das muß unbedingt verhindert werden, zumal ich die Freundschaft und ein Bündnis mit dem Grafen benötige um mein Herrschaftsgebiet zu erweitern."

Kunz spitzte die Ohren.

„Ein Bündnis mit dem Escherauer ? Erweiterung seiner Herrschaft ? Er schielt wohl auf die Grafschaft Henneberg ? Das ist freilich ein gewaltiger Brocken. Dafür geht man schon ein Wagnis ein und schreckt auch nicht vor einem Mord zurück", dachte er, fragte dann mit unschuldiger Miene.

„Und was gedenkt Ihr zu tun ?"

„Nun, mein Sohn will sich auf seine Güter im Spessart begeben, dem Erbe seiner Mutter. Diese liegen im Herrschaftsgebiet des Erzbischofs von Mainz. Dort kann ich nichts gegen die beiden unternehmen. Die Angelegenheit eilt daher."

Kunz runzelte die Stirn.

„Warum ? Ein Meuchelmörder vielleicht ?"

Der Herzog schüttelte den Kopf.

„Nein, das ist zu riskant. Es ist doch das Gebiet des Mainzer Erzschurken. Und wenn ein Anschlag dort mißlingt oder auch ruchbar wird, daß ich damit zu tun habe, dann verfalle ich der Reichsacht. Es muß also unbedingt hier im Herzogtum geschehen. Aber es muß jedes Aufsehen vermieden werden. Es muß auf dem Weg nach Heidenfeld geschehen, nicht hier in der Stadt. Und eine kleine Truppe muß genügen. Nicht mehr als ein halbes Dutzend Männer."

Kunz nickte.

„Ich verstehe."

„Ihr seid der geeignete Mann. Ich verlasse mich auf Euch. Aber bedenkt eines: diese Bauerndirne muß verschwinden bevor sie Heidenfeld erreichen. Aber mein Sohn darf keine Todeswunde erhalten. Ich brauche ihn noch für die Vermählung mit der Grafentochter."

Er schwieg kurz.

„Ist die Bauerndirne erst unter der Erde, so wird er wieder zur Vernunft kommen und sich meinem Wunsch fügen. Ihr versteht? Ansonsten habt Ihr freie Hand."

Kurz nach Mittag verließen Marion und Friedrich Würzburg.

„Wäre es nicht sicherer auf verschlungenen Wegen zu reiten anstatt auf der Handelsstraße", fragte Marion, als sie ein kleines Stück von der Stadt entfernt waren.

„Das habe ich mir auch überlegt", entgegnete Friedrich, „aber es ist doch so: hat mein Vater noch keine Pläne gegen uns geschmiedet, so droht keine Gefahr und jede Vorsicht ist unnötig. Hat er aber bereits einen Anschlag geplant, so werden wir beobachtet und verborgene Pfade nutzen uns dann wenig; im Gegenteil, die Reise dauert länger und gibt Verfolgern mehr Gelegenheiten zu einem Überfall. Es ist also nötig, möglichst schnell, auf dem kürzesten Weg nach Heidenfeld zu gelangen. Wir müssen den Ort noch vor Anbruch der Dunkelheit erreichen."

Marion schwieg eine Weile.

„Ist dein Vater denn so grausam, daß er dich töten will nur weil du die Heirat mit dieser Grafentochter verweigerst."

„Nein, nicht ich bin in Gefahr. Er will dich vernichten um unsere Heirat zu verhindern."

„Mein Gott, er ist ja noch grausamer als der Graf von Györ."

„Wie kann ein Mensch in seiner Verblendung und seinem Haß so weit gehen", dachte Friedrich, er hielt es aber für unzweckmäßig dies laut zu sagen, „er glaubt wohl, ich würde mit Adelgunde von Escherau die Ehe eingehen, wenn er Marion töten läßt. Aber genau das werde ich nicht tun."

Sie bemerkten bald, daß ihnen ein Trupp Reiter folgte. Kunz wußte eine Waldlichtung etwa zweieinhalb Stunden von Würzburg entfernt, die ihm günstig für einen Überfall schien. Er glaubte die beiden ahnungslos, doch die witterten Gefahr, ließen Vorsicht walten, hielten die Reiter hinter ihnen scharf im Auge, obwohl sie auch harmlose Reisende sein konnten, was auf dieser Straße nichts Ungewöhnliches wäre.

„Solange sie hinter uns sind", bemerkte Friedrich, „können wir sie im Auge behalten. Es ist gut, daß wir rasch aufgebrochen sind und so blieb meinem Vater keine Zeit uns Schergen vorauszuschicken. Das wäre fataler, diese könnten uns in einem Hinterhalt auflauern."

„Sie werden uns sicher überfallen", meinte Marion, „aber an einer abgelegenen Stelle, denn sie können keine Zeugen brauchen. Sie wollen uns überraschen, aber wir werden vorbereitet sein."

„Du hast recht, ich kann nichts genaues erkennen, aber es scheint sich nur um eine kleine Truppe zu handeln. Es wird trotzdem schwer werden."

Nach einiger Zeit erreichten sie einen Wald.

„Ein günstiger Ort für einen Überfall?" fragte Marion, „mir scheint, sie kommen näher."

„Ich weiß nicht so recht", erwiderte Friedrich, „die Straße ist recht schmal, eignet sich nicht zum Ansturm. Hier können sie ihre zahlenmäßige Überlegenheit nicht zur Geltung bringen. Aber irgend etwas haben sie vor."

„Vielleicht gibt es eine Stelle, die günstig für einen Überfall ist, eine größere Lichtung vielleicht."

„Das könnte sein. Seien wir also vorsichtig."

„Ich werde auf jeden Fall meinen Bogen bereit halten", Marion lächelte, „es ist ein magyarischer Bogen, beste Arbeit. Er gehörte dem Grafen von Györ."

Die Reiter kamen immer näher. Bald erreichten Marion und Friedrich eine Lichtung. Sie maß etwa vierhundert Schritte im Durchmesser. Marion nahm ihren Bogen zur Hand. Als sie etwa die Mitte erreicht hatten, stürmten die Verfolger aus dem Wald, allen voran Kunz von Waybern. Die beiden wendeten ihre Pferde, Marion legte einen Pfeil auf, spannte den Bogen, zielte sorgfältig, schoß. Kunz sank tödlich getroffen vom Pferd. Friedrich stürmte indessen den Angreifern entgegen, hieb im Nu zwei von ihnen aus dem Sattel. Auch Marion hatte mittlerweile ihr Schwert gezogen, schlug einen weiteren nieder. Ihres Anführers und dreier Kameraden beraubt, flohen die restlichen Schergen. Friedrich stieg vom Pferd.

„Halte dich bereit", sagte er zu Marion, „vielleicht kommen sie noch einmal zurück."

Friedrich untersuchte die am Boden liegenden Angreifer.

„Diesen da", rief er Marion zu, „kenne ich. Es ist Kunz von Waybern, ein Ritter von zweifelhaftem Ruf, aber meinem Vater treu ergeben. Er war für alle schändlichen Aufträge zu haben. Dein Pfeil hat gut getroffen. Er ist mausetot."

„Dann war unsere Vermutung, daß dein Vater uns nachstellen würde also richtig."

„Ja, ohne Zweifel."

Dann untersuchte Friedrich die Kriegsknechte.

„Zwei sind tot, der dritte scheint nur leicht verletzt. Den nehmen wir als Gefangenen mit", entschied Friedrich.

„Und was soll mit den Toten geschehen ?"

„Die lassen wir liegen. Sie behindern uns nur."

Sie brachen auf. Eine gute Stunde nachdem sie den Wald verlassen hatten, lenkte Friedrich sein Pferd nach links von der Straße ab.

„Was gibt es ?" fragte Marion.

„Wir erreichen bald die Grenze des Herzogtums. Üblicherweise befinden sich an den wichtigsten Straßen an den Grenzen Zollhäuser. Es wäre verdächtig, wenn wir mit dem Gefangenen die Grenze passieren wollten."

„Du hast doch sicher einen Plan ?"

„Ja, westlich von hier bildet der Main auf eine längere Strecke die Grenze zum Amt Heidenfeld. Ich kenne eine seichte Stelle, wo wir ihn überqueren können. Ich glaube nicht, daß sie bewacht wird."

Nach kurzer Zeit erreichten sie die Furt, überquerten den Fluß unbehelligt. Sie hielten sich dann nach Norden, erblickten bald das auf der anderen Mainseite liegende Heidenfeld.

„Es gibt hier eine Brücke", bemerkte Friedrich lächelnd, „wir müssen nicht noch einmal durch den Fluß reiten."

Sie begaben sich dann gleich zum Stadtvogt. Der begrüßte Friedrich herzlich, bat ihn von dem Kriegszug zu erzählen. Der antwortete, er werde es gerne am Abend tun, doch vorher sei eine wichtigere Angelegenheit zu erledigen. Er berichtete von dem Streit mit dem Vater und dem Überfall.

„Um diesen Kunz ist es nicht schade", bemerkte der Vogt, „sein schlechter Ruf drang bis hierher."

„Ja, aber ich habe Bedenken", sprach Friedrich, „daß mein Vater behaupten wird, ich habe Kunz überfallen und getötet. Deshalb ist das Geständnis des gefangenen Schergen wichtig. Der Stadtrichter soll es aufnehmen. Und ich bitte Euch es zu beglaubigen. Auch der Stadtpfarrer sollte dies tun."

„Gut, ich werde es in die Wege leiten. Nehmt hier in der Vogtei Quartier. Und wir treffen uns heute Abend beim Wein, wenn es Euch genehm ist."

„Ich möchte aber meine Begleiterin mitbringen. Ich will sie nicht alleine lassen."

Es gab viel zu erzählen. Erst spät begaben sie sich zur Ruhe.

Die Vernehmung des Schergen fand am nächsten Vormittag statt. Gegen das Versprechen freigelassen zu werden, legte er ein umfassendes Geständnis ab. Er brauchte keinem hochnotpeinlichen Verhör unterzogen werden.

Marion und Friedrich ritten am nächsten Tag zum Schloß Rothenau.

„Deine neue Heimat", sagte Friedrich zu Marion als sie ankamen, „ich hoffe du wirst dich hier wohlfühlen und glücklich werden."

„Nun, ich hoffe", erwiderte sie, „du wirst dir in den nächsten Tagen die Zeit nehmen mir meine neue Heimat zu zeigen."

Der Herzog tobte als er vernahm daß der Anshlag mißglückt war. Den Tod von Kunz nahm er nur beiläufig zur Kenntnis. Er war ja auch nur ein Werkzeug gewesen. Als er sich wieder etwas beruhigt hatte, befahl er seinen Hofschreiber zu sich, ließ ihn die Urkunde, welche die Enterbung Friedrichs und seine Verbannung aus Franken beinhaltete, anfertigen. Sie mußte allerdings anschließend zur Beglaubigung an die Reichserzkanzlei nach Mainz gesandt werden. Das wiederum ärgerte natürlich den Herzog.

„Es ist eine Schande, daß ich meine Entscheidung von diesem Erzschurken bestätigen lassen muß", dachte er, „aber es wird ihm nichts anderes übrig bleiben. Schließlich ist es mein Recht meinen Sohn zu enterben und unbotmäßige Personen aus meinem Herzogtum zu verbannen."

Aber dies allein genügte ihm nicht. Er rief die bedeutendsten Rechtsgelehrten des Herzogtums zu sich, beriet mit ihnen, ob es möglich sei, wegen des Mordes an Kunz von Waybern die Verhängung der Reichsacht über Friedrich zu fordern.

„Das wird wenig Aussicht auf Erfolg haben", gab der angesehenste Rechtgelehrte, Magister Justus aus Forchheim zu bedenken, „die Aussagen der entkommenen Söldner werden bei Gericht wenig Gewicht haben. Kein Richter wird glauben, daß Friedrich alleine, nur in Begleitung eines Weibes, Kunz und seine Männer angegriffen hat. Warum sollte er es auch tun ? Er befand sich auf dem Ritt zu seinen Gütern im Spessart. Das war sein gutes Recht. Weshalb hätte ihn Kunz, wenn er ihn zufällig auf dem Wege traf, daran hindern sollen ? Es gab gar keinen Grund für einen Streit."

Der Herzog ließ sich aber nicht beirren.

„Dann überlegt euch einen", brummte er, „strengt euren Verstand an."

Und so entstand eine Anklageschrift, die an den Reichserzkanzler gesandt wurde. Bereits zehn Tage später erhielt er Antwort, die ihn keineswegs befriedigte. Die Klageschrift, hieß es da, sei offensichtlich eine Verleumdung und werde daher abgewiesen. Einer der am Kampf beteiligten Söldner sei verwundet von Friedrich nach Heidenfeld gebracht und dem Stadtvogt übergeben worden. Der habe freiwillig vor dem Stadtrichter gestanden, die Truppe habe unter der Führung von Kunz von Waybern Friedrich und seine Begleiterin an dem bezeichneten Ort mit dem Auftrag überfallen, die Begleiterin zu töten. Wer Kunz diesen Auftrag erteilt hatte, wußte der Söldner allerdings nicht zu sagen. Das Geständnis sei vom Stadtvogt und dem Stadtpfarrer von Heidenfeld eidlich bestätigt und daher glaubwürdig.

Der Herzog schäumte vor Wut, zerriß das Dokument. Als er sich aber wieder beruhigt hatte und zu klaren Denken fähig war, beschloß er die Sache als erledigt anzusehen. Er plante auch keine weiteren Anschläge auf Marion und Friedrich.

„Man geht davon aus, daß Kunz im Auftrag handelte", sagte er sich, „es wird aber mit keinem Wort erwähnt, wer der Auftraggeber gewesen sein könnte. Das ist allerdings nicht schwer zu erraten. Man will also die Angelegenheit auf sich beruhen lassen. Wenn ich nun weiter auf einer Bestrafung meines Sohnes insistiere, dann werden wohl weitere Untersuchungen angestellt und sie werden ergeben, daß ich der Auftraggeber war. Dann droht allerdings mir die Reichsacht. Sei es also ! Ich habe keinen Sohn Friedrich mehr ! Mag ihn der Teufel holen."

Marion und Friedrich erfuhren erst viel später von diesen Vorgängen. Sie waren in jener Zeit damit beschäftigt die Güter kennenzulernen und ein bequemes Wohngemach auf Schloß Rothenau einzurichten. Einige Wochen später vollzog der Stadtpfarrer von Heidenfeld die Trauung.

„Wird es dir nicht zu langweilig hier in den Wäldern zu leben ?" fragte Marion Friedrich eines Abends, „bist du nicht ein Ritter, der zum Streit ausziehen muß ?"

Friedrich lächelte.

„Es gibt Zeiten des Krieges und es gibt Zeiten des Friedens. Und ich denke, vor uns liegt eine Zeit des Friedens und die ist uns willkommen. Wir wollen doch das Leben zusammen genießen, durch die Wälder streifen, auf die Jagd gehen. Ich besitze auch eine große Bibliothek, die ich noch gar nicht gesichtet habe. Wir können uns also auch mit geistigen Dingen beschäftigen. Das möchtest du doch auch, so wie ich dich bisher kennengelernt habe. Und dann müssen wir die Güter verwalten, sie sollen gut bewirtschaftet werden. Auch meine Untertanen sollen menschenwürdig leben können, nicht im Elend dahinvegetieren."

Friedrich lächelte.

„Und du wirst einen großen Teil dieser Arbeit übernehmn müssen."

Marion blickte ihn groß an.

„Du willst doch nicht etwa weggehen, dich auf Kriegsfahrt begeben, einen Kreuzzug in Heilige Land unternehmen ?"

Friedrich lächelte, nahm Marion in den Arm, küßte sie.

„Nein, ich werde nicht weggehen, ich verlasse dich niemals, höchstens für wenige Tage. Der Erzbischof plant, die Ämter Crucwertheim, Heidenfeld, Rothenau und Lare zu einem Oberamt zusammenzufassen. Und er hat angefragt, ob ich das Amt des Oberamtsvogtes übernehmen wolle. Es erfordert einen tüchtigen Mann. Und der tüchtige Mann muß eine tüchtige Frau haben. Du bist doch tüchtig ?"

Fünf Jahre nach den oben geschilderten Ereignissen starb der Herzog, sein ältester Sohn Karl trat die Herrschaft an. Er war streitsüchtig und einfältig, geriet mit den Grafen und den Bischöfen von Würzburg und Bamberg in Konflikt, wurde von letzteren übertölpelt. Diese ließen sich eine Urkunde ausstellen, welche ihre Rechte gegenüber dem Herzog garantieren, aber auch ihre Unterordung unter die Herrschaft des Herzogs festlegen sollte, letzlich aber waren die Punkte so geschickt formuliert, daß ihnen mehr Freiheit und Unabhängigkeit zugestanden wurde, was der Herzog bei der Prüfung des Dokuments vor der Unterzeichnung aber nicht bemerkte. Als er dann gewahr wurde, daß sie ihn betrogen hatten, versuchte er durch Gewalt die Bischöfe wieder unter seine absolute Herrschaft zu zwingen, was aber nicht so recht gelang, da die Kirchenmänner Unterstützung von Seiten zahlreicher Grafen erhielten. Als er schließlich nach nur vier Jahren Regierungszeit starb, bot der Kaiser Friedrich die Herzogswürde an. Dieser lehnte aber ab. Das Land befand sich in Aufruhr und er hatte kein Interesse daran, durch Kriege, die letzlich nur Not und Verwüstung mit sich bringen würden, die Grafen und Bischöfe unter seine Herrschaft zu zwingen um dann als von allen gehaßter Herzog zu regieren. So wurde das Herzogtum, für das sein Vater sein Leben lang gekämpft hatte, in zahlreiche kleine Territorien aufgeteilt.

Martha

Die Gepiden umzingelten das Awarenlager im Morgengrauen und griffen auf ein Zeichen ihres Herzogs an. Nur wenige Awarenkrieger stürzten aus den Zelten hervor um Widerstand zu leisten. Einer von ihnen, ein großer breitschultriger Mann mit bereits grauen Haaren, erhob angesichts der Übermacht die Hand.

„Haltet ein !" rief er mit lauter Stimme, „wir ergeben uns."

Herzog Ardarich gebot seinen Männern die Waffen zu senken und schritt auf den Mann zu.

„Wer seid Ihr ?"

„Mein Name ist Boros. Ich bin der Stammesfürst der Movasier. Ich bin der Befehlshaber des Lagers. Der König hat nur wenige Krieger zum Schutz zurückgelassen als er in die Schlacht zog. Es befinden sich fast nur in Waffen ungeübte Diener und Frauen hier."

„Und ich bin Herzog Ardarich, der Heerführer Kunimunds, des Königs der Gepiden. Euer Heer wurde geschlagen. Die Übriggebliebenen flohen nach Norden. Das Lager ist nun unser Eigentum."

„Ihr könnt uns töten oder uns in die Sklaverei führen, unsere Zelte rauben, die uns Schutz gegen Kälte und Unwetter geben oder auch unsere Nahrungsmittelvorräte, aber Ihr werdet hier nichts Wertvolles finden."

„Wir haben nicht vor euch niederzumetzeln oder den Awarenfraß zu stehlen, den ohnehin kein Gepide essen mag. Wir sind ein zivilisiertes Volk und kein Barbaren wie ..."

Ein Schrei hinter seinem Rücken ließ ihn seine Rede abbrechen und sich umdrehen. Er erblickte einen Mann mit einem blutigen Armstumpf, der niedersank; die Hand lag vor ihm, sie umklammerte noch ein Messer. Daneben stand, von seinen Männern umringt, eine Frau, die ein blutiges Schwert hielt.

„Was hat das zu bedeuten ?" fragte der Herzog in die Runde.

Die Männer schwiegen.

„Er wollte Euch ermorden Herr", sagte die Frau schließlich, „er ist der jüngste Bruder des Awarenkönigs."

Ein kurzen Schweigen trat ein.

„Es ist mein Schwert", meldete sich dann ein Ritter zu Wort, „sie hat es mir aus der Scheide gezogen, mir, einem Edelmann. Das ist eine tödliche Beleidigung. Ich verlange, daß sie, unseren Gesetzen entsprechend, gehängt wird."

Der Herzog blickte ihn scharf an.

„Wer seid Ihr ?"

„Ich bin Sigurd von Berningen", lautete die stolze Antwort.

„So ?" entgegnete der Herzog, „und warum habt Ihr das Schwert nicht geführt und Euren Herrn beschützt wie es Eure Pflicht ist ? Ihr habt wohl geschlafen und wollt nun die Frau töten, die wachsam war und die Gefahr erkannte um eure eigene Schmach zu vertuschen."

Der Ritter ging nicht auf die Worte des Herzogs ein,

„Es ist ein todeswürdiges Verbrechen einem Ritter das Schwert zu stehlen."

Der Herzog lächelte.

„Sie hat es nicht gestohlen, es lediglich an Eurer Stelle geführt. Es diente dem höheren Zweck, das Leben des Herzogs zu schützen. Das Gesetz gilt nicht in diesem Falle."

„Das spielt keine Rolle, es war eine todeswürdige Beleidigung eines Ritters. Sie verdient den Tod", beharrte Sigurd.

Der Herzog schwieg kurz.

„Gut, darüber wird das Gericht der Grafen befinden. Vor dem müßt Ihr sie anklagen. Ich werde es einberufen, wenn wir wieder in unserem Lager sind. Aber zuvor und zwar sofort müßt Ihr mir Genugtuung leisten. Mit Eurer Forderung stellt Ihr Eure Ehre über das Leben Eures Herrn, des Herzogs. Das ist eine schwere Beleidigung."

Er nahm seinen linken Handschuh, schlug ihn dem Ritter ins Gesicht. Die Umstehenden blickten starr. Es war Sitte, zur Ansagung einer Fehde, dem Gegner den rechten Handschuh ins Gesicht zu schlagen. Mit der Verwendung des linken Handschuhs drückte der Herzog nun eine besondere Verachtung des Gegners aus. Dies durfte Sigurd auf keinen Fall hinnehmen.

„Nun, seid Ihr bereit ?" meinte der Herzog.

Von Berningen blickte ihn groß an, schwieg.

„Nun gut, wenn Ihr die Genugtuung verweigert, seid Ihr ein ehrloser Feigling und habt kein Recht mehr Anklage zu erheben."

„Nein", antwortete der Ritter mit zitternder Stimme, „ich bin bereit."

Ein kurzer Kampf entspann sich; dann schlug der Herzog den Ritter nieder. Der verstarb. Der Herzog blickte nun in die Runde seiner Männer.

„Es ist kein Ankläger mehr vorhanden. Und da es eine persönliche Angelegenheit Sigurd von Berningens war, darf unseren Gesetzen entsprechend, niemand stellvertretend für ihn Anklage erheben. Ein Gericht erübrigt sich daher."

Der Herzog rief einen Knappen herbei, befahl ihm die Frau zu versorgen. Dann wandte er sich an seine Grafen.

„Ihr habt gehört, das Lager gehört uns. Graf Anselm wird mit der Hälfte der Männer das Lager durchsuchen. Alles, was wertvoll erscheint dürft ihr einsammeln. Um es zu verpacken, nehmt Zeltplanen. Verladet die Beute dann auf Pferde. Diese stehen allerdings dem Herzog zu, die restliche Beute wird dann im Lager verteilt. Auch die Zurückgebliebenen sollen ihren Anteil haben. Ihr habt Zeit bis zum Mittag. Graf Armin wird mit der anderen Hälfte der Männer Wache halten."

„Warum, Herr ?" fragte dieser.

Der Herzog lächelte.

„Nun ja, Ihr seid noch jung und unerfahren. Ich denke aber, die Awaren werden uns beobachten und einen günstigen Augenblick zum Angriff und zur Rache für ihre Niederlage erkunden. Dies wird sein, wenn wir mit dem Plündern beschäftigt sind."

„Aber das Heer ist doch nach Norden entflohen", wandte der Graf ein, „ich halte es nicht für wahrscheinlich, daß sie zurückkommen werden."

„Ich auch nicht", belehrte ihn der Herzog, „aber Euch fehlt noch viel um ein guter Feldherr zu sein. Der größte Fehler, den man begehen kann, ist der den Gegner zu unterschätzen. Man muß ihm jede Tücke zutrauen und entsprechende Vorkehrungen treffen. Sie mögen unnötig sein und Aufwand bedeuten. Aber was bedeutet dies im Vergleich mit der Gefahr, die droht, wenn sie nicht unnötig sind. Befolgt also meine Befehle gewissenhaft."

Er befahl dann, die beiden Leichen, die des Ritters und die des Meuchelmörders, der mittlerweile verblutet war, wegzuschaffen und zu verscharren. Die gefangenen awarischen Krieger und die Diener wurden gefesselt.

Nachdem er seine Anweisungen gegeben hatte, begab sich der Herzog zu der unbekannten Frau.

„Ich danke dir zutiefst. Deine Wachsamkeit und dein mutiges Eingreifen haben mir das Leben gerettet. Das werde ich dir nie vergessen."

„Nein, Herr", antwortete die Frau, „ich habe Euch zu danken. Ihr habt mich aus den Klauen der Awaren befreit. Sollte ich nun tatenlos zusehen wie Ihr ermordet werdet ? Das wäre ein schlechter Dank gewesen."

„Du sprichst unsere Sprache ? Wie ist dein Name ?"

„Selbstverständlich, Herr. Ich bin Gepidin und heiße Martha. Unser Dorf wurde vor drei Jahren von einer Horde Awaren überfallen und ich wurde verschleppt. Der Anführer verkaufte mich an einen Grundherren, der hieß Boros. Dem mußte ich dann dienen. Es war kein schwerer Dienst, ich mußte die Hühner und Gänse versorgen, in der Küche aushelfen und ihm nachts zu Willen sein, aber nur gelegentlich, denn er hatte bereits zwei Mätressen, die er mir vorzog. Dafür gab er mich gerne seinen Gästen zur Befriedigung ihrer Bedürfnisse."

„Das war sicherlich eine schlimme Zeit für dich, aber jetzt bist du frei."

„Frei sein, Herr, was bedeutet das ? Unser Dorf wurde niedergebrannt, die Bewohner ermordet oder verschleppt. Dorthin kann ich nicht zurück. Wo soll ich hingehen ? Und ich habe nichts außer den Fetzen, die ich am Leibe trage."

„Du mußt dir keine Gedanken machen. Ich werde dich mitnehmen und für dich sorgen. Ich schenke dir eines meiner herzoglichen Güter, aus dessen Einkünfte du deinen Lebensunterhalt bestreiten kannst."

„Was soll ich mit einem Gut, Herr ? Ich bin nur ein einfaches Bauern- mädchen. Ich kann es weder bewirtschaften noch verwalten."

„Mache dir deswegen keine Sorgen. Du scheinst klug zu sein und wirst sicherlich lernen, was notwendig ist. Bis dahin werden Bewirtschaftung und Verwaltung durch die herzoglichen Vögte erfolgen, wie bisher."

Ein Alarmruf unterbrach das Gespräch.

„Reiter am Horizont !" wurde gemeldet.

Der Herzog eilte zu Graf Armin.

„Wie Ihr vermutet habt, Herr", meinte dieser, „es scheint, die Awaren bereiten einen Überfall vor."

„Sammelt Eure und Graf Anselms Männer. Wir postieren uns hinter den Zelten und greifen sie an, wenn sie nahe genug heran sind. Das wird sie überraschen."

Der Befehl wurde ausgeführt. Als sich die Awarenhorde auf etwa fünf- hundert Schritt genähert hatte, stürmten die gepidischen Reiter auf sie zu. Es entspann sich eine kurze, heftige Schlacht, in der die meisten Awaren getötet wurden. Der Rest floh. Die Gepiden erlitten nur geringe Verluste. Als sie zum Lager zurückkehrten, stürzte ihnen der Knappe des Herzogs blutüberströmt entgegen.

„Die Gefangenen haben sich befreit und die zurückgebliebenen Wachen erschlagen."

„Wie konnte das passieren ?" fragte der Herzog.

„Die Weiber haben ihnen heimlich die Fesseln gelöst und ihnen Waffen zugesteckt. Die Frau haben sie auch verschleppt."

Der Herzog zögerte keinen Augenblick; begleitet von seinen besten Rittern sprengte er seiner Truppe voran. Die Awaren hatten mittlerweile Martha die Kleider vom Leibe gerissen, sie an einen Baum gebunden und begonnen sie auszupeitschen. Ein Pfeil tötete den Henkersknecht, die Umherstehenden wurden von den wutentbrannten Gepiden im Nu niedergemacht. Der Herzog befreite die wimmernde Martha, besah ihren Rücken, nahm sie in die Arme, tröstete sie.

„Du brauchst keine Angst mehr zu haben. Wir sind ja rechtzeitig gekommen. Die Striemen sind sicher schmerzhaft, aber keine ernsthafte Verletzung."

„Vielen Dank, Herr. Sie hatten ja auch gerade erst begonnen. Ich habe nur wenige Hiebe erhalten. Sie wollten mich zu Tode peitschen als Vergeltung für die Ermordung des Königsbruders, wie sie es nannten."

Der Herzog streifte ihr seinen Umhang über.

Inzwischen war die Truppe herangekommen. Der Herzog versammelte die Grafen.

„Ich wollte großmütig sein, Gnade walten lassen. Aber sie haben es nicht verdient. Sie hatten sich ergeben und dann die erste Gelegenheit genutzt um sich wieder gegen uns zu erheben. Das ist Verrat. Die überlebenden Männer werden gehängt. Es ziemt sich aber nicht Frauen zu töten, obwohl sie es wegen ihres Verrates verdient hätten. Ihr könnt daher von den Weibern die nehmen, die euch gefallen. Aber ich rate es euch nicht. Hütet euch davor, dieses heimtückische Gelichter in euer Haus zu holen. Gott mag über sie richten. Nehmt euch aus dem Lager, was euch gefällt, zündet dann die Zelte an und verbrennt alles. Sollen sie zusehen, wo sie bleiben. Wenn Gott ihnen gnädig ist, wird er ihnen Nahrung geben, ansonsten sollen sie eben verschmachten. Vielleicht gibt ihnen auch der Teufel Unterkunft und Nahrung."

Die Befehle wurden ausgeführt. Gegen Mittag verließen die Gepiden das brennende Lager.

Martha hatte sich am Durchstöbern der Zelte beteiligt und einige passende Kleider gefunden. Die Schmerzen waren mittlerweile abgeklungen. Sie konnte reiten, erhielt ein Pferd.

Zwei Stunden später erreichten die Gepiden ihr Feldlager. Auch dies war von den Awaren attackiert worden, aber auch hier waren sie unter großen Verlusten zurückgeschlagen worden und geflüchtet.

Der Herzog wies Martha einen Schlafplatz in seinem Zelt zu, befahl dann einem Knappen ihr Essen und Trinken zu bringen. Dann begab er sich zur Beratung zu seinen Grafen.

Martha war von den Ereignissen des Vormittags noch stark mitgenommen, fühlte sich erschöpft, setzte sich nach dem Essen vor dem Zelt in die Sonne, döste vor sich hin. Sie versuchte über das Vergangene nachzudenken, sich ein Bild von der Zukunft machen, die sie erwartete, konnte aber keine klaren Gedanken fassen.

Am späten Nachmittag kehrte der Herzog zurück.

„In der Nähe liegt ein kleiner See, ich werde jetzt dort ein Bad nehmen. Komm mit, ich denke, ein Bad wird dir jetzt auch gut tun."

Martha zögerte. Der Herzog lächelte.

„Du brauchst keine Angst vor vielleicht noch umherstreifenden Awaren zu haben. Ich habe genügend Wachen aufgestellt."

Nach dem Bad legte sich der Herzog nahe am Ufer ins Gras in die Sonne.

„Leg dich zu mir, wir lassen uns in der Sonne trocknen."

Martha zögerte.

„Du brauchst keine Angst zu haben, ich werde dich nicht mißbrauchen. Das wäre ein schlechter Lohn dafür, daß du mich gerettet hast und obendrein ehrlos", meinte er lächelnd, „aber, in der Tat, du bist hübsch, du gefällst mir. Und vielleicht werden wir eines Tages auch miteinander schlafen. Aber dann wirst du meine Herzogin sein."

„Eure Herzogin ?" verwunderte sich Martha, „Ihr treibt Euren Scherz mit mir."

„Ich scherze nicht, niemand kann die Zukunft vorhersagen", lautete die Antwort, „du bist eine gute Schwimmerin. Woher kommt das ?"

„Früher sind wir oft zum Schwimmen in den kleinen Weiher nahe unseres Dorfes gegangen", Martha lächelte, „der Pfaffe hat deswegen oft geschimpft, sagte, es wäre sündhaft, nackt zu baden. Wir haben ihn ausgelacht. Dann hat er uns mit der Hölle gedroht. Da haben wir noch mehr gelacht, ihm gesagt, es gebe gar keine Hölle. Großmutter erzählte mir einmal, das hätte man sich nicht trauen dürfen als sie jung war. Damals sei das Wort des Pfaffen fast wie ein Gesetz gewesen und der Dorfbüttel hätte auf dessen Anordnung jedem zehn Stockhiebe verabreicht. Aber der Vater König Kunimunds hat das verboten, weil er für den Pfaffenunsinn nichts übrig hatte. Aber dann sagten die Pfaffen, die Überfälle der Awaren seien die Strafe Gottes für unser sündiges Verhalten. Ist das so ?"

Der Herzog schüttelte den Kopf.

„Die Awaren sind ein wildes Volk aus dem Osten. Der König schloß Verträge mit ihnen, zahlte sogar Tribut. Doch sie sind falsch und hielten nach einigen Jahren ihre Versprechungen nicht mehr, überfielen unsere Dörfer an der Grenze. Daher beauftragte mich der König, diesen Feldzug zu unternehmen um sie zu strafen und ihren Räubereien ein Ende zu bereiten. Glaubst du, wir hätten gesiegt, wenn sie Gottes Geißel zur Bestrafung unserer Sünden wären? Nein, glaube mir, die Pfaffen drehen alles so hin wie es ihnen nutzt. Sie belügen die Menschen um ihnen Angst zu machen und dadurch Macht über sie zu gewinnen. Deswegen hat der damalige König auch ihren Einfluß beschnitten und sein Sohn hat dieses Werk fortgesetzt. Einige Herzöge, die unter dem Einfluß der Pfaffen stehen, mißbilligen das. Aber ich stehe auf der Seite des Königs. Ich will in meinem Herzogtum keine Zustände wie sie bei den Markomannen herrschen, wo Männer als Ketzer hingerichtet werden, weil sie den Pfaffen widersprechen und Frauen, die ihnen nicht zu Willen sind, als Hexen verbrannt werden. In diesem Land herrscht Angst im Volk und viele fliehen über die Grenze zu uns."

Sie schwiegen eine Weile.

„Verzeiht mir, Herr, meine Frage", begann nun Martha, „ich möchte Euch nicht beleidigen, aber war es wirklich notwendig mit dem Ritter zu kämpfen und ihn zu töten?"

Der Herzog blickte sie ernst an.

„Auch ein Herzog ist nicht allmächtig, auch er muß die Sitten seines Volkes und die Gesetze seines Landes beachten, ansonsten sind die Grafen und die Ritter nicht mehr an ihren Treueeid gebunden. Und von der Form her war Ritter Sigurd im Recht. Kein Mann edler Gesinnung hätte es ihm aber übelgenommen, wenn er auf eine Bestrafung verzichtet hätte und ebenso hätte kein ehrbarer Ritter auf einer Anklage bestanden. Doch Sigurd war hochmütig. Und ich fürchtete, die Grafen hätten das ausgenutzt um mir gegenüber ihre Macht zu zeigen und das Urteil wäre gegen dich ausgefallen. Es ging gar nicht um dich. Auch bin ich sicher, daß mir keiner der Grafen und Ritter glaubte, daß ich mich durch Sigurds Verhalten beleidigt fühlen mußte, sondern daß dies nur ein Vorwand war und ich in Wirklichkeit dich unter meinen Schutz nahm. Aber das wiederum durfte ich nicht als Grund für die Herausforderung angeben."

„Ihr hättet getötet werden können, wegen einer einfachen Bauernmagd. Wäre das nicht ein sinnloser Tod gewesen?"

Der Herzog streichelte ihr über den Kopf.

„Nein, so sehe ich das nicht. Natürlich hätte ich im Kampf unterliegen und sterben können. Aber manchmal hat ein Mann keine andere Wahl. Ohne deine mutige Tat hätte mich der Aware ermordet. Sollte ich nun zusehen, wie meine Retterin gerichtet wird ? Nein, das hätte mir die Ehre geraubt, mich gedemütigt. Ich hätte vor mir selbst nicht bestehen, nicht mehr Herzog sein können, sondern fortan als Heimatloser wie ein Geächteter durch die Welt ziehen müssen. Denn kein Adeliger hätte mich mehr als Herzog ernst genommen und sich unter meinen Befehl gestellt. Und das Volk hätte auf den Jahrmärkten meiner gespottet. Es gab keine andere Wahl."

Martha schwieg. Sie war zwar nur eine dumme Bauerntochter, aber dennoch glaubte sie den Worten des Herzogs nicht so recht. Das einfache Volk galt wenig. Und keiner der Großen hätte es ihm übelgenommen wenn er sie geopfert hätte. Es war etwas anderes, was ihn bewogen hatte. Sie spürte, daß er eine gewisse Zuneigung zu ihr empfand, die er ihr aber nicht gestehen wollte. Ihr fiel seine Bemerkung ein, daß er mit ihr schlafen wolle, wenn sie seine Herzogin sei. Warum hatte er das gesagt ? Sie war ihm untertan und er konnte jederzeit über sie verfügen. Der Herzog weckte sie aus ihren Gedanken.

„Die Sonne hat uns getrocknet. Wir sollten uns ankleiden und ins Lager zurückgehen. Es ist auch Zeit für das Abendbrot."

Sie speisten zusammen. Allmählich wurde es dunkel. Sie saßen noch eine Weile am Feuer zusammen. Der Herzog hatte sie gebeten, aus ihrem bisherigen Leben zu erzählen. Er schwieg die meiste Zeit, stellte nur ab und zu eine Frage. Dann begaben sie sich ins Zelt.

Die Ereignisse des Tages hatten sie aufgewühlt. Sie fand keine Ruhe. Der Herzog merkte das.

„Komm her zu mir, schmieg dich an mich. Das wird dir gut tun."

Sie gehorchte. Und in der Tat beruhigte sie sich bald und schlief ein.

Am nächsten Morgen brach das Heer auf. Martha sah Ardarich tagsüber nur wenig, lediglich am Abend beim Essen und hinterher im Zelt. Er war stets sehr freundlich zu ihr, unternahm aber keine Versuche sie anzurühren. Das befremdete sie einerseits, war er doch ein Mann, ein hoher Herr, sie aber nur eine einfache Bauernmagd, die ihrem Herren in allem zu Diensten sein mußte. Warum forderte er es nicht von ihr ? Sie hätte ihm doch ihre Gunst, wenn auch nicht aus Liebe oder Leidenschaft, sondern zur Erfüllung ihrer Pflicht ihm gegenüber gewährt. Andererseits rechnete sie ihm sein

Verhalten, daß er sie nicht wie eine Dirne behandelte, hoch an.

Wenige Tage später löste der Herzog das Heer auf. Die Führer der einzel-
nen Truppenteile, meist Grafen, führten ihre Mannen in ihre Heimatgebiete
zurück. Begleitet von wenigen Getreuen zog der Herzog nach seiner
Stammburg. Er hatte nun mehr Zeit für Martha, führte lange Gespräche mit
ihr während sie nebeneinander herritten, sie saßen auch abends am Feuer
zusammen. Dem Herzog gefiel Martha immer mehr. Sie wirkte aufge-
weckt, intelligent, wenn auch ungebildet.

„Aber das läßt sich ändern", dachte Ardarich.

Martha dachte noch immer darüber nach, warum dieser Mann sein Leben
für sie eingesetzt hatte. Sie war doch nur eine einfache Bauerntochter.

„Du fragtest, warum ich Sigurd von Berningen zum Kampf forderte",
antworte er als sie ihn abends deswegen ansprach, „nun, ich sagte es
bereits, es ging um meine Ehre. Konnte ich zulassen, daß die Frau, die mir
das Leben rettete, getötet wird ? Nein, das gräfliche Gericht war mir zu
unsicher. Aber es war nicht nur dies. Ich tat es auch um meine Authorität zu
demonstrieren. Ein Gepidenherzog muß hart sein, manchmal grausam. Aber
das ist notwendig um die Grafen und die Rtter unter seinen Willen zu
zwingen. Und koste es sein Leben. Wir sind von feindlichen Völkern
umgeben, im Osten sitzen die Awaren, im Westen die Langobarden, im
Süden liegt das Reich des Kaisers von Konstantinopel. Und wenn wir nicht
stark und einig sind, dann wird unser Reich vernichtet. Nur die
Markomannen im Norden sind uns freundlich gesinnt. Aber sie sind
schwach und untereinander zerstritten. Ein Bündnis mit ihnen würde uns
nicht helfen, zumal sie selbst von den Sachsen bedroht werden. Ein
Bündnis würde uns daher eher in einen Krieg hineinziehen, den wir nicht
bestehen können. Die Awaren haben wir zwar besiegt, aber der Sieg wird
nicht auf Dauer sein. Sie werden wiederkommen, in ein paar Jahren, wenn
sie sich von ihrer Niederlage erholt haben. Die größte Gefahr bedeuten aber
die Langobarden. Sie sind ein treuloses und tückisches Volk. Wir mußten
oft Händel mit ihnen austragen. Wir haben zwar im Bund mit ihnen vor
Jahren die Awaren zurückgeschlagen als diese aus dem Osten
heranstürmten. Aber der Bund wurde nicht aus Freundschaft geschlossen,
sondern aus Notwendigkeit. Auch sie fürchteten die Awaren. Nun haben sie
beschlossen nach Italien zu ziehen um die Gebiete der Ostrogoten in Besitz
zu nehmen, an deren Vernichtung sie sich als Bundesgenossen des Kaisers
von Konstantinopel beteiligten. Aber ich bin sicher, das genügt ihnen nicht
und sie schmieden bereits Händel gegen uns, mit den Franken, dem Kaiser

von Konstantinopel und sogar den Awaren. Sie wollen Besitz von unseren Silber- und Erzbergwerken ergreifen."

Nach wenigen Tagen erreichten sie die Herzogsburg. Martha erhielt eine bequeme Kammer, soweit die Gepiden Bequemlichkeit kannten. Eine Dienerin zeigte ihr die Burg und ihre Einrichtungen, brachte ihr auch das Essen. Den Herzog sah sie nicht. Nach drei Tagen bestellte er sie dann zu sich.

Martha betrat das herzogliche Kabinett.

„Ihr habt mich einbestellt, Herr."

„Ja, ich habe dir versprochen, dich im Lesen, Schreiben und anderen Künsten und Wissenschaften unterrichten zu lassen. Und nun möchte ich dir deine Lehrerin vorstellen."

Er wies auf eine ältere Frau, die neben seinem Schreibpult saß.

„Sie heißt Elisabeth. Sie ist unsere gelehrte Frau. Kein Mann im Schloß kommt ihr gleich. Sie unterstützt mich auch in der Verwaltung des Herzogtums, pflegt auch unsere Bibliothek."

Martha trat vor sie hin, verneigte sich, nannte ihren Namen.

„Mache keine Umstände, Kind", entgegnete diese, „nenne mich einfach Elisabeth. Und ich werde Martha zu dir sagen."

Der Herzog lächelte.

„Gut, ich lasse euch dann allein. Lernt euch erst einmal kennen."

Er verließ den Raum.

„Gehen wir ins Nebenzimmer. Dort gibt es eine bequeme, gepolsterte Bank. Dort können wir angenehmer miteinander plaudern."

Nachdem sie sich dort niedergelassen hatten, begann Elisabeth zu reden.

„Nun ja, mein Kind. Du hast gehört, ich bin die gelehrte Frau. Weißt du, ich bin keine Gepidin, sondern Tochter eines markomannischen Grafen. Sie steckten mich bereits als Kind in ein Kloster, wo ich in allen Wissenschaften unterrichtet wurde. Das gefiel mir, ich sog alles in mich auf. Aber je älter ich wurde, desto mehr stießen mich die Regeln, die strenge Disziplin, die Unfreiheit ab. Ich lernte aus den Büchern viel über das Leben und die Natur, ohne hinter den Klostermauern etwas davon zu erleben. Dort herrschten nur Zwang und Kargheit. Der Glaube beschränkte sich auf das Heruntersagen von Gebeten mehrmals am Tag. Das waren Riten, die ich umso sinnloser empfand, je öfter ich sie wiederholen mußte. Das war doch ein Versagen jeder Lebensfreude. Ich fragte mich, hat uns Gott erschaffen, damit wir unsere Tage mit Beten hinter Kerkermauern und mit dem Lernen von Dingen zu denen unser Leben niemals einen Bezug haben würde, verbringen sollen ? Wozu hat er die Natur erschaffen, die Menschen, die Tiere, die Wälder, die Flüsse, wenn es uns versagt ist, diese Dinge zu sehen, zu erleben, zu genießen, wir uns statt dessen von ihnen abwenden und fernhalten müssen ? Sollte das Gottes Wille sein ? Nein, ich sah in diesem Leben keine Gottgefälligkeit, keine Hinwendung zu ihm, sondern eine Abwendung. Ich konnte mir nicht vorstellen, daß es Gott gefällt, wenn wir ihm ständig die gleichen Gebete entgegenschleudern, hinter denen keine Inbrunst und kein Glaube mehr steckt, sondern nur Leere. Und so entfloh ich eines Tages. In meiner Heimat konnte ich nicht bleiben. Dort hätte man mich als entlaufene Nonne auf dem Scheiterhaufen verbrannt. Und so ging ich ins Gepidenreich. Es war eine schwierige Zeit. Oft mußte ich betteln und unter freiem Himmel schlafen. Schließlich gelangte ich in die Residenzstadt und fand bei einer Marktfrau Unterkunft. Ich half ihr bei der Arbeit am Marktstand, aber bereits nach wenigen Tagen kam ich mit einer Bediensteten des Herzogs, die bei uns einkaufte, ins Gespräch, erwähnte dabei, daß ich Kloster neben meinen Studien in der Küche gearbeitet hätte und daher Kochen könne. 'Eine gute Köchin können wir gebrauchen', antwortete die Bedienstete darauf und sie versprach mich dem Hofmarschall zu empfehlen. Das tat sie dann auch und ich erhielt eine Anstellung in der Herzogsburg in der Küche. Ich lebte mich gut ein, erfuhr dann auch, daß der Herzog über eine große Bibliothek verfügte und sehr oft Gelehrte und Studenten sich auf der Burg einfanden um sie zu nutzen. Ich fragte den Hofmarschall, ob ich das auch dürfe. Er war mir wohlgesonnen, wunderte sich allerdings zunächst über mein Anliegen. Nachdem ich ihm aber meine Geschichte erzählt hatte, versprach er mir, sich beim Herzog, dem Vater des heutigen Herzogs, für mich einzusetzen. Und in der Tat, wenige Tage später überreichte er mir das Erlaubnisschreiben. Von da an suchte ich die Bibliothek in meiner freien Zeit sehr oft auf. Meist war ich alleine, gelegentlich traf ich einen fremden Studenten oder Gelehrten, mit dem ich mich unterhalten konnte. Eines Tages erschien der Herzog. Er war zunächst verwundert eine Küchenmagd in seiner Bibliothek anzutreffen, doch konnte ich ihm das Erlaubnisschreiben vorzeigen, was ihn freundlich stimmte. Er war erstaunt über mein Wissen, meinte dann: 'Eine so gelehrte Frau wie du sollte ihr Leben nicht als Küchenmagd zubringen. Ich habe einen Sohn, der ist jetzt acht Jahre alt und es wird Zeit ihn zu unterrichten. Nun, ich denke du wirst die geeignete Lehrerin für ihn sein.' Ich gewann den Knaben lieb, und er sah mich auch bald als Mutter an, da seine leibliche Mutter zwei Jahre zuvor verstorben war."

Sie lächelte.

„Das ist mein Leben. Seitdem bin ich hier. Vielleicht solltest du noch eines Wissen. Nach einiger Zeit warb der Hofmarschall um mich und wir heirateten. Unsere Ehe blieb allerdings kinderlos und mein Gatte starb vor drei Jahren. Nun, und da ich keine eigenen Kinder habe, ist der Herzog noch heute für mich wie ein Sohn. Ich kann in sein Herz sehen und weiß, was er für dich empfindet, auch wenn er mir bisher nichts gesagt hat. Und daher werde ich für dich wie eine Mutter sein."

Martha fand rasch Zuneigung zu Elisabeth. Sie blieb aber zurückhaltend, fühlte sich in ihrer neuen Umgebung unsicher. Den Bediensteten war natürlich bekannt, daß sie die Gunst des Herzogs genoß. Und sie waren daher stets bemüht ihr zu Diensten zu sein, ihre Wünsche zu erfüllen. Für die Bauerntochter war dieses Verhalten etwas Ungewohntes, etwas Fremdes und bereitete ihr daher Unbehagen. Der Herzog war von seinen Pflichten in Anspruch genommen, sie sah ihn tagsüber nicht sehr oft, abends speiste er allerdings regelmaßig mit ihr und Elisabeth, die sehr beredt war, sich mit dem Herzog über viele Dinge unterhielt, von denen Martha nichts verstand. Sie schwieg daher meist. Elisabeth bemerkte dies gleich zu Beginn des Unterrichtes, machte ihr klar, daß sie keine Dienstmagd sei, sondern eine Frau, welche die Zuneigung und die Achtung des Herzogs besitze. Sie brauche daher keine Scheu vor dem Dienstgesinde haben, dessen Verhalten ihr gegnüber nur ihre Stellung am herzoglichen Hof widerspiegele. Elisabeth mußte Geduld aufwenden, dies einige Male wiederholen, bevor Martha es wirklich richtig verstand. Dann entwickelte sie aber rasch eine Selbstsicherheit, die ihr Elisabeth nicht zugetraut hätte. Auch im Unterricht machte sie große Fortschritte, denn sie verfügte über einen wachen Verstand und eine rasche Auffassungsgabe. Sie lernte schnell, bald konnte sie sich an den abendlichen Gesprächen beteiligen.

Und so fand sich Martha bald in der neuen Umgebung zurecht, wurde sich ihrer Stellung bewußt, handelte entsprechend. Sie drückte ihre Wünsche bestimmt aus, blieb jedoch liebenswürdig, vermied es die Bediensteten durch ihr Verhalten zu erniedrigen oder herablassend zu behandeln.

Sie spürte auch, daß der Herzog sie liebte, erkannte aber auch, daß er eine Gefährtin wünschte, die ihm ebenbürtig war, vertiefte sich daher in ihre Studien um möglichst viel Wissen zu erlangen. Elisabeth merkte dies sehr bald, denn Martha überhäufte sie mit Fragen, so daß sie sich schließlich beim Herzog beklagte.

„Was für eine Schülerin habt Ihr mir da gegeben ! Sie fragt und fragt und

fragt ! Sie will wissen, wieviele Sterne es am Himmel gibt, warum es im Sommer warm, im Winter jedoch kalt ist, wie es am Rande der Erdscheibe aussieht und und wohin man fällt, wenn man den Rand überschreitet. Und dabei hat sie spitzbübisch gelächelt und dann angeführt, sie habe in einem Buch gelesen, ein griechischer Gelehrter habe bereits vor tausend Jahren gezeigt, die Erde sei gar keine Scheibe, sondern eine Kugel. Ich sagte ihr, dann müßten wir ja schräg auf der Erde stehen und immer in der Gefahr stehen zur Seite hinzufallen. Und auf der anderen Kugelhälfte könnte nichts existieren, da alles in den Himmel fallen würde. Sie lachte dann, sagte, nein, das sei nicht so, es gebe eine Erdkraft, die auf uns alle wirkt, so daß wir nicht schräg stehen müssen und die Menschen auf der unteren Kugelhälfte nicht in den Himmel fallen. Wegen der Wirkung der Erdkraft fällt ja auch alles zu Boden und ein Stein, den wir werfen, kehrt zur Erde zurück. Und dann sagte sie, der Grieche habe auch den Umfang der Erd-kugel berechnet. Auf einem schnellen Pferd brauche man tausend Tage um die Erde zu umreiten. Dabei lachte sie wiederum und meinte, das sei natürlich nicht möglich, weil weite Meere zu überqueren seien, die zwischen dem festen Land liegen und die könnten nicht von einem Pferd durchschwommen werden. Ein andermal führte sie an, auf der unteren Kugelhälfte lebten Menschen mit schwarzer Hautfarbe. Die Ägypter und Araber zögen dorthin, um die Menschen einzufangen und sie auf den Märkten in Syrien, Palästina und Ägypten als Sklaven zu verkaufen."
„Menschen mit schwarzer Hautfarbe gibt es jedenfalls. Ich war in jungen Jahren einmal in Konstaninopel und habe dort welche gesehen. Und man erzählte dort auch, weit im Osten liege in Land, dessen Bewohner eine gelbe Hautfarbe hätten."
„Und wozu sollte das gut sein ?"
„Das weiß ich doch nicht. Jedenfalls hat Gott das so eingerichtet. Und kennen wir Gottes Ratschlüsse ?"
„Nein, die kennt nicht einmal der Papst in Rom, auch wenn die Pfaffen dies behaupten."
Sie holte tief Luft.
„Aber das ist noch nicht alles. Sie behauptet sogar, nicht der Himmel mit Sonne, Mond und Sternen drehe sich um die Erde, vielmehr drehe sich die Erde um die Sonne und obendrein auch noch wie ein Kreisel um ihre eigene Achse. Auch dies habe der griechische Gelehrte herausgefunden. Das widerspricht doch der Lehre der Kirche. Das ist doch Ketzerei."
Der Herzog schüttelte den Kopf.

„Ja, ich weiß, die Kirche lehrt, der Erde sei der Mittelpunkt der Welt. Aber ich verstehe nicht, warum sich der Himmel um die Erde drehen sollte. Er ist doch Gottes Reich. Und die Erde und die Menschen sind die Geschöpfe Gottes. Warum sollte sich also Gottes Reich um die Erde drehen und die Erde der Mittelpunkt der Welt sein ? Eigentlich müßte doch der Himmel, Gottes Reich, der Mittelpunkt der Welt sein und die Erde sich um ihn drehen."

„Darüber müssen wir nicht disputieren. Ich weiß es nicht. Aber es ist doch so. Würde sich die Erde drehen wie ein Kreisel, so würde doch alles, was sich auf ihr befindet, durcheinander gewirbelt werden."

Der Herzog schüttelte erneut den Kopf.

„Nein, dem ist nicht so. Ich habe auch von der Erdkraft gelesen. Sie hält alles fest."

Er pausierte kurz.

„Und wie sind sonst ihre Fortschritte ?"

„Ausgezeichnet, Ihr habt ja sicher bereits bemerkt, daß sie sich immer häufiger an unseren abendlichen Gesprächen beteiligt. Lesen und Schreiben beherrscht sie bereits sehr gut, ebenso die Wissenschaft der Mathematik, soweit ich mich darauf verstehe. Über die Naturlehre und Astronomie habe ich Euch ja gerade berichtet. Auch in der lateinischen Sprache macht sie große Fortschritte. Nur mit der Theologie mag sie sich nicht so recht anfreunden."

Der Herzog lachte.

„Das ist auch nicht notwendig. Sie verdirbt nur den Geist."

Elisabeth erschrak ob dieser Bemerkung.

„Versündigt Euch nicht, Herr."

„Gewiß nicht. Ich kenne drei Gebete, besuche sonntags und an Feiertagen den Gottesdienst. Das möge genügen."

Elisabeth verabschiedete sich nun.

Der Herzog war zufrieden.

„Es ist soweit", dachte er.

Er hatte während der letzten Wochen wieder mehr Kontakt zu ihr gesucht, des öfteren mit ihr Ausritte und auch Jagdausflüge unternommen. Der Waffenmeister hatte ihr das Bogenschießen beigebracht, das sie mittlerweile bestens beherrschte. Sie erlegte Hasen und Rehe, einmal sogar ein Wildschwein.

Zwei Tage später ließ er Martha zu sich rufen, begann, nachdem sie sich in einem Kabinett auf bequemen Sesseln niedergelassen hatten.

162

„Ein Herzog braucht eine Herzogin, eine Frau, die mit ihm zusammen regiert, die seine Stelle vertritt, wenn er auf Kriegszügen unterwegs ist. Du lebst jetzt bereits über ein Jahr bei mir. Ich habe dich gründlich kennengelernt und ich weiß, daß du eine würdige Herzogin sein wirst."
Martha erschrak.
„Ich, ein Bauernmädchen ?"
Ardarich lachte.
„Ein Bauernmädchen ? Was bedeutet das ? Es ist die Tüchtigkeit, die eine Herzogin ausmacht, nicht der Stand, aus dem sie kommt. Wir leben nicht in Konstantinopel, wo solche Dinge wichtig sein. Aber auch dort haben es schon Huren geschafft auf den Thron zu kommen. Nein, du bist keine Hure. Du besitzt aber die Tüchtigkeit, die eine gute Herzogin ausmacht. Das habe ich festgestellt. Aber es gibt da noch etwas anderes. Eheleute müssen Liebe zueinander empfinden. Ich habe Liebe gespürt als wir uns zum ersten Mal sahen. Doch wußte ich nicht, ob es wirkliche Liebe war, die ich empfand oder nur Leidenschaft, Lust auf deinen Leib. Ich habe mich lange geprüft. Und nun bin ich sicher. Es ist Liebe, was ich dir gegenüber empfinde. Und wie siehst du das ?"
Martha schwieg eine Weile.
„Ihr seid mein Herr. Ihr habt mich in Euer Haus aufgenommen, mir zahlreiche Wohltaten erwiesen, nie eine Gegenleistung verlangt, wofür ich Euch danke. Und Ihr habt mich in der letzten Zeit auch wie eine Gefährtin behandelt. Doch habe ich nie damit gerechnet Eure Gemahlin zu werden. Und ich weiß nicht so recht, ob die Gefühle, die ich für Euch empfinde wirklich Liebe sind oder nur Dankbarkeit. Ich habe darüber noch nie nachgedacht. Ich bitte Euch daher, überrumpelt mich nicht. Ihr habt Euer Herz geprüft und Euch mir offenbart. Ich habe es bisher nicht getan. Gebt mir also Zeit mein Herz zu prüfen."
„Und wieviel Zeit benötigst du ?"
„Es wird nicht viel Zeit in Anspruch nehmen, nur ein paar Tage."
„Die sind gewährt."
Martha kehrte in ihre Kammer zurück. Sie hatte ein bißchen ein schlechtes Gewissen, da sie dem Herzog gegenüber nicht die Wahrheit gesagt hatte. Natürlich hatte sie ihr Herz geprüft, wußte auch, daß sie Ardarich wirklich liebte, aber niemals damit gerechnet, daß er sie, eine einfache Bauerntochter, je zur Gemahlin nehmen würde. Sie hatte natürlich darüber nachgedacht, warum er ihr Elisabeth als Lehrerin gegeben hatte. Und sie hatte auch längst erkannt, daß Ardarich seine Erzieherin als Ratgeberin

hoch schätzte. Doch Elisabeth war alt und so glaubte sie, daß er in ihr, die Nachfolgerin, die 'neue Elisabeth' sah. Das hatte sie betrübt. Und nun war sie daher völlig überrascht als er ihr seine Liebe gestand. Ihr Herz jauchzte und sie wäre ihm am liebsten um den Hals gefallen. Doch ihre Klugheit hielt sie zurück.

„Er soll erkennen", sagte sie sich, „daß er nicht eine Gemahlin bekommen wird, die ihm dient, die seinen Wünschen freudig entgegen kommt, sondern eine Frau, die ihren eigenen Willen hat, die er als gleichwertig anerkennen muß. Deshalb wird er auf meine Antwort, obwohl sie bereits feststeht, auch einige Tage warten müssen."

Drei Wochen später wurde die Hochzeit gefeiert. Martha und Ardarich waren glücklich miteinander, verlebten unbeschwerte Tage. Doch dies währte nicht lange, denn dunkle Wolken brauten sich über dem Gepiden-land zusammen. Die Langobarden begehrten die Eisenerz- und Silberberg-werke im Westen des Reiches, versuchten zudem zahlreiche Grafen als Bundesgenossen für ihren geplanten Zug nach Italien zu gewinnen. Der oströmische Kaiser in Konstantinopel plante die Donaugrenze wieder herzustellen, begehrte das Gebiet der Gepiden südlich des Stromes, ein-schließlich ihrer Königstadt Sirmium und der alten Festungsstadt Singidunum. Das Reitervolk der Awaren fühlte sich in den Waldgebieten der Karparten unwohl und gierte nach der Tiefebene an der Theiß. Ein Bündnis von Langobarden, Awaren und des oströmischen Kaisers war daher die zwangsläufige Folge. Während Awaren und Langobarden Heere aufstellten, wartete der Konstaninopolitaner ab, unterstützte die beiden mit erheblichen Geldern, so daß sie unter den Balkanvölkern eine große Zahl von Söldnern anwerben konnten. König Kunimund rief seine Herzöge und Grafen zur Beratung zusammen.m
„Die Lage ist bedrohlich", begann er seine Rede, „die Langobarden rücken aus dem Westen heran, die Awaren aus dem Osten. Es wird sehr schwer sein, beide zu besiegen."
„Wir sollten zuerst gegen die Awaren ziehen und sie schlagen. Sie sind der schwächere Gegner", schlug einer der Grafen vor, „und uns dann gegen die Langobarden wenden."
„Ich halte das für einen schlechten Vorschlag", wandte ein anderer Graf ein, „Awaren, Langobarden und Gepiden werden sich gegenseitig zerfleischen. Flavius Iustinus, der konstantinopolitanische Kaiser wartet ab, wird dann die Ernte einfahren und alle Gebiete unter seine Herrschaft zwingen. Nein,

wir sollten das Angebot König Alboins, annehmen und uns den Langobarden anschließen."

„Sollen wir unsere Freiheit aufgeben und uns zum Knechtvolk erniedrigen ?" fuhr Herzog Olmerich von Lugundum dazwischen, „nein, lieber kämpfe und sterbe ich."

„Das sehe ich auch so", pflichtete ihm Herzog Ardarich bei, „unsere Vorväter haben sich unter das Joch der Hunnen begeben und ihr Blut für sie vergossen. Welchen Lohn haben sie erhalten ? Keinen !"

Angesichts dieser unterschiedlichen Ansichten gelang es dem König nur mit Mühe, die Herzöge und Grafen für den Kampf gegen die Feinde zu gewinnen. Er bemerkte aber, daß die Zusicherungen zahlreicher Herzöge und Grafen nur halbherzig waren und er argwöhnte, daß sie zu den Langobarden überlaufen würden, sobald es um die gepidische Sache schlecht stand. Er beschloß, zwei Heere aufzustellen, eines gegen die Langobarden, eines gegen die Awaren. Diesem Heer, das der Führung Herzog Ardarichs unterstellt war, wurden die unzuverlässigsten Adeligen zugeteilt. Ardarich war nicht glücklich über diese Entscheidung. Er verstand aber die Gründe des Königs, da diese Männer im Kampf gegen die Langobarden eher hinderlich waren, weil zum Verrat bereit, während sie von den wilden Awaren bei einer Niederlage oder auch bei Verrat keine Schonung erwarten durften.

Ardarich sandte eine Botschaft an Martha, in welcher er die Hoffnung ausdrückte, daß er siegen und wohlbehalten zu ihr zurückkehren werde. Sollte er allerdings im Kampf fallen, so möge sie zusammen mit den auf der Burg verbliebenen Getreuen zu König Marbod ins Markomannenreich fliehen.

Als sich das Heer gesammelt hatte, zog Ardarich an dessen Spitze nach Osten. In einer gewaltigen, dreitägigen Schlacht wurden die Awaren besiegt, flohen in die Karpartenwälder. Doch wurde der Sieg von der bösen Nachricht überschattet, die Langobarden hätten König Kunimunds Heer geschlagen und der König sei im Kampf gefallen.

„Unsere Lage ist übel", teilte Herzog Ardarich den versammelten Heerführern mit, „unser Sieg gegen die Awaren war vergeblich, das königliche Gepidenheer wurde von den Langobarden vernichtet, der König ist tot, und die überlebenden Herzöge und Grafen haben sich König Alboin unterworfen. Was schlagt Ihr vor, meine Herren ?"

„Das Reich ist verloren", meinte Graf Gerimund, „wir werden uns auch den Langobarden unterwerfen müssen und mit ihnen nach Italien ziehen."

„Nein, wir werden uns nicht unterwerfen", widersprach Graf Hagen, „wir werden nach Konstaninopel ziehen und Kaiser Flavius Iustinus unsere Dienste anbieten. Er braucht tapfere Krieger für den Kampf gegen die Parther im Osten und die aufrührerischen Araber in Syrien."

Herzog Ardarich schüttelte den Kopf.

„Nein, wir werden uns nicht den Langobarden unterwerfen, auch keine Söldner werden. Wir ziehen uns in die Wälder zurück und nehmen aus dem Verborgenen heraus den Kampf auf. Und wir werden das Reich neu errichten, so wie es einst König Totila nach der verheerenden Niederlage der Ostrogoten gegen den Oströmer Belisar getan hat."

Graf Gerimund schüttelte den Kopf, lächelte verächtlich.

„Du bist ein Träumer, Ardarich. Wie lange bestand denn Totilas Reich ? Weniger als zehn Jahre, dann wurde es von Narses zertrümmert. Nein, wir sind nur noch wenige. Auch jeder Sieg kostet Blut. Und für keinen Mann, der im Kampf fällt, werden wir Ersatz finden. Selbst wenn es dir gelingen wird, ein neues Reich zu gründen, so wird es doch auf schwachen Füßen stehen und der erste Sturm wird es hinwegfegen. Nein, meine Mannen und ich werden uns den Langobarden anschließen."

„Aber ich werde mich nicht unterwerfen, sondern nach Konstaninopel ziehen", bekräftigte Graf Hagen.

Andere Grafen und Ritter griffen in den Disput ein. Ardarich versuchte vergeblich die Führer der Scharen auf seine Seite zu ziehen, verwies darauf, daß er der Führer des Heeres sei.

„Der König ist tot !" schleuderte Herzog Dietrich ihm als Antwort entgegen, „ihm schuldeten wir Gehorsam, ihm schworen wir Treue, nicht Euch. Wir sind freie Männer, Euch nicht untertan. Ihr wart der Heerführer im Kampf gegen die Awaren. Die sind aber besiegt und vertrieben."

„Das heißt, Ihr erkennt mich nicht mehr als Heerführer an", schrie ihm Ardarich entgegen.

„Genau das meines ich", erwiderte Dietrich trotzig.

Er blickte in die Runde.

„Oder seht Ihr anders, meine Herren ?"

„Ich sehe das ebenso", meinte Hagen trotzig, „der König ist gefallen und Herzog Ardarich ist nicht der neue König. Wir schulden ihm keine Treue."

Zustimmendes Raunen ging durch die Menge.

Ardarich blickte die Männer finster an.

„Gut, ihr habt euch entschieden, wer sich den Langobarden unterwerfen will, der folge Graf Gerimund; wer in die Dienste des Kaisers von

Konstantinopel treten will, der folge Graf Hagen; und wer anderes will, der möge seines Weges ziehen. Wer aber frei sein will, der folge mir."
Und so teilte sich das Heer der Gepiden.

Etwa zweihundert Ritter und Reisige folgten Herzog Ardarich.
„Mit dieser kleinen Truppe werden wir das Gepidenreich nicht wieder errichten", meinte Ritter Herimer als sie am Abend lagerten, „was gedenkt Ihr also zu tun, Herzog?"
Ardarich war den Tag über der Truppe schweigend, in Gedanken versunken vorangeritten.
„Ich weiß es, Ritter Herimer. Es ist aber nicht mehr zu ändern. Unser einst mächtiges Reich ist untergegangen, wie das Reich der Ostrogoten. Niemand kann es mehr wieder aufrichten. Unser Volk wird in alle Winde zerstreut werden und in hundert Jahren wird sich niemand mehr an uns erinnern. Aber noch habe ich die schwache Hoffnung zumindest mein Herzogtum zu erhalten. Wir kehren in meine Burg zurück. Sie ist fest gebaut und schwer zu erstürmen. Und wir können dort Vorräte für viele Monde lagern. Ich werde Boten zu König Alboin schicken und um einen ehrenhaften Frieden bitten, auch bereit sein, ihm Tribut zu zahlen, wenn er uns Freiheit zusichert."
„Ihr seid ein Träumer", bemerkte Ritter Hadubrand, „glaubt Ihr wirklich König Alboin wird auf Eure Vorschläge eingehen?"
„Ich weiß es nicht", antwortete Ardarich, „aber es muß versucht werden. Uns bleibt ohnehin keine andere Wahl. Alboin hat große Pläne. Und ein kleines Herzogtum am Rande seines Herrschaftsgebietes wird ihn wohl kaum stören."
„Ihr kennt Alboin nicht", widersprach Hadubrand, „er ist ehrgeizig und machtgierig. Und ein kleines gepidisches Herzogtum wird ihn stets daran erinnern, daß sein Sieg nicht vollständig war. Das wird an seiner Seele nagen. Das wird er nicht hinnehmen."
„Meine Burg ist fest", entgegnete Ardarich, „und ihre Erstürmung wird ihm viele Opfer kosten. Vielleicht ist ihm der Preis dafür zu hoch. Er braucht seine Männer für seinen Zug nach Italien."
Doch Zweifel blieben. Sie erreichten die Burg. Martha empfing ihn unter Tränen, umarmte, küßte ihn.
„Ich habe von dem Unglück vernommen. Bei allem Unheil", sagte sie, „ich bin von Herzen froh, dich wohlbehalten wiederzusehen. Aber was wird nun werden?"

„Ich weiß es nicht", spach Ardarich, „ich träumte von einem Leben mit dir in Glück und Frieden. Das wird nun nicht so werden. Es bleibt ein Leben in Gefahr und Not und am Ende der Tod."

„Noch ist nichts verloren", erwiderte Martha, „wir können fliehen, das Land verlassen."

„Was bleibt denn einem Flüchtling? Soll ich mich bei irgend einem König als Söldner verdingen, stets mit einem Heer auf Kriegszug sein. Nein, das ist kein Leben für eine Frau."

Martha küßte ihn.

„Dann laß uns wenigstens die Tage, die uns noch bleiben, genießen."

Ardarich sandte Boten zu König Alboin. Doch statt einer Antwort erschien ein Heer unter der Führung des Ritters Rigismund, der sich großherrlich 'Feldherr' nannte.

„Ich bin nicht gekommen um Frieden zu bringen", ließ er Ardarich durch einen Boten ausrichten, „sondern um Unterwerfung zu fordern. Freiheit wird nicht gewährt. Wir durchschauen dich. Dein Herzogtum wird die Keimzelle des Widerstandes gegen unsere Herrschaft werden, stets ein Pfahl in unseren Fleische sein. Du wirst als Gefangener mit uns ziehen. Danke Gott, daß wir gnädig sind und dir dein Leben schenken."

„Das Leben schenken?" gab Ardarich dem Boten zur Antwort, „für wie lange? Nein, ich ergebe mich nicht. Wenn Alboin mein Leben will, so soll er es sich holen."

Die Langobarden stürmten die Burg vergeblich. Sie wurden zurückgeschlagen, richteten sich auf eine Belagerung ein. Ardarich versuchte mit Rigismund zu verhandeln. Vergeblich. Er forderte eine bedingungslose Übergabe.

„Sie sind zu allem entschlossen", sagte Ardarich eines Abends zu Martha, „stürmen werden sie die Burg wohl nicht mehr, aber uns belagern, bis der Hunger uns zur Übergabe zwingt."

„Wir haben noch Vorräte für drei Monde", gab Martha zur Antwort, „ich habe die Magazine überprüft. Aber was hilft es? Es zögert die Übergabe nur hinaus, denn auf Hilfe können wir nicht zählen. Wir müssen etwas unternehmen."

Ardarich blickte sie an.

„Aber was?"

Sie streichelte ihm das Haupt, lächelte.

„Was bist du so niedergeschlagen ? Du warst doch bisher stets voller Mut. Wir müssen ausbrechen ! Aber wir dürfen nichts überstürzen, müssen den Ausfall gut vorbereiten. Eile ist auch nicht nötig. Wir haben schließlich noch Vorräte für drei Monde wie ich sagte."

„Was willst du damit sagen ?"

Martha lächelte erneut.

„Du bist ein Krieger, ein Heerführer. Ich bin nur eine Frau. Errätst du nicht, worauf ich hinaus will ?"

„Nein, aber ich sehe, du hast einen Plan."

„Belagerungen sind eine öde Angelegenheit, insbesondere wenn nichts geschieht, keine Gefechte stattfinden. Und die Langobarden haben keine disziplinierte Armee wie einst die Römer. Ihre Krieger wird Langweile überfallen, sie werden sich dem Trunk und dem Würfelspiel ergeben. Ihre Aufmerksamkeit wird nachlassen."

„Trotzdem, wir haben weniger als zweihundert waffenfähige Männer. Damit können wir die Belagerer, die wohl an die zweitausend Mann zählen, nicht in die Flucht schlagen."

„Das ist auch gar nicht mein Plan. Wir sollten uns ruhig verhalten, alles für unsere Flucht vorbereiten und dann überraschend, am besten an einem trüben Morgen, ausbrechen und in die Wälder im Norden reiten. Dort können sie uns nur schlecht folgen."

Ardarich gefiel der Plan.

Neun Wochen später, an einem trüben, regnerischen Morgen, kurz nach Sonnenaufgang wagten sie den Ausbruch, stürmten aus der Burg. Die Langobarden wurden völlig überrascht, dachten nicht an Gegenwehr und so durchbrachen die Gepiden ohne nennenswerten Kampf den Belagerungs- ring und erreichten gegen Mittag den Heribarischen Wald, der sich weit nach Norden fast bis an die Grenze des Markomannenreiches erstreckte. Ardarich drängte zur Eile, weder Männer noch Frauen noch Pferde wurden geschont. Nach drei Tagen meldeten Späher, daß die Verfolger aufgegeben hätten und zurück ritten. Ardarich gönnte den Menschen eine Ruhepause.

„Dein Plan war gut", sprach Ardarich zu Martha, „wir verfügten über genügend Pferde, konnten daher vieles retten, selbst eine größere Anzahl Bücher und vor allen Dingen den herzoglichen Schatz."

Martha lächelte.

„Es sind die wertvollsten Bücher darunter. Ich habe eine sorgfältige Aus- wahl getroffen und Elisabeth hat mich dabei unterstützt. Aber was hast du jetzt vor ?"

„Wir werden zu König Marbod reisen und ihn um ein Stück Land im Markomannenreich bitten, das groß genug ist um uns zu ernähren. Wir kommen nicht als Bettler. Wir haben den Schatz, können das Land also kaufen."

Eine Woche später erreichten sie die Königsburg der Markomannen. Herzog Ardarich bat um Audienz bei König Marbod. Er brauchte nicht lange auf einen Empfang zu warten.

„Seid mir gegrüßt, Herzog Ardarich", sprach der König als jener die Empfangshalle betrat, vor ihm niederkniete, „ich errate Euer Begehren. Aber Ihr braucht nicht vor mir niederzuknien. Das müssen nur Unterwürfige tun, nicht Helden. In meinem Reich achtet man Helden, ehrenwerte Helden. Denn nicht jeder, der ein gutes Schwert führt ist auch ein Held. Hierzu gehört auch eine ehrenhafte Gesinnung, Aufrichtigkeit, Ehrlichkeit und Treue", er schwieg kurz, „und auch der Glaube an Gott. Aber der ist nicht so wichtig. Leider gibt es davon zu wenige in meinem Reich. Selbstsucht, Habgier und Machthunger herrschen vor. Ich kämpfe dagegen an so gut es geht. Aber auch hier muß ich mich vorsehen, darf nicht zu viele gegen mich aufbringen, denn sonst werden sie mich von Thron stoßen. Denn, auch wenn sie sich gegenseitig bekämpfen, gegen einen gemeinsamen Feind, der dem Treiben aller Einhalt gebieten will, halten sie zusammen. So ist ein Kampf gegen Falschheit, Lüge und Schlechtigkeit oft ein vergeblicher Kampf. Aber sagt mir selbst, was führt Euch zu mir?"
Ardarich berichtete vom Untergang des Gepidenreiches, von seiner Flucht. Marbod hörte aufmerksam zu, obwohl er davon bereits Kunde erhalten hatte; aber die Höflichkeit erforderte es, dem Gepidenherzog ausreden zu lassen.
„Ich will kein Sklave der Langobarden sein, auch kein Söldner des konstantinopolitanischen Kaisers", schloß er seine Rede, „sondern mit meinen wenigen Getreuen, die mir verblieben sind, in Frieden und Freiheit leben. Ich bitte Euch daher um ein Stück Land. Ich komme aber nicht als Bittsteller, ich kann dafür bezahlen."
„Bezahlen?" Marbod lächelte, „das sind römische Sitten. Ich brauche keine Bezahlung, sondern Treue. Und die ist nicht käuflich."
„Wie soll ich das verstehen?" fragte Ardarich.
„Nun, ich nehme Euch in mein Reich als Gefolgsmann auf. Nein, nicht als Sklave, nicht als Diener. Ihr könnt als Herzog über Eure Domänen herrschen. Aber ich erwarte von Euch, daß Ihr mir den Treueeid leistet, wie

jeder Fürst meines Landes ... auch wenn sie ihn nicht so ernst nehmen, zu meinem Bedauern. Aber Ihr seid ein ehrenwerter Mann, wie mir berichtet wurde und werdet Euch Eurem Eide verpflichtet fühlen."

„Euer Vertrauen in mich ehrt mich", erwiderte Ardarich.

„Und ich verlange von Euch", fuhr der König fort, „daß ihr mir im Kampf gegen innere und äußere Feinde, die mein Königtum und das Reich vernichten wollen, mit Eurem Schwert beiseite steht. Geld verlange ich nicht."

„Nun" sprach Ardarich, „Treue schwöre ich dem, der Treue verdient. Ihr seid ein gerechter König, wie mir bekannt ist, ansonsten wäre ich ja auch gar nicht zu Euch gekomen. Es wird mir also nicht schwerfallen, Euch den Treueeid zu leisten."

Marbod lächelte.

„Ihr seid ein stolzer Mann, zeigt Euch trotz Eurer unglücklichen Lage nicht unterwürfig. Das gefällt mir, denn Unterwürfige sind oft Heuchler, voller Falsch. Aber Euren Worten werden Taten folgen müssen. Frieden kann ich Euch vorerst nicht gewähren."

„Was meint Ihr damit ?"

„Die Sachsen sind in mein Reich eingefallen, verheeren die nördlichen Gebiete. Ich brauche Hilfe, tapfere Männer um sie zu bekämpfen."

„Und wie kann ich Euch helfen. Mir sind weniger als zweihundert kampffähige Männer verblieben. Aber sie werden für Euch kämpfen, auch wenn sie keine große Hilfe sein werden."

Marbod lächelte.

„Ihr habt mich falsch verstanden. Ich brauche nicht Eure Männer, ich brauche Euch. Ich habe genügend Krieger. Aber es fehlt ein fähiger Feldherr, der Schlachten lenken kann."

Marbod lächelte.

„Ich will vollkommen offen zu Euch sein. Unter meinen Herzögen, gibt es zwei, die das Heer führen könnten, aber denen kann ich nicht trauen. Ihr habt Euch in den Kämpfen gegen die Awaren und Langobarden bewährt, habt bewiesen, daß Ihr Heere führen könnt. Es ist ja nicht damit getan, daß Krieger kämpfen können und tapfer sind. Sie müssen auch auf dem Schlachtfeld richtig eingesetzt werden. Ihr versteht, was ich meine ?"

„Nicht wirklich, aber ich ahne es."

„Unsere Vorfahren haben oft gegen die Römer gekämpft als deren Reich noch bestand. Aber meistens haben sie uns besiegt, obwohl wir mehr Krieger hatten. Aber sie verfügten über die besseren Schlachtenlenker. Die

Sachsen sind ein wildes Volk, tapfer, in Waffen geübt, aber das, was die Römer einst militärische Strategie nannten, das kennen sie nicht, ebensowenig wie wir Markomannen. Aber Ihr seid ein Meister darin. Und wenn Ihr das Heer führt, werden die Sachsen geschlagen. Nehmt also an."
„Euer Vertauen ehrt mich. Ich werde mein Bestes tun."

„Ein Leben in Frieden ist uns nicht beschert", sagte Ardarich zu Martha, als er in den Gasthof zurückgekehrt war, in dem sie Quartier genommen hatten, „König Marbod will uns aufnehmen, uns ein Stück Land schenken. Er will kein Geld, aber ich soll sein Heer gegen die Sachsen führen."
Martha zuckte mit den Schultern.
„Es sieht so aus, als sei der Krieg unser Schicksal."

Sobald sich das Heer versammelt hatte, brach Ardarich mit ihm und seinen wehrfähigen Männern nach Norden auf, den Sachsen entgegen. Die Frauen und nicht waffenfähigen Männer, für die angenehme Quartiere gefunden worden waren, blieben unter dem Befehl Marthas in der Residenzstadt zurück.
Der Feldzug verlief erfolgreich. Die Sachsen wurden geschlagen, strömten in wilder Flucht in ihr Land zurück.

„Ihr habt tapfer gekämpft und einen großen Sieg errungen", begrüßte der König den Herzog nach dessen Rückkehr, „ich stehe nun in Eurer Schuld. Ich habe Euch Land versprochen und nun sollt Ihr es bekommen. Ihr erhaltet ein großes Gebiet im Westen als Herzogtum. Es ist fruchtbar, reich an Wäldern und Wild darin, und es befinden sich dort auch einige Silberminen. Es liegt an der Grenze zum Reich der Thurunger. Aber habt keine Bedenken. Es herrscht seit vielen Jahren Frieden zwischen unseren Reichen."
Er lächelte.
„Die Thurunger leiden im Norden unter den Einfällen der Sachsen und im Westen unter den Angriffen der Franken. Sie haben daher kein Interesse an Streitigkeiten im Osten mit uns."
Er überreichte ihm ein Dokument.
„Hier habt Ihr die königliche Besitzurkunde. Weist Euch damit beim Vogt von Barjuva aus, der das Land derzeit in meinem Namen verwaltet. Er wird Euch aller Güter und Dokumente übergeben. Ich habe nur eine Bitte an Euch. Der Vogt war mir stets treu ergeben. Nehmt ihn in Eure Dienste auf,

wenn es ihm beliebt. Er kennt das Land und seine Bewohner. Er wird Euch eine große Hilfe sein. Beschneidet seine Befugnisse nur soweit wie notwendig. Er hat mir bisher treu gedient und hat es nicht verdient nun erniedrigt zu werden. Um dies muß ich Euch bitten."

Marbod lächelte.

„Ihr seid nun der Herr des Landes und ich denke, ihr werdet es weise regieren.

Wenige Tage später brachen Herzog Ardarich und Martha mit den verbliebenen Getreuen in ihr Land auf.

„Ein schönes Land", meinte Martha als sie ankamen, „es ist wahr: fruchtbare Äcker, weite Wälder, Weiden. Ich denke, hier werden wir uns wohlfühlen."

„Ich hoffe es auch", entgegnete Ardarich.

Sie nahmen Wohnung in der alten herzoglichen Burg oberhalb der Stadt Barjuva. Sie erwies als zu klein um alle Getreuen aufzunehmen. Es wurden daher Hütten am Fuße des Burghügels für die Bewaffneten errichtet. Die Jahreszeit war fortgeschritten, Martha und Ardarich verbrachten die Wintermonate damit, Pläne zur Erweiterung der Burg zu entwerfen. Im zeitigen Frühjahr begannen die Arbeiten, bessere Wohnräume für die Herzogin, den Herzog und das Gesinde zu bauen; sogar ein Bad wurde eingerichtet. Quartiere für die Burgmannen, neue Vorratsräume, Ställe für die Pferde wurden errichtet, die Befestigungen wurden verstärkt. Auch wenn bis zum Wintereinbruch nicht alles vollendet werden konnte. so war man doch mit dem Erreichten zufrieden. Besonders erfreute Martha die neu eingerichtete Bibliothek, für welche man unterdessen einige weitere Bücher hatte erwerben können.

Die Zeiten blieben ruhig. Nur ab und zu drangen awarische Banden in das Land ein, wurden aber vernichtet, bevor sie größere Zerstörungen und Plünderungen vornehmen konnten. Die Langobarden waren mittlerweile nach Italien gezogen, hatten den größten Teil ihres Landes und das Gebiet des ehemaligen Gepidenreiches den Awaren überlassen, so daß diese nun Nachbarn der Markomannen waren.

Martha und Ardarich fanden Ruhe, verlebten viele glückliche Jahre miteinander, erfreuten sich auch der beiden Kinder, welche ihrer Ehe entsprossen.

Margarethe

Die Frau am Fluß

Drei Jahre lang durchstreifte der junge Ritter Friedrich von Eykarn die Welt. Die Fahrt führte ihn durch Italien nach Konstantinopel, von dort aus weiter nach Jerusalem, dann über Sizilien nach Spanien und schließlich nach Frankreich. Nun befand er sich auf dem Rückweg zur väterlichen Burg. An einem warmen Sommertag erreichte er gegen Mittag die Jagst, beschloß an ihrem Ufer eine Rast einzulegen. Als er vom Pferd stieg, erblickte er unweit eine Gestalt, von der er auf Anhieb unmöglich sagen konnte, ob es sich um einen Mann oder eine Frau handelte. Sie hatte sich kurz umgedreht als sie das leise Schnauben des herannahenden Pferdes hörte, sich dann aber sofort wieder abgewandt und ihren Blick auf den Fluß gerichtet. Sie wies zwar die Gesichtszüge einer Frau auf, soweit er das hatte erkennen können, trug aber Männerkleidung und schien vor allen Dingen keinerlei Furcht vor dem plötzlich auftauchenden Reiter zu empfinden. Das erweckte seine Neugier. Er trat zu ihr hin.

„Gott zum Gruß", rief er ihr zu.

Die Gestalt, welche ihm den Rücken zugekehrt hatte, drehte sich nun um.

„Gott zum Gruß, Herr. Was wünscht Ihr von mir ?"

Friedrich erkannte nun, daß es sich tatsächlich um eine Frau handelte.

„Nichts, ich sah Euch so einsam am Ufer sitzen, was mich verwunderte. Ich fragte mich, was Ihr hier treibt, ob Ihr vielleicht Hilfe notwendig habt. Aber wenn Ihr es wünscht, dann reite ich sofort weiter."

Die Frau lächelte.

„Was sollte ich schon tun ? Ich halte Mittagsrast. Und dies ist doch ein guter Ort hierfür. Ich möchte Euch nicht fortweisen. Laßt Euch also nieder, wenn es Euch beliebt und Ihr Euch und Eurem Pferd eine Weile Ruhe gönnen wollt. Es ist genügend Platz vorhanden."

„Das sagt Ihr so gelassen. Ihr habt keine Furcht vor mir, einem bewaffneten Fremden ?"

„Nein, warum ? Ihr scheint ein ehrbarer Ritter zu sein. Ich fürchte nicht, daß Ihr mir Übles antun wollt. Ich würde es Euch auch nicht raten."

Friedrich erblickte erst jetzt das neben ihr liegende Schwert.

„Eine hübsche Waffe, aber könnt Ihr auch damit umgehen?"

Die Frau lächelte.

„Sonst würde ich sie ja nicht mit mir führen."

„Darf ich sie mir einmal näher betrachten?"

„Nur wenn Ihr mir vorher Euer Schwert gebt."

„Ihr seid sehr mißtrauisch."

„In diesen Zeiten muß man mißtrauisch sein."

Friedrich überreichte der Frau seine Waffe, nahm dann ihr Schwert in die Hand. Es war ungewöhnlich leicht.

„Damit wollt Ihr kämpfen? Es ist doch leicht wie eine Feder."

„Ich werde es Euch zeigen."

Sie erhob sich, ließ sich das Schwert von Friedrich zurückgeben. Wenige Schritte entfernt stand eine kleine Birke. Ihr Stamm mochte etwa eine Handspanne Durchmesser haben. Sie hieb ihn mit einem Streich durch.

„Seht Ihr", sagte sie bloß, setzte sich dann wieder nieder.

Friedrich hatte das Schauspiel mit einigem Erstaunen verfolgt, war nun natürlich neugierig geworden, wollte erfahren, was das für eine Wunderwaffe war, wollte ihr Geheimnis ergründen.

„Darf ich neben Euch Platz nehmen?" fragte er höflich.

Die Frau erlaubte es.

„Was ist das für ein Schwert?" wollte er wissen, „ich habe so eine Waffe bisher noch nie gesehen. Verratet Ihr mir ihr Geheimnis?"

„Warum nicht? Schmiedekunst ist oft ein Geheimnis. Und in fernen Ländern gibt es Kenntnisse, über die wir nicht verfügen. Ich werde Euch gerne berichten. Doch pflegt man hierzulande keine vertrauten Gespräche mit Fremden. Verratet mir also vorher Euren Namen, wie es in Franken Sitte ist."

„Ich heiße Friedrich von Eykarn, ich bin der Sohn des Grafen Heinrich von Eykarn. Unsere Grafschaft liegt wenige Stunden nördlich von Mergentheim zum Main hin. Ich bin der einzige Sohn und der Erbe. Ich habe drei Jahre die Welt bereist, kehre nun nach Hause zurück."

„Ich heiße Margarethe. Mein Vater war Waffenschmied in Heilbronn. Eines Tages kam ein Fremder zu uns, fragte, ob mein Vater nicht einen Gesellen brauchen könne. Er sagte, er stamme aus dem Morgenland, aus einer großen Stadt, welche den Namen Damaskus trägt. Er verstehe sich auf die Herstellung von Schwertern hoher Güte. Meinem Vater gefiel der Mann und er nahm ihn als Gesellen. Ich war damals noch ein junges Mädchen,

175

interessierte mich für die Arbeit meines Vaters, begann auch, mich im Umgang mit Schwertern zu üben, obwohl es mein Vater mißbilligte. Dem fremden Gesellen schien aber mein Treiben zu gefallen und er unterrichtete mich sogar im Schwertkampf. Eines Tages kam er zu mir, sagte er würde Liebe zu mir empfinden, ob ich seine Frau werden wolle. Ich antworte ihm, dies müsse mein Vater entscheiden. Der willigte auch grundsätzlich ein, meinte aber, ich sei für eine Ehe noch zu jung und wir müßten mit der Vermählung warten, bis ich das sechzehnte Lebensjahr vollendet habe. Das war aber nun nur noch gutes Jahr hin und so waren wir zufrieden. Mein Bräutigam, er wußte ja daß ich Waffen liebte, schmiedete nun ein Schwert für mich, unter Verwendung eines bei uns unbekannten Metalls, von dem er eine kleine Menge mit sich geführt hatte. Es war nicht nur härter und schärfer als die Schwerter aus Eisen, sondern auch bedeutend leichter, da er die Klinge dünner machen konnte als bei gewöhnlichen Schwertern."
Sie senkte nun den Blick.
„Doch er erkrankte bald darauf. Und so kam es nicht zur Vermählung."
„Heilbronn ist weit entfernt", meinte Friedrich nun, „was tut Ihr hier ?"
„Ich raste", erwiderte sie lächend.
„Und wenn Ihr nicht rastet."
„Dann laufe ich. Ich muß zu Fuß gehen, denn ich besitze kein Pferd."
„Und wohin lauft ihr ? Sagt mir, warum Ihr Heilbronn verlassen habt. Oder möchtet Ihr nicht darüber reden ?"
„Ich habe keine Geheimnisse. Es ist ja auch nichts Schändliches. Mein Vater starb vor drei Monaten. Mein Bruder, der im Grunde ein Taugenichts ist, erbte das Haus und die Schmiede. Er wollte mich dann mit einem seiner Trinkkumpane vermählen, der ein noch größerer Taugnichts ist als er. Ich weigerte mich aber und so wies er mich aus dem Haus. Und nun bin ich dem Weg zu meinem Oheim nach Rothenburg an der Tauber."
„Ihr seid mittellos ?"
„Nein, ich bin nur hier fast mittellos, konnte mir nicht einmal ein Pferd kaufen. Aber in Rothenburg erwartet mich mein Erbe."
„Euer Erbe, wie ist das zu verstehen."
„Nun, mein Vater wußte, daß mein Bruder ein Taugenichts ist und mich bestehlen werde. Doch wollte er mich nicht unversorgt lassen. Er übergab daher seinen Schwager, dem er unbedingt vertrauen konnte, eine größere Geldsumme für mich zur Aufbewahrung. Und nun bin ich auf dem Weg sie in Empfang zu nehmen."
Sie lächelte.

176

„Und in Rothenburg wird es mir gut gehen. Mein Oheim ist mir wohlgesonnen. Er betreibt einen großen Tuchhandel, gehört dem Rat der Stadt an. Er hat großen Einfluß, wird mir sicher eine Stellung besorgen oder mich in sein Geschäft aufnehmen. Ich kann lesen, schreiben, rechnen. Ich werde ihm sicher von Nutzen sein."

Sie erhob sich.

„Aber nun ist es Zeit aufzubrechen. Ich kenne die Gegend nicht, weiß nicht, wo die nächste Herberge zu finden ist. Und unter freiem Himmel möchte ich nicht übernachten."

Die Frau gefiel Friedrich.

„Nun, wenn Ihr nach Rothenburg wollt, dann müßt Ihr zunächst nach Mergentheim laufen und dann die Landstraße nach Osten nehmen. Wir haben also bis Mergentheim den gleichen Weg. Wir können zusammen reisen, wenn es Euch recht ist."

„Bin ich Euch nicht hinderlich ? Ihr habt ein Pferd und ich muß laufen."

„Mein Pferd ist stark genug, es wird uns beide tragen, auch wenn es dann langsamer vorangeht. Ich habe mich drei Jahre in der Welt herumgetrieben. Da spielt es keine Rolle ob ich einen Tag früher oder einen Tag später nach Hause komme. Ich kann Euch auch bis Rothenburg begleiten, falls Ihr es möchtet. Ich besitze einiges an Geld und so kann ich in Mergentheim ein Pferd für Euch kaufen."

„Euer Angebot ist sehr großzügig, Herr. Ich werde darüber nachdenken."

Sie brachen auf.

Das unheimliche Gasthaus

Als es zu dämmern begann, erblickten sie am Waldrand eine Herberge.

„Das Haus macht einen recht freundlichen Eindruck", sagte Friedrich, „wir sollten hier absteigen. Mergentheim erreichen wir ohnehin nicht mehr vor Einbruch der Dunkelheit. Und dann werden die Tore geschlossen sein und wir werden keinen Einlaß finden."

Der Wirt begrüßte sie mit überschwelgender Freundlichkeit, bot ihnen die schönsten und bequemsten Schlafräume an, wie er versicherte, ließ auch ein wohlschmeckendes Abendessen zubereiten.

Müde von der langen Tagesreise in sommerlicher Hitze begaben sich die beiden bald nach Sonnenuntergang zur Ruhe.

Mitten in der Nacht schreckte Margarethe durch einen gräßlichen Schrei aus dem Schlaf. Der Raum schien durch zahlreiche Talglichter erhellt und sie erblickte eine gräßliche Gestalt mit feuerrotem Kopf und schwarzem Körper.

„Du wirst mit mir in die Hölle fahren", schrie ihr das Ungeheuer mit schneidender Stimme entgegen.

Margarethe war in der Tat zunächst fast zu Tode erschrocken, sie faßte sich aber rasch, ergriff ihr Schwert, sprang auf und stieß es der unheimlichen Gestalt in den Körper als diese sich auf sie stürzte. Der Unhold brach zusammen. Margarethe, das Schwert in der Hand, rannte aus der Kammer, da eine zweite, noch gräßlicher aussehende Gestalt, die einen riesigen Totenkopf hatte, durchs Fenster ins Zimmer stieg. Auf dem Flur erwartete sie ein kleiner Drache. Sie schlug ihm den Kopf ab. Inzwischen war Friedrich von dem Lärm erwacht. Er ergriff sein Schwert, verließ seinen Schlafraum, erblickte Margarethe.

„Was geht hier vor ?" rief er ihr zu.

„Paß auf, hinter dir", erwiderte sie.

Friedrich drehte sich um. Er erblickte eine Gestalt mit grünem Fell, einer widerwärtigen Bärenfratze und Bockshörnern auf dem Kopf. Er zögerte nicht, stieß mit dem Schwert zu. Die Gestalt mit dem Totenkopf kam nun aus Margarethes Zimmer. Margarethe schlug auch dieses Ungeheuer nieder. Dann blieb es ruhig.

„Was sollen wir jetzt tun ?" fragte Margarethe.

„Den Wirt benachrichtigen", schlug Friedrich vor.

Er tastete sich die Treppe hinab, rief unten laut nach dem Wirt, doch nichts rührte sich. Er kam wieder nach oben.

„Sollten wir nicht besser dieses unheimliche Gasthaus verlassen ?" fragte Margarethe.

„Und wo sollen wir hingehen ?" erwiderte Friedrich, „jetzt mitten in der Nacht. Weit kommen wir sicherlich nicht. Und wenn es noch mehr solcher Ungeheuer gibt, dann werden sie uns bestimmt draußen auflauern. Ich denke daher, es ist besser, wir bleiben hier."

„Ich möchte aber nicht in meine Kammer zurück. In meinem Bett liegt ein erschlagenes Ungeheuer."

„Dann komme mit in meine Schlafkammer. Mein Bett ist groß genug für uns beide. Wir werden die Türe und das Fenster verrammeln so gut es geht. Und ich werde auch versuchen wach zu bleiben."

Sie gingen in den Raum. Margarethe trat ans Fenster, betrachtete ihr Schwert im fahlen Mondlicht, wischte es dann mit einem Lappen, der auf

178

dem Boden lag, ab.

„Wo haben wir denn hier Quartier gefunden ?" meinte Friedrich, „das ist ja ein Geisterhaus."

„Ich glaube nicht an Geister", erwiderte Margarethe und hielt ihm den Lappen hin, „das ist Blut ! Seit wann haben Geister Blut im Körper ?"

„Ja, aber wenn es keine Geister waren, was hatte dann der ganze Spuk denn zu bedeuten ?"

„Eine Räuberbande vielleicht."

„Eine Räuberbande ?" wunderte sich Friedrich, „dann war also all dies nur Mummenschanz ? Aber wozu ?"

Margarethe lachte.

„Du bist eben ein tapferer Ritter, den nichts schrecken kann. Aber stell dir einmal harmlose Kaufleute vor. Die erstarren doch bei einem solchen Anblick vor Entsetzen. Und dann haben die Räuber leichtes Spiel mit ihnen."

„Aber du warst doch auch nicht starr vor Entsetzen ?"

„Einen Augenblick schon. Doch dann fühlte ich das Schwert neben mir und erinnerte mich an die Worte, die der Geselle aus dem Morgenland, mein Bräutigam, sprach als er es mir überreichte. Er sagte, 'mit diesem Schwert in der Hand bist du unbesiegbar'. Und da stieß ich zu."

Sie legten sich nun ins Bett. Friedrich versuchte wach zu bleiben. Doch irgendwann übermannte ihn die Müdigkeit und er schlief ein.

Die Sonne stand bereits recht hoch am Himmel als sie erwachten. Sie öffneten das Fenster, räumten die Gegenstände weg, mit denen sie Tür verrammelt hatten, gingen hinaus auf den Flur. Nichts erinnerte mehr an die Geschehnisse der Nacht. Margarethe betrat ihre Schlafkammer. Sie war aufgeräumt, sauber, ihr Bett war frisch überzogen. Sie gingen nach unten in die Gaststube. Der Wirt empfing sie freundlich, fragte, ob sie gut geruht hätten. Friedrich ließ sich von den süßen Worten nicht beeindrucken.

„Was war denn das für ein Spuk heute Nacht ?" fuhr er den Wirt an.

Der blickte mit unschuldigster Miene drein.

„Welch ein Spuk, Herr ? Ich habe nichts vernommen. Und meine Knechte auch nicht. Ihr müßt geträumt haben, Herr. Ihr müßt schlecht geträumt haben, Herr."

„So ? Und meine Begleiterin hat genau das gleiche geträumt. Soll ich das glauben ? Und was ist mit den toten Ungeheuern im Obergeschoß ?"

„Es steht mir ja nicht zu, Euch zu widersprechen oder Euch gar zu rügen, mein Herr. Aber ganz offenbar habt Ihr und Eure Begleiterin im gleichen

179

Bett genächtigt. Warum solltet Ihr dann nicht auch das gleiche träumen ? Ihr Bett war heute morgen jedenfalls noch unbenutzt. Und von toten Ungeheuern im oberen Geschoß weiß ich nichts. Wir haben dort keine gefunden."

Friedrich sah ein, daß es wenig Sinn hatte, weiter in den Wirt einzudringen. Sie nahmen ihr Morgenessen zu sich, packten ihre Sachen zusammen. Friedrich zahlte die Zeche. Dann brachen sie auf.

„Anfangs glaubte ich wirklich, die Räuber hätten den Wirt und seine Knechte ermordet, weil er sich auf mein Rufen heute Nacht nicht meldete", begann Friedrich als sie eine kleine Strecke geritten waren, „aber vermutlich hatten er und seine Knechte sich vor den Räubern versteckt und haben sich nicht hervorgetraut."

„Nein, das denke ich jetzt nicht, Herr", entgegnete Margarethe, „bedenkt doch diesen Mummenschanz, bedenkt, wie aufwendig es ist, diese Verkleidungen herzustellen. Nein, das taten sie nicht wegen uns. Sie wußten am Nachmittag auch noch gar nicht, daß wir dort übernachten würden. Nein, ich vermute, sie verüben des öfteren Überfälle auf diese Weise. Ich sagte doch heute Nacht bereits, daß sie auf diese Art harmlose Kaufleute schrecken können. Und ich denke, der Wirt macht mit den Räubern gemeinsame Sache. Und nachdem der Überfall mißglückt war, wollte er sich nicht zeigen, denn das hätte Verdacht erregt. Er und seine Knechte mußten doch die Räuber auch bemerken. Und es wäre doch ihre Pflicht gewesen, Lärm zu schlagen und uns zu warnen."

„Aber wenn jetzt der Wirt und seine Knechte von den Räubern bedroht wurden ?"

„Dann wären noch mehr Räuber im Haus gewesen. Und die wären sicher ihren Gesellen zu Hilfe geeilt als deren Sache schlecht stand. Und außerdem, Herr, wenn die Räuber nach unserem Sieg geflohen wären, hätte es für den Wirt gar keinen Grund mehr gegeben sich nicht zu zeigen. Ich sage Euch, Herr, der Wirt macht mit den Räubern gemeinsame Sache und es waren auch nicht mehr als vier Räuber im Haus."

„Deine Worte sind vernünftig, ich glaube fast, daß es so ist. Aber warum sagst du jetzt 'Herr' zu mir ? Heute Nacht in der Gefahr waren wir beim 'du' angelangt. Und daran sollten wir festhalten."

Sie schwiegen eine Weile.

„Ich frage mich nur", meinte Friedrich nach kurzem Nachdenken, „warum sie uns heute Nacht überfielen. Wir sind doch nur Reisende, führen keine großen Reichtümer mit uns."

„Das kann ich jetzt nicht sagen", erwiderte Margarethe, „vielleicht sind die Zeiten schlecht für Räuber und so ist ihnen jede kleine Beute willkommen."

Der Überfall

Knappe zwei Stunden nach ihrem Aufbruch erreichten sie Mergentheim.

„Wir wollen uns hier nicht halten", sagte Friedrich als sie das Stadttor durchritten, „lediglich ein Pferd für dich besorgen und dann weiterziehen. Wenn wir nicht säumen erreichen wir noch vor Sonnenuntergang Creglingen. Es ist nur ein kleiner Ort, ich kenne dort allerdings einen guten Gasthof, in dem wir ein angenehmeres Quartier finden werden als letzte Nacht."

Ein Händler, der gute Pferde feil hielt war rasch gefunden, wenn er auch einen höheren Preis verlangte als in der Gegend üblich. Margarethe verzog angesichts der Geldforderung leicht das Gesicht, doch Friedrich beruhigte sie.

„Mach dir deswegen keine Gedanken. Ich habe einem Grafen in Lothringen einen wertvollen Dienst erwiesen und wurde dafür reichlich entlohnt", und fügte dann noch hinzu, „du bist es wert."

„Gibt es eigentlich Räuberbanden hier in der Umgebung ?" fragte er beiläufig den Händler als er ihm das Geld hinzählte.

„Habt Ihr Angst um Eure Börse ?" fragte der Mann.

Friedrich lachte.

„Nein, deswegen mache ich mir keine Sorgen. Ich weiß sie schon mit meinem Schwert zu schützen. Und meine Begleiterin führt auch eine gute Klinge. Sie ist die Tochter des Waffenschmied Hellmbrecht aus Heilbronn. Und sie ist mit Schwertern aufgewachsen. Nein, ich frage deshalb, weil wir heute Nacht in einem Gasthof zwei Wegstunden von hier nach Öhringen hin eine merkwürdige Begegnung hatten."

Der Händler überlegte.

„Zwei Wegstunden von hier nach Öhringen hin ? Ihr meint doch nicht etwa den Gasthof am Waldrand ? Einen anderen gibt es in dieser Gegend nicht ?"

„Eben den meine ich."

Der Händler bekreuzigte sich.

„Einen übleren Ort konntet Ihr als Nachtquartier nicht wählen. Dort treibt der Teufel sein Unwesen. Jeder, der von ihm gehört hat, meidet ihn. Zahlreiche Kaufleute, welche dem Irrsinn verfallen hierher nach Mergentheim kamen, berichteten von entsetzlichen Begegnungen. Es heißt auch, mehrere Kaufleute starben vor Entsetzen in ihren Betten."

„Und sicher waren alle beraubt worden ?"

„Vielleicht, das ist nicht gewiß. Die meisten sind wohl kopflos geflohen und ließen ihre Habe zurück."

Er schwieg kurz.

„Nun, es wurden Untersuchungen angestellt. Der Wirt gab natürlich an, er wisse nichts von Teufelserscheinungen in seinem Haus. Wenn es das gebe, dann hätte er es ja selbst schon längst verlassen. Und die Kaufleute seien auch samt ihrer Habe wieder abgereist. Viele hier glauben ihm natürlich nicht, halten ihn für mit dem Teufel im Bund. Sie hätten auch schon längst das Anwesen in Brand gesetzt und die Höllenbrut vernichtet. Doch hat der Wirt mächtige Fürsprecher. Er ist der illegitime Sohn des mächtigen Grafen von Bärenborg, wie es heißt."

„Nun, Ihr habt meine Frage nicht beantwortet. Gibt es eine Räuberbande, welche in der Gegend ihr Unwesen treibt ?"

„Ja, es gibt die Bande des einäugigen Bert, die nicht zu fassen ist. Es heißt, sie habe kürzlich eine Wegstunde von hier einen Ratsherren der Stadt, welcher von einer Reise nach Nürnberg zurückkehrte, überfallen, ihn und seine Begleiter ermordet und die Habe, die er mit sich führte geraubt. Sie muß von nicht unbeträchtlichem Umfang gewesen sein. Man weiß ansonsten allerdings fast nichts über sie."

Sie verabschiedeten sich.

„Du hattest recht", sagte Friedrich als sie auf der Landstraße waren, „es ist die Bandes des einäugigen Berts, welche die Kaufleute ausraubt. Der Wirt macht gemeinsame Sache mit ihnen. Und sein Vater schützt ihn. Vielleicht erhält er auch einen Teil der Beute. Der Graf von Bärenborg hat keinen guten Ruf, mußt du wissen."

Kurz nachdem die beiden den Gasthof verlassen hatten, ritt auch der Wirt davon, traf drei Stunden später auf einer Waldlichtung einen kräftigen, bärtigen Mann, der auf der rechten Seite eine Augenklappe trug und bereits wartete.

„Ich bringe schlechte Nachricht", begann der Wirt, „der Anschlag ist mißlungen. Drei meiner Knechte und einer deiner Männer sind tot."

„Wie konnte das geschehen ?"

„Zwei deiner Männer kamen am Nachmittag zu mir, sagten, daß ich vermutlich zwei Gäste bekommen werde, einen Mann und eine Frau. Sie sagten auch, es sei für dich von äußerster Wichtigkeit, daß der Mann getötet werde. Einer der beiden ritt weiter zu dir, der andere blieb um uns zu helfen. Es schien alles sehr günstig. Die beiden nahmen Quartier, schöpften keinen Verdacht. Und um Mitternacht überfielen wir sie, in Höllenmaskerade, wie gewohnt. Aber wie konnten wir ahnen, daß das Weib selbst den Teufel im Leib hat ? Sie allein erschlug drei Männer."

„Was scherte euch das Weib ?" stieß der einäugige Bert nun zornig hervor, „und warum habt ihr ihnen kein Schlafmittel gegeben ?"

„Das taten wir ja. Aber sie tranken nur wenig von dem Wein."

Er fuhr dann zerknirscht fort.

„Und es unterlief uns ein Mißgeschick. Wir verwechselten die Kammern und drangen bei dem Weib ein, anstatt bei dem Mann."

„Was seid ihr doch für Dummköpfe !"

„Es ist nun einmal nicht zu ändern. Und als vier von uns erschlagen waren, da verloren die anderen den Mut. Und ich schickte auch gleich bei Sonnenaufgang einen Knecht zu dir, bat dich um das Treffen. Noch ist nicht alles verloren. Ich hörte, die beiden wollen nach Rothenburg. Und auf dem Weg dorthin können wir sie noch immer töten. Ich komme auch mit wenn du es willst."

Der einäugige Bert stieß ein Lachen aus.

„Was soll ich mit dir Tölpel anfangen ? Du würdest die Sache nur verderben. Nein, kehre zu deinen Weinfässern zurück. Der Mann muß sterben, sonst kann ich meinem Vetter, dem Schwarzen Jork, nicht mehr unter die Augen treten. Dein Knecht kann allerdings mit uns reiten."

„Was hat der Schwarze Jork mit der Angelegenheit zu tun ? Fordert er den Tod des Mannes ?"

„Ja", antwortete Bert gedehnt, „er ist eine große Gefahr für ihn."

„Nun sprich schon. Dann reite ich auch zurück."

„Du weißt, mein Vetter gebietet über die mächtigste Räuberbande im Main – Tauber – Gau. Und hat Gewährsleute in jeder größeren Stadt. Einer von ihnen erkannte nun in Heilbronn den Sohn des Grafen Eykarn."

Der Wirt schaute Bert fragend an. Der lachte.

„Nun, die Grafschaft ist reich und mein Vetter findet dort immer fette Beute ohne sich großen Gefahren auszusetzen, denn der Graft ist kränklich und der Vogt ist ein Tölpel. Aber der Sohn des Grafen ist ein kluger und tapferer Ritter. Er zog vor drei Jahren in die Welt. Jork hoffte, er würde lange ausbleiben oder unterwegs sterben. Doch nun kehrt er zurück. Und das bedeutet eine große Gefahr für meinen Vetter, denn der junge Graf wird ohne Zweifel den Kampf mit Jorks Räubern aufnehmen. Deshalb darf er die heimatliche Burg nicht erreichen. Mein Vetter schickte einen Boten zu mir, forderte mich auf, die Angelegenheit zu erledigen. Und ich setzte zwei Männer auf seine Spur."

„Bist du denn sicher, daß der Mann auch der richtige ist?"

Bert schüttelte den Kopf.

„Du bist wirklich ein Tölpel. Sein Schild trägt doch Wappen der Eykarns."

„Und warum erledigt es dein Vetter nicht selbst?"

„Das ist zu gefährlich. Er ist mit deinem Vater aufs Blut verfeindet, da er ihm einst seine Mätresse stahl. Er darf sich hier nicht blicken lassen."

Sie verabschiedeten sich dann. Mißmutig ritt Bert davon.

„Ich habe zwar nur acht Männer, die gegenwärtig Waffen führen können. Aber ich muß es wagen. Das bin ich meinem Vetter schuldig. Jork rettete mich vor zwei Jahren vom Galgen. Ich darf ihn nicht enttäuschen."

Margarethe und Friedrich ritten schweigend dahin. Der nächtliche Überfall ging ihm nicht aus dem Kopf. Friedrich war sich nun sicher, daß er von den Männern dieses einäugigen Berts verübt worden war. Und es schien ihm außer Zweifel, daß Margarethe das Opfer werden sollte. Schließlich waren sie in ihre Kammer eingedrungen. Aber aus welchem Grund? Hatten sie möglicherweise von der Erbschaft erfahren, welche sie in Rothenburg erwartete? Wollten die Räuber sie entführen um ein hohes Lösegeld zu fordern? War dies der Grund, dann würden sie es nach dem Mißerfolg in der vergangenen Nacht sicherlich erneut versuchen bevor sie Creglingen erreichten. Es galt also wachsam zu sein. Er wollte aber seine Befürchtungen Margarethe nicht mitteilen um sie nicht zu ängstigen. Doch spürte er bald, daß sie ähnlich dachte.

Eine knappe Wegstunde hinter Wighartsheim erreichten sie einen größeren Wald. Friedrich zog sein Schwert, legte es, mit der rechten Hand haltend, quer über den Sattel. Margarethe bemerkte das.

„Ich will dich nicht beunruhigen. Aber in den Wäldern lauert oft übles Gesindel. Wir sollten vorsichtig sein."

Margarethe verstand, zog ebenfalls ihr Schwert. Sie hatten den Wald etwa bis zur Mitte durchquert als aus dem Unterholz ein knappes Dutzend Reiter hervorbrach, die sich auf die beiden stürzten. Auf den Angriff vorbereitet, hieben sie vier von ihnen aus dem Sattel. Dennoch stand es schlecht um sie, denn die sechs noch übrigen Räuber drangen immer heftiger auf sie ein. Friedrich gab sich bereits verloren, doch dann erhielten sie unerwartete

Hilfe. Drei Reiter sprengten heran, stürzten sich auf die Wegelagerer. Der Kampf war im Nu entschieden. Friedrich wandte sich den Männern zu.

„Habt Dank, Ihr Herren. Das war Rettung in höchster Not."

Einer von ihnen starrte nun Friedrich ungläubig an.

„Ists möglich ? Friedrich von Eykarn ! Alter Freund ! Bist du es wirklich ?"

Friedrichs Gesicht hellte sich auf.

„Otto von Dromberg ! Alter Freund ! Ich bin es wirklich, ich kehre zurück in die Heimat, nach drei Jahren Fahrt durch die Welt."

Otto lachte.

„Da bist du aber nicht auf dem rechten Weg. Diese Straße führt nach Rothenburg, nicht nach Burg Eykarn."

„Ich weiß es, aber ich habe zuvor noch eine Arbeit zu verrichten. Ich begleite Jungfer Margarethe zu ihrem Oheim, der in Rothenburg lebt. Ich danke euch noch einmal für eure Hilfe. Und wo kommt ihr her ? Und wer sind deine Begleiter ?"

„Die Herren heißen Kuno von Braunfeld und Albrecht von Blaugrund. Wir kommen von einem Turnier in Ansbach, reisen zusammen, da wir den gleichen Weg haben. Kuno will nach Mergentheim, Albrecht nach Bischofsheim."

Kuno war unterdessen vom Pferd gestiegen, betrachtete die Räuber.

„Zwei von ihnen leben noch", rief er den anderen zu, „und der eine trägt eine Augenklappe. Der könnte der einäugige Bert sein, der hier mit seinem Gelichter sein Unwesen treibt. Wir nehmen sie am besten mit. Die Bürger von Mergentheim werden sich freuen sie am Galgen baumeln zu sehen. Laßt uns aber nicht säumen, wir können die Stadt noch vor Einbruch der Dunkelheit erreichen."

„Und was machen wir mit den Toten ?" fragte Albrecht.

„Die lassen wir liegen. In einer guten Stunde erreichen wir Wighartsheim. Ich werde dort ein paar Bauern befehlen, sie zu verscharren. Unglücklicherweise leben hier keine Wölfe, die sie fressen könnten."

Sie verabschiedeten sich dann. Margarethe und Friedrich setzten ihren Weg fort, erreichten am späten Nachmittag Creglingen. Der Gasthof, von dem Friedrich gesprochen hatte, wirkte einladend, sauber. Der Wirt empfing sie freundlich.

„Natürlich könnt Ihr zwei kleine Schlafkammern haben, ich kann Euch aber auch eine größere für Euch beide geben", er zwinkerte dabei mit den Augen, „sie bietet auch wesentlich mehr Bequemlichkeit, ist für hochwohlgeborene Herrschaften bestimmt. Und ich habe auch noch eine Besonderheit, welche Ihr sonst zwischen Mergentheim und Rothenburg nirgends finden werdet, nämlich eine Badestube. Wenn Ihr den Straßenstaub von Euch abwaschen wollt, dann werde ich meine Mägde anweisen, heißes Wasser zuzubereiten."

„Ein Bad wäre mir schon lieb", meinte Margarethe, „und wie sieht es bei dir aus ?"

„Mir wäre es auch recht."

„Und Eure Kleider können wir auch waschen. Wir haben einen Raum zum Trocknen. Ihr werdet sie morgen früh wieder anziehen können. Dessen könnt Ihr Gewiß sein. Und unterdessen kann ich Euch ein sauberes Gewand geben."

„Möchtest du zuerst das Bad nehmen ?" fragte Friedrich Margarethe als der Wirt eine Stunde später meldete alles sei bereit.

Margarethe lächelte.

„Was sollen wir den Mägden unnötige Mühe bereiten ? Der Badezuber ist sicherlich groß genug für uns beide. Oder zierst du dich ?"

Friedrich schüttelte den Kopf.

„Nein ?"

Sie verbrachten eine ruhige Nacht, setzten nach dem Morgenessen ihre Reise fort.

In Rothenburg

Am frühen Nachmittag erreichten sie Rothenburg, begaben sich gleich zum Haus ihres Oheims. Ein Knecht öffnete die Tür.

„Wer seid Ihr ? Was wollt Ihr ?" fragte er unwirsch.

„Vergreife dich nicht im Ton", maßregelte ihn Margarethe, „melde uns deinem Herrn, dem Tuchhändler Konrad. Ich bin die Jungfer Margarethe, die Tochter des Waffenschmieds Hellmbrecht aus Heilbronn und die Nichte deines Herrn. Er erwartet mich. Und mein Begleiter ist der Ritter Friedrich von Eykarn, der Sohn des Grafen Eykarn im Main – Tauber – Gau."

Der Knecht erschrak, verbeugte sich tief, eilte davon. Wenig später erschien ein älterer, kräftiger Mann, der Tuchhändler Konrad. Er schritt auf Margarethe zu, umarmte sie.

„Willkommen in meinem Haus, Margarethe. Ich habe von den Übeltaten deines Bruders vernommen. Gott sei gedankt, daß dein Vater klug genug war für dich zu sorgen. Du wirst dein Erbe vollständig erhalten. Ich betrüge dich nicht. Das beschwöre ich bei Gott und allen Heiligen. Hattest du eine gute Reise ?"

„Ich mußte einige Gefahren überstehen, aber Ritter Friedrich hat mich beschützt."

Friedrich mischte sich lachend ein.

„Eure Schwestertochter ist eine tapfere Frau und führt ein gutes Schwert. Ohne ihren Mut und ihre Tüchtigkeit wäre es uns übel ergangen."

„Das muß ich alles genauestens erfahren", sprach nun Konrad, „kommt mit in die gute Stube. Dort könnt Ihr bei einem Becher Wein alles erzählen. Kommt auch mit, Ritter Friedrich. Seid unbesorgt, ein Knecht wird sich um Eure Pferde kümmern."

Sie nahmen Platz, Margarethe berichtete ausführlich. Der Oheim lauschte gespannt.

„Ihr seid wirklich ein Held, Ritter Friedrich und Margarethe ist eine Heldin. Wißt Ihr, ich bin Tuchhändler und zu solchen Abenteuern fehlt mir der Mut."

Er wandte sich dann Friedrich zu.

„Und welche Pläne habt Ihr nun, Ritter Friedrich ?"

„Nun, ich habe Eure Schwestertochter wohlbehalten zu Euch gebracht, wie ich es ihr versprach. Meine Arbeit ist nun getan. Ich werde mir ein Quartier suchen und morgen in aller Frühe weiterreiten. Ich bin auf dem Weg nach Hause, wie Ihr wißt."

Der Tuchhändler Konrad schüttelte den Kopf.

„Nein, nein, mein Herr, Ihr müßt Euch kein Quartier suchen. In meinem Haus ist Platz für Euch. Seid mein Gast. Und falls es Euch beliebt mir einen kleinen Dienst zu erweisen, dann bleibt einige Tage. Ihr habt die Welt bereist und sicherlich viel erlebt und gesehen. Erzählt mir bitte darüber. Ihr müßt wissen, auch ich bin gereist, alledings nicht so weit. Ich war aber des öfteren in Nürnberg und in Frankfurt um dort Handel zu treiben und einmal bin ich sogar bis nach Regensburg gekommen."

Friedrich lächelte.

„Ich danke Euch, Herr Konrad, ich nehme Euer Angebot gerne an und bleibe für einige Tage. Ich habe mich jetzt drei Jahre lang in der Welt herumgetrieben. Da spielt es keine Rolle, wenn ich ein paar Tage später nach Hause komme."

Friedrich nahm die Einladung gerne an, natürlich nicht weil er darauf brannte, dem Tuchhändler seine Abenteuer zu berichten, vielmehr hatte er mittlerweile Gefallen an Margarethe gefunden, wollte sie näher kennen- lernen. Er bewunderte ihren Mut, den sie im Kampf gegen die Räuber bewiesen hatte und die Unbefangenheit ihm gegenüber im Badezuber. Und er dachte auch mit Freude an das wohlige Gefühl, das er dort empfand als sie einander berührten.

„Sie ist klug, mutig, wohlgestaltet, eine würdige Gräfin, leider ist sie nicht von hoher Geburt", dachte er, „was wird mein Vater dazu sagen ?"

Der Tuchhändler befahl dann einem Knecht das Gepäck Friedrichs herbeizuschaffen und ihn zu seinem Schlafraum zu führen. Wegen des herrlichen Sonnenscheins draußen wollte Friedrich aber nicht dort verweilen, sondern dachte daran, zusammen mit Margarethe die Stadt anzuschauen, doch mußte er feststellen, daß sie mit ihrem Oheim in der guten Stube zusammensaß und sie vor ihnen liegende Dokumente studierten.

„Ich will euch nicht stören", rief er ihnen zu, „doch draußen herrscht wundervoller Sonnenschein, da muß man nicht den Tag in einer Kammer verbringen. Ich werde die Stadt besehen."

„Seid aber bitte bei Sonnenuntergang zum Abendessen zurück", entgegnete Konrad, „und hinterher müßt Ihr mir von euren Fahrten berichten."

Friedrich vergewisserte sich, daß die Pferde gut versorgt waren, streifte dann durch die Stadt, kehrte zur angegebenen Zeit zurück. Der Tuchhändler hatte ein vorzügliches Mahl zubereiten lassen. Margarethe zog sich hinterher zurück, während Konrad und Friedrich noch bis nach Mitternacht beim Wein zusammensaßen.

„Ich habe mich gestern Nachmittag lange mit meinem Oheim besprochen und wir haben fast alles geregelt", begann Margarethe als sie am nächsten Tag beim Morgenessen zusammensaßen „in wenigen Tagen werde ich mein Erbe erhalten. Er hat mir auch angeboten, in seinem Tuchhandel mitzuarbeiten. Meine Zukunft ist gesichert."

Sie zögerte etwas.

„Ich glaube, ich werde mich hier bald wohlfühlen."

Friedrich hörte allerdings eine gewisse Unsicherheit aus den letzten Worten heraus.

„Nun, dann war unsere Begegnung nur kurz", erwiderte er, versuchte zu lächeln, obwohl ihm nicht danach zumute war, „ich werde bald, vielleicht in drei oder vier Tagen, wenn dein Oheim meiner Erzählungen überdrüssig ist, nach Burg Eykarn reiten."

„Drei oder vier Tage können eine lange Zeit sein. Unsere erste Begegnung liegt nicht einmal vier Tage zurück. Und dennoch scheint es mir als kennen wir uns bereits eine Ewigkeit."

„Was meinst du damit ?" wollte Friedrich wissen.

Margarethe schien nicht auf seine Frage einzugehen.

„Wir waren unterwegs", fuhr sie fort, „haben Gefahren zusammen gemeistert, doch wissen wir wenig voneinander, was wir denken, was wir fühlen. Doch ist es nicht schicklich für eine Frau darüber zu reden."

Friedrich verstand. Sie verbrachten die folgenden Tage zusammen, redeten viel miteinander, streiften durch die Stadt, unternahmen gemeinsame Ausritte. Und sie spürten, daß ihre Zuneigung zueinander mit jeder Stunde wuchs, doch wagte keiner von beiden dies anzusprechen. Erst am fünften Tage nahm sich Friedrich ein Herz.

„Willst du meine Frau werden ?" fragte er unvermittelt als sie bei der Mittagsrast am Ufer der Tauber zusammensaßen.

Margarethe lächelte.

„Deine Worte treffen mich wie ein Keulenschlag. Hast du auch gut darüber nachgedacht ? Ich bin eine Frau aus dem Volk. Du wirst mit mir eine unstandesgemäße Heirat eingehen. Dein Vater wird die Zustimmung verweigern."

„Ich werde dich trotzdem heiraten."

„Dein Vater wird dich enterben, verstoßen. Das ist sein gutes Recht."

„Ich werde dich trotzdem heiraten. Was bedeutet schon das Erbe gegen die Liebe einer würdigen Frau ?"

„Das sind große Worte. Das sagst du jetzt. Aber wirst du auch danach handeln, wenn du dich entscheiden mußt, wenn du Wahl hast, eine Grafschaft zu besitzen oder irgendwo Hauptmann der Stadtwache zu werden ?"

„Das ist mir bewußt. Deshalb möchte ich ja auch beides zusammenbringen. Mein Vater ist ein vernünftiger Mann. Er wird zwar nicht sofort seine Einwilligung geben, aber ich bin sicher, ich werde ihn umstimmen können. Es wird allerdings einige Zeit in Anspruch nehmen. Wirst du auf mich warten ?"

„Ich liebe dich und ich werde warten, bis an mein Lebensende."

Friedrich lachte,

„So lange wirst du nicht warten müssen, ein paar Monate vielleicht. Ich weiß ja auch nicht, was mich zuhause erwartet. Ich war lange weg. Vielleicht herrscht Unfriede in der Grafschaft."

<u>Heimkehr</u>

Friedrich brach am folgenden Morgen auf, er kannte keine Eile, trödelte aber auch nicht und so erreichte er erst am späten Nachmittag Bischofsheim, wo er Quartier in einem Gasthof nach. Als es zu dämmern begann, unternahm er einen kurzen Rundgang durch die Stadt, ließ sich dann bei einem Becher Wein auf einer Bank vor einer Schenke nieder. Zu seiner Verwunderung gesellte sich nach kurzer Zeit Otto von Dromberg zu ihm.

„Sei gegrüßt, Friedrich, es ist eine Überraschung dich hier zu treffen."

„Sei gegrüßt, Otto, aber eher müßte ich überrascht sein dich hier zu treffen, eure Burg liegt doch weit mehr als eine Tagesreise von hier entfernt."

Otto zuckte mit den Schultern.

„Ich hatte hier in der Stadt eine Arbeit zu erledigen. Morgen früh werde ich zurückreiten. Ich würde es begrüßen, wenn du mich begleitest. Schließlich haben wir ja auch über eine weite Strecke den gleichen Weg. Und ich bin auch neugierig zu erfahren, was du auf deiner Fahrt in die Welt so alles erlebt hast."

Friedrich war einverstanden. Es verwunderte ihn allerdings, daß Otto am nächsten Morgen in Begleitung einer Schar Bewaffneter erschien.

„Was war das denn für eine Arbeit, für die er Kriegsknechte brauchte?" dachte er, unterließ es aber nachzufragen.

Noch mehr verwunderte ihn allerdings, daß Otto und seine Mannen ihn offensichtlich nach Burg Eykarn begleiten wollten und nicht nach vier Stunden auf die Straße abbogen, die zur Burg Dromberg führte.

„Was bedeutet denn schon ein kleiner Umweg, wo es doch so viel zu erzählen gibt? Und wer weiß, wann wir uns wiedertreffen", antwortete Otto lachend als ihn Friedrich nach dem Grund fragte.

Doch Friedrich glaubte ihm nicht.

Am späten Nachmittag erreichten sie Burg Eykarn.

„Es ist zu spät um weiterzureiten. Komm mit deinen Mannen auf die Burg und seid unsere Gäste."

„Wird das den möglich sein? Du warst lange fort. Kennt dich überhaupt noch jemand?"

Friedrich lachte.

„Du wirst es sehen."

Er ritt zu den Burgwachen hin, die ihn natürlich nicht erkannten, verlangte nach dem Vogt. Sein energisches Auftreten schüchterte die Wachen ein, sie folgten seinem Befehl. Der Vogt begrüßte den jungen Herrn mit aller Freundlichkeit und der geforderten Ehrerbietung. Friedrich wies ihn an,

Quartier für Otto und seine Mannern zu besorgen. Der Vogt folgte dem Befehl ohne Widerspruch. Als die Sonne bereits untergegangen war, trafen sich Friedrich und Otto bei einem Becher Wein auf der Burgterrasse.

„Du bist mein Freund", begann Friedrich, „und ich erwarte, daß du offen mit mir redest. Es scheint mir, daß du und deine Mannen mich zu meinem Schutz von Bischofsheim bis hierher begleitet haben. Es drohte also Gefahr. Rede offen mit mir, ich muß es wissen."

„Ich wollte dich nicht beunruhigen", entgegnete Otto, „aber es drohte in der Tat Gefahr auf dem Weg. In eurer Burg bist du allerdings sicher."

„Welche Gefahr ? Sprich, du bist doch mein Freund."

„Du erinnerst dich an den Überfall auf dem Weg nach Rothenburg, bei dem wir dir zu Hilfe eilten ?"

„Ja, ich weiß, es war die Bande des einäugigen Bert, der Pferdehändler in Mergentheim hat mir von ihm erzählt. Sie hatten es wohl auf die Jungfer Margarethe abgesehen, die nach Rothenburg reiste um dort ein beträchtliches Erbe in Empfang zu nehmen."

Otto lachte.

„Du bist wirklich unwissend. Der Überfall galt nicht der Jungfer Margarethe sondern dir."

„Warum mir ?"

„Nun, die Mergentheimer mußten den einäugigen Bert nicht hängen, er starb auf dem Weg. In seinem Todeskampf legte er ohne es zu wollen ein Geständnis ab. Weißt du, der einäugige Bert war der Vetter des Schwarzen Jork. Und der verlangte deinen Tod."

„Des Spessarträubers ? Was habe ich mit dem zu schaffen ? Der trieb doch sein Unwesen im Land des Erzbischofs von Mainz. Unsere Grafschaft hat er nie heimgesucht."

„Ja, bis vor zwei Jahren. Damals zerschlug der erzbischöfliche Vogt die Bande und die Überlebenden flohen in unseren Gau, sammelten sich dort wieder, begannen hier zu Rauben und zu Morden. Ich bin dein Freund und will ganz offen mit dir reden. Dein Vater ist kränklich und der Vogt richtet nichts aus. Sie können in der Grafschaft ihrem verbrecherischen Handwerk fast ohne Gefahr nachgehen. Nun hat er aber auf irgendeine Art und Weise erfahren, daß du zurückkehrst."

Otto lachte.

„Und er glaubt, wohl nicht zu Unrecht, daß nun du den Kampf gegen die Räuberbande aufnehmen wirst. Und er weiß, das wird ihm übel bekommen. Deshalb beauftragte er seinen Vetter dich zu töten. Und nachdem dessen

Unternehmen mißglückt war, argwöhnte ich, daß er dir hier in der Gegend auflauern wird. Aus diesem Grunde erwartete ich dich in Bischofsheim."
Friedrich blickte ihn groß an.
„Du bist ein wahrer Freund. Kann ich im Kampf gegen die Räuber auf dich zählen?"
„Dessen kannst du sicher sein."

„Seid gegrüßt, Vater, ich bin zurückgekehrt."
Friedrich betrat am nächsten Morgen das Arbeitskabinett des Grafen.
„Sei gegrüßt, mein Sohn, ich freue mich, dich wohlbehalten wiederzusehen. Drei Jahre warst du auf Fahrt um die Welt kennenzulernen. Du hast sicher vieles erlebt und gesehen. Du wirst es mir sicherlich ausführlich am Kamin erzählen."
Er schwieg kurz.
„Ich freue mich wirklich, schätze mich glücklich, daß du gerade jetzt, wo die Zeiten schwierig werden zurückgekommen bist."
„Ihr redet von schwierigen Zeiten, Vater. Was gibt es? Drohen Kriege? Fehden?"
„Nein, mein Sohn. Es herrscht Ruhe im Reich. Der Kaiser hat den Landfrieden verkündet. Und er besitzt die Macht ihn durchzusetzen. Kein Fürst, kein Herr wagt ihn zu brechen. Auch fielen die letzten beiden Ernten gut aus, die Bauern leiden keine Not, Handel und Handwerk in den Städten blühen. Das Land ist wohlbestellt. Es ist lediglich eine Räuberbande, welche die Grafschaft heimsucht."
„Eine Räuberbande? Ich habe bereits davon gehört. Die sollte doch das Land nicht beunruhigen."
„Sie ist auch keine allzu große Plage, mein Sohn. Die Bauern haben sich bewaffnet und wehren sich. Und in die Städte können sie nicht eindringen. Doch rauben sie das Vieh auf der Weide, überfallen Reisende und Kaufleute und ich fürchte, der Handel wird zum Erliegen kommen, wenn sie nicht bald unschädlich gemacht wird."
„Und was unternimmt der Vogt?"
„Er hat bisher nichts ausrichten können."
Friedrich schüttelte den Kopf.
„Der Vogt mag ein gutes Schwert führen, aber er ist kein kluger Mann."
Er schwieg kurz.
„Ihr sagtet, die Zeiten seien schwierig. Ihr sagtet auch, das Land blühe, es herrsche Frieden, bis auf die Räuberbande, die ihr Unwesen treibt. Das mag

ein Ärgernis sein, macht aber die Zeiten nicht schwierig. Was ist es also, Vater, was Euch bedrückt ?"

„Nun, mein Sohn. Mich hat vor der Zeit das Siechtum befallen und ich werde wohl bald sterben."

„Sagt das nicht, Vater, Ihr seid doch noch nicht alt."

„Man muß nicht alt sein um vom Siechtum befallen zu werden. Nein, ich leide an einer unbekannten, schleichenden Krankheit, die meine Kräfte verzehrt. Ich spüre, sie schwinden von Tag zu Tag. Die Ärzte sind ratlos. Aber das Land braucht einen starken Grafen. Du wirst bald dieses Amt übernehmen müssen."

„Ich werde mein bestes tun, Vater. Und ich hoffe, daß Euch genügend Zeit bleiben wird, mich auf meine Aufgaben vorzubereiten."

Der Alte lächelte.

„Du bist nicht nur tapfer, mein Sohn, sondern auch klug, verstehst sogar zu Lesen und zu Schreiben. Du wirst schnell lernen."

Die Vernichtung der Räuberbande des 'Schwarzen Jork'

Wenige Tage später meldete sich Friedrich nachmittags bei seinem Vater.

„Ich habe mich im Land umgeschaut, Vater. Es ist wirklich wohlbestellt, bis auf diese Räuberplage. Überall höre ich Beschwerden und Klagen. Es muß etwas unternommen werden. Aber niemand traut dem Vogt zu, daß er jemals etwas ausrichten wird. Ich sehe es aber als die vornehmliche Aufgabe an, dem Räuberunwesen in der Grafschaft ein Ende zu bereiten. Die Bauern sollen wieder in Ruhe schlafen können, ohne ständig Nachtwachen aufstellen zu müssen und ohne zu befürchten, daß das Vieh von der Weide gestohlen wird. Reisende und Kaufleute sollten wieder ohne Angst überfallen zu werden die Grafschaft durchqueren können. Übertragt also mir die Aufgabe."

„Das sind kühne Worte, mein Sohn. Bist du nicht zu jung und zu unerfahren für diese Aufgabe ?"

Friedrich schüttelte den Kopf.

„Nein, Vater, ich bin kein Knabe mehr. Ich habe mich drei Jahre in der Welt bewährt und werde meine Aufgabe bewältigen. Sollte ich allerdings versagen, so bin ich nicht würdig, Euer Nachfolger zu sein. Dann sollte ich besser in ein Kloster gehen und Prediger werden."

„Du bist stolz, mein Sohn. Also gut, es sei gewährt. Ich werde die entsprechenden Anordnungen treffen."

Friedrich verabschiedete sich.

„Was bleibt mir denn anderes übrig ?" sagte der Graf zu sich selbst als er allein war, „der Vogt richtet nichts aus und weniger kann mein Sohn auch nicht vollbringen."

Friedrich wußte allerdings bereits, daß die Räuber überall ihre Gewährsleute hatten und argwöhnte, daß auch manche aus der Ritterschaft mit ihnen gemeinsame Sache machten. Er wandte sich daher an Otto von Dromberg, beriet sich mit ihm. Er suchte auch die benachbarten Grafen auf um gemeinsame Maßnahmen zu beraten.
Wenige Tage später berief er die Ritter, welchen er nach Auskunft Otto von Drombergs vertrauen konnte zu einer Beratung auf Burg Eykarn zusammen.
„Die Räuber sind eine Plage für uns alle. Ich habe Euch daher versammelt, meine Herren, weil ich Euch seit meinen Knabenjahren kenne und Euch für tapfer halte. Doch bevor ich Euch meinen Plan erläutere, möchte ich Euch mitteilen, daß ich ein Abkommen mit den benachbarten Grafen getroffen habe, sie leiden ja auch unter den Räubern, wenn auch weniger schlimm als wir. Und da wir nicht wissen, wo sich das Räubernest befindet, haben wir vereinbart, daß wir bei der Verfolgung der Räuber die Grenzen überschreiten dürfen. Es wäre ja unsinnig die Bande entkommen zu lassen, nur weil sie die Nachbargrafschaft erreicht haben. Stört Euch also nicht daran, wenn Reisige unserer Nachbarn die Grafschaft durchstreifen. Es dient dem Wohle aller. Es sind aber alle gehalten Auskunft zu geben. Teilt das auch den Schultheißen mit."
Er pausierte dann kurz.
„Nun hört meinen Plan. Die Räuber sind gierig, aber ihr Hauptmann, welcher der Schwarze Jork genannt wird, ist klug. Er hat, wie ich in Erfahrung bringen konnte, überall bis hin nach Frankfurt und nach Nürnberg Gewährsleute, die nicht nur lohnende Beute für ihn auskundschaften, sondern ihn auch vor drohenden Gefahren warnen. Dennoch plane ich ihm eine Falle zu stellen. Es muß aber strengstes Stillschweigen gewahrt werden, da ansonsten das Unternehmen mißlingt. Ich werde einen kleinen Schatztransport durchführen lassen, doch werden sich auf dem Wagen keine Kisten mit Gold und Edelsteinen befinden, sondern sechs erprobte Ritter. Zusammen mit dem Wagenlenker und seinem Begleiter auf dem Bock werden wir acht Bewaffnete sein. Das ist bereits eine kleine Streitmacht. Ich werde sie anführen. Äußerst gefährlich bleibt das

Unternehmen dennoch, da wir damit rechnen müssen, daß der Transport von einer Bande angegriffen wird, die doppelt, vielleicht sogar dreimal so stark ist. Das ist eine Arbeit für die besten und tapfersten unter uns. Wer von euch ist bereit ?"

Zahlreiche erhoben ihre Hände. Friedrich blickte in die Runde.

„Ich danke Euch, meine Herren. Ihr alle seid würdig an dem Unternehmen mitzuwirken. Doch seid Ihr mehr als ich hierfür gebrauchen kann. Die Truppe darf nicht zu groß werden. Das würde auffallen. Das Los wird darüber entscheiden müssen, wer teilnehmen darf."

„Du bist der Erbe der Grafschaft", wandte Otto von Dromberg ein, „du könntest im Kampf sterben. Das darf nicht sein. Du solltest dich besser zurückhalten. Laß mich die Männer anführen."

Friedrich schüttelte den Kopf.

„Nein, wer von anderen Todesmut verlangt, muß selbst Todesmut zeigen. Alles andere wäre ein Zeichen für Feigheit. Und du wirst allerdings nicht dabei sein. Ich brauche dich für eine andere Aufgabe. Dem Wagen soll im Abstand von zwei Stunden eine Streitmacht von etwa einhundert Reisigen folgen. Du wirst sie anführen."

„Sollte der Transport nicht von einigen Bewaffneten begleitet werden ?" fragte nun Udo von Mohsenberg, „es könnte doch Verdacht erregen, wenn ein so kostbarer Transport unbegleitet durchgeführt wird."

„Euer Einwand ist berechtigt, ich habe auch darüber nachgedacht. Das würde aber bedeuten, daß die Räuber mit stärkerer Macht angreifen und das würde unsere Arbeit erschweren."

„Das verstehe ich jetzt nicht", meinte Otto von Dromberg.

Friedrich lächelte.

„Ich habe Euch meinen Plan wohl noch nicht richtig erläutert. Der Transport soll nicht durchgeführt werden um die Räuberbande beim Kampf um den Wagen zu zerschlagen. Es dürfen auch nicht alle Räuber getötet werden. Wir müssen einige gefangen nehmen, die uns dann, unter Anwendung von körperlicher Pein wenn es notwendig ist, den Schlupfwinkel der Räuberbande verraten. Den werden wir dann sofort mit der von Otto von Dromberg angeführten Truppe stürmen und vernichten. Es soll also kein großer Schatztransport vorgetäuscht werden, sondern der Transport von Abgaben, die zu erwartende Beute soll aber so hoch sein, daß sich ein Überfall zwar lohnt, der Schwarze Jork aber nicht seine gesamte Bande für den Überfall aufbietet."

„Und wann soll das Unternehmen stattfinden ?" fragte Udo von

Mohsenberg.

„In vier Tagen, denke ich. Und ich betone noch einmal: bewahrt strengstes Stillschweigen. Die Räuber dürfen lediglich wissen, daß ein Transport durchgeführt wird. Die entsprechenden Gerüchte werde ich ausstreuen."

Das Unternehmen gelang. Die angreifenden Räuber, etwa eineinhalb Dutzend, wurden geschlagen, fünf von ihnen gefangen genommen. Der Schwarze Jork war allerdings nicht darunter. Nach Anwendung körperlicher Pein verrieten zwei von ihnen den Ort des Räubernestes, das sich in einem abgelegenen Waldstück im Südwesten der Grafschaft befand. Die Truppe brach umgehend dorthin auf, erreichte ihn am späten Nachmittag, umzingelte ihn, stürmte das Räuberlager, vernichteten es. Die meisten Räuber wurden erschlagen oder gefangen genommen, lediglich der Schwarze Jork und zwei seiner Männer konnten im Schutz der hereinbrechenden Dunkelheit entkommen. Doch ihre Flucht mißlang. Noch in der gleichen Nacht wurden sie in einem Dorf beim Versuch Pferde zu stehlen, von den Bauern überwältigt um am Mittag auf Burg Eykarn abgeliefert. Noch vor Sonnenuntergang wurden sie gehenkt.
Es herrschte nun wieder Ruhe und Sicherheit in der Grafschaft.

Die Vermählung

Friedrich fand nun Zeit sich ausgiebig mit der Verwaltung der Grafschaft vertraut zu machen. Er studierte die Bücher mit den Aufzeichnungen der Abgaben, besuchte die Städte, führte lange Gespräche mit den Räten, traf sich sooft es möglich war mit seinem Vater um Einzelheiten über Angelegenheiten zu erfahren, die nicht in Büchern verzeichnet waren und von ihm Ratschläge hinsichtlich seiner künftigen Arbeit zu erhalten. Vier Wochen nach der Vernichtung der Räuberbande bestellte der alte Graf eines Nachmittags seinen Sohn zu sich.
„Wir haben in der letzten Zeit", begann er, „über viele Dinge gesprochen, welche dein zukünftiges Amt als Herr der Grafschaft betreffen, aber über eine wichtige Angelegenheit haben wir bisher nicht geredet. Ich fühle mein Ende nahen, Sohn. Ich muß dir noch einen letzten Dienst erweisen, aber ich will nicht ohne deine Zustimmung handeln. Du wirst bald Graf sein und eine Grafschaft braucht auch eine Gräfin."
„Das verstehe ich jetzt nicht, Vater. Unsere Grafschaft hat doch auch keine Gräfin. Mutter ist schon seit fünf Jahren tot."

Der Alte lächelte.

„Du bist noch jung, mein Sohn. Du verstehst das nicht. Ein junger Graf braucht eine Gräfin, eine Frau, die ihn leitet, damit er nicht übermütig, nicht zügellos wird und die ihm einen Erben schenkt. Ein alter Mann braucht das nicht mehr. Ich plane daher um die Tochter des Herren von Reifenstein zu werben. Sie soll wohlgestalter sein und wird eine bedeutende Mitgift erhalten. Bist du einverstanden, mein Sohn ? Du mußt dich nicht sofort entscheiden. Ich gebe dir eine Woche Bedenkzeit."

„Vater, ich benötige keine Bedenkzeit. Ich habe bisher noch nicht mit dir darüber gesprochen. Ich habe auf meiner Reise eine Frau kennengelernt, die Liebe zu ihr in mir erweckt hat. Sie möchte ich zur Gemahlin nehmen."

„Welchem Geschlecht entstammt sie ?"

„Keinem edlen Geschlecht. Sie ist die Tochter des Waffenschmieds Hellmbrecht aus Heilbronn."

„Kein Edelfräulein also, eine Jungfer aus dem Volk. Das ist gegen den Brauch. Dem kann ich nicht zustimmen."

„Urteilt nicht vorschnell, Vater und glaubt nicht, daß mich die Leidenschaft zu einer gemeinen Dirne ergriffen hat. Ich habe sie in Rothenburg verlassen, wo sie bei ihrem Oheim lebt. Ich hatte unterdessen genügend Zeit zum Nachdenken. Sie wird eine gute Gräfin sein."

„Nein, ich werde dieser Heirat meine Zustimmung verweigern."

„Urteilt nich vorschnell, Vater, unterlaßt erst einmal die Werbung um das Fräulein von Reifenstein. Überlegt Euch meinen Wunsch. Und bedenkt, ich werde die Jungfer Margarethe nicht ohne Euren Segen zur Gemahlin nehmen ... "

Er stockte kurz, fuhr dann fort.

„Entschuldigt, Vater, wenn ich Euch für heute verlasse. Es gibt noch wichtige Aufgaben zu erledigen."

Er verabschiedete sich.

Der alte Graf lehnte sich zurück. Es waren die Worte, die Friedrich nicht gesagt, er ihm aber aus seinem Blick abgelesen hatte.

„Und bedenkt, ich werde die Jungfer Margarethe nicht ohne Euren Segen zur Gemahlin nehmen, solange Ihr lebt."

Er konnte wegen einer unstandesgemäßen Heirat seinen Sohn verstoßen, wenn er die Gemahlin gegen seinen Willen nahm, er konnte ihn aber nicht zu einer Heirat zwingen. Und er bedachte, daß seine Kräfte von Tag zu Tag schwanden.

„Ich werde bald sterben, dann wird Friedrich Graf sein. Dann kann er frei entscheiden, denn es gibt kein Reichsgesetz, das eine unstandesgemäße Heirat verbietet. Das weiß er genau. Er wird warten, aber er wird es mir übelnehmen, daß ich seinen Wunsch abgelehnt habe und sie nach meinem Tod zur Frau nehmen. Er ist klug und wird sich mir gegenüber tadellos verhalten, aber in seinem Herzen wird Groll wohnen. Soll ich nun in Unfrieden mit ihm sterben, nur weil ich meine Zustimmung zu etwas verweigerte, das ich doch nicht verhindern kann ? Nein, das wäre töricht, das will ich nicht."

Bereits am nächsten Tag rief er Friedrich zu sich, teilte ihm seine Entscheidung mit.

„Du weißt, ich werde nicht mehr lange leben. Bringe also die Jungfer, welche du erwählt hast, zu mir, damit ich sie kennenlerne und euch meinen Segen geben kann."

Und schon am folgenden Morgen ritt Friedrich nach Rothenburg.

„Ich bin gekommen um dich abzuholen", begann er unvermittelt als Margarethe ihn an der Haustür begrüßte, „falls du dich unterdessen nicht anders besonnen hast."

Sie lächelte.

„Nicht so ungestüm, komm herein, nimm Platz."

„Verzeih, daß ich dich so lange warten ließ", fuhr er fort, nachdem sie sich in der guten Stube niedergesetzt hatten, „es gab einiges zu regeln in der Grafschaft. Aber nun werden wir das Leben unbeschwert geniesen können."

„Dein Vater hat zugestimmt ? Er hat wohl lange gezögert bis er seine Entscheidung traf ?"

Er begann nun von den Ereignissen seit seiner Rückkehr auf Burg Eykarn zu berichten.

„Aber sei dir auch gewiß, als Gräfin kommen vielerlei Pflichten auf dich zu."

„Als Gräfin ?"

„Ja, mein Vater ist todkrank. Ich werde bald das Erbe antreten müssen. Deshalb muß ich dich auch bitten, schon morgen mit mir aufzubrechen, damit uns mein Vater noch seinen Segen geben kann bevor er stirbt."

Margarethe wiegte den Kopf.

„Du verlangst sehr viel von mir. Ich folge dir gerne. Doch habe ich mich mittlerweile auch hier eingerichtet. Ich kann nicht alles Hals über Kopf verlassen."

„Nein, du hast mich mißverstanden. Das verlange ich nicht. Ich bitte dich nur darum jetzt mitzukommen, damit wir den Segen des Vaters und der Kirche erhalten können. Hinterher wirst du genügend Zeit haben, deine Angelegenheiten in Rothenburg zu regeln."

Früh am nächsten Morgen brachen sie auf.

Am Tage nach der Rückkehr ließ sich Friedrich bei seinem Vater melden. Sie betraten das Kabinett, Margarethe war etwas ängstlich, da sie nicht wußten, was sie erwartete.

„Vater, ich möchte Euch die Jungfer Margarethe vorstellen, welche ich mir zur Gemahlin erkoren habe."

Der Alte lächelte, blickte dennoch Margarethe streng an.

„Und du, Jungfer Margarethe, willst du auch meinen Sohn zum Gemahl?"

„Ja, verzeiht Herr, wenn ich nun keck erscheine, doch wäre es nicht so, dann stünde ich jetzt nicht hier vor Euch."

Die Strenge wich aus dem Gesicht des Grafen.

„Und aus welchem Grund willst du ihn zum Manne nehmen?"

„Nun, weil wir Liebe zueinander empfinden."

„Liebe zueinder empfinden, mein Sohn. Ist das der Grund für eine Vermählung?"

„Nun, Vater, meist sind es andere Gründe, auch Ihr hattet Eure Pläne mit mir, aber das sollten wir hier nicht vor Jungfer Margarethe ausbreiten."

„Und wie siehst du das, Jungfer Margarethe?"

„Die Brautleute werden doch vor Gottes Altar gefragt, ob sie einander lieben und ehren wollen, bis daß der Tod sie scheidet. Darf man vor Gottes Altar lügen und die Ehe eingehen, wenn man sich nicht liebt? Denn wenn sich Mann und Frau nicht lieben, dann werden sie einander auch nicht ehren."

Der Graf schüttelte den Kopf.

„Nein, so ist es nicht, ich habe meine Gemahlin nicht selbst erwählt. Unsere Ehe wurde von unseren Vätern gestiftet. Ich habe meine Gattin dennoch stets geehrt. Ist es nicht so gewesen, mein Sohn?"

„Ja, Vater, es war so."

„Herr, verzeiht mir, wenn ich jetzt vorlaut erscheine. Ich sehe hier keinen Widerspruch. Warum sollten zwei Menschen nicht Liebe zueinander empfinden könnten, bloß weil sie nicht von selbst zueinander fanden, sondern zusammengebracht wurden? Sicher waren Eure Väter klug, kannten ihre Kinder, wußten also, wer ein guter Gatte oder eine gute Gattin für sie sein könnte und haben daher die entsprechende Wahl getroffen. Und wenn die jungen Menschen sich nicht voreinder verschließen, sondern bereit sind, sich wirklich kennenzulernen, dann können sie auch Liebe zueinander empfinden."

Der Alte verzog leicht das Gesicht.

„Das ist jetzt höhere Philosophie", dachte er, „solche Gedankengänge verstehe ich nicht."

Er wollte deshalb den Disput nicht weiterführen, sondern befragte Margarethe über ihre Herkunft, ihre Familie, ihre Erziehung.

Margarethe antwortete stets offen und ehrlich, sprach aber in einer Art und Weise, die Ehrerbietung ausdrückte, allerdings keine Demut, keine Unterwürfigkeit. Der Alte bemerkte das und im Laufe des Gesprächs hellte sich sein Gesicht immer mehr auf. Schließlich erhob er sich und sagte.

„Ich gebe Euch meinen Segen, werdet glücklich miteinander, bleibt gottesfürchtig, entsagt jedem Hochmut und regiert die Grafschaft zum Wohle des Volkes."

Dann entließ er seinen Sohn, bat Margarethe noch zu bleiben.

„Du weißt", begann der Graf, „auch wenn es kein Reichsgesetz gibt, das sie verbietet, so ist eure Ehe doch ein Bruch mit unserer Tradition. Man darf das untere nicht nach oben kehren. Das führt zu einer Zerstörung der göttlichen Ordnung. Dennoch kann man nach reiflicher Überlegung Entscheidungen treffen, die nicht den Standesregeln entsprechen. Und ich habe auch bei meinem Entschluß den Eigennutz im Auge gehabt."

Er lächelte.

„Ich möchte es einmal Eigennutz nennen. Ich weiß, ich werde bald sterben. Ich weiß auch, mein Sohn hätte es mir übelgenommen, wenn ich euch meinen Segen verweigert hätte. Und ich weiß auch, Friedrich wäre mir bis zu meinem Tod ein folgsamer Sohn gewesen, wenn auch mit Groll gegen mich in seinem Herzen. Ich wäre also in Unfrieden mit meinem Sohn gestorben. Aber was hätte ich gewonnen ? Er hätte dich nach meinem Tod geheiratet. Er sagte zu mir, 'ich werde die Jungfer Margarethe nicht ohne Euren Segen zur Gemahlin nehmen ... ', doch dann stockte er in seiner Rede, weil er den Satz nicht beenden wollte um mich nicht zu kränken, ich aber sah in seinem Gesicht geschrieben '... solange Ihr lebt'. Du verstehst ? Meine Weigerung hätte eure Heirat nur um ein paar Wochen verzögert. Wie hätte ich noch leben können in der Gewißheit, daß mein Sohn nur auf meinen Tod wartet, jeden Morgen verflucht, an dem er mich noch am Leben sieht ? Könnte ich so vor Gottes Thron treten ?"

Er schwieg kurz.

„Du bist nicht von edler Herkunft. Aber ist ein Mensch edel, lediglich aufgrund seiner Herkunft ? Mein Leben lang glaubte ich es. Doch die letzten Stunden zeigten mir, daß es ein Irrglaube war. Edel ist ein Mensch nicht aufgrund seiner Geburt, sondern aufgrund der Reinheit seines Herzens, der Reinheit seiner Seele. Und du bist edel. Komm her, meine Tochter, umarme mich."

Er umarmte und küßte sie.

„Ich danke Euch, Vater, daß Ihr mich so seht. Ich verspreche Euch, ich werde alles tun um der hohen Ansicht, die Ihr für mich empfindet, gerecht zu werden. Eine gute Gräfin zu sein, ist auch eine schwere Bürde, eine gewaltige Pflicht. Und ich werde alles tun, was in meiner Kraft steht um sie zu erfüllen. Ich werde auch Friedrich eine gute Gemahlin sein. Ihr sollt nicht vom Himmel herabschauen und Euch sagen müssen 'ich habe meinen Segen einer Unwürdigen gegeben'."

Sie verabschiedete sich dann.

Der Graf lächelte vor sich hin.

„Mein Sohn hat eine gute Wahl getroffen."

Drei Tage danach vermählte sie der Burgkaplan. Der alte Graf starb zwei Wochen später.